Andrea Tillmanns
# Tod im Wald der Engel

AF272451

Andrea Tillmanns

# Tod im Wald der Engel

Ein Niederrhein-Krimi

# Impressum

Bibliografische Information der Deutschen Nationalbibliothek:
Die Deutsche Nationalbibliothek verzeichnet diese Publikation in der Deutschen Nationalbibliografie; detaillierte bibliografische Daten sind im Internet über http://dnb.dnb.de abrufbar.

© Andrea Tillmanns
Überarbeitete Neuauflage 2025
Titelfoto: Oliver Tillmanns

Verlag: BoD · Books on Demand GmbH, Überseering 33, 22297 Hamburg, bod@bod.de

Druck: Libri Plureos GmbH, Friedensallee 273, 22763 Hamburg

ISBN: 978-3 8192-9902-5

# Inhaltsverzeichnis

## Kapitel Eins

Anna fluchte leise, als sie über einen Ast stolperte, der mitten auf dem Weg lag. Eigentlich schien der Vollmond hell genug, doch ab und an, wenn eine Wolke an ihm vorbeijagte, war der schmale Pfad kaum noch zu erkennen.

Sie schüttelte den Kopf, als sie daran dachte, dass sie jetzt ebenso gut am ruhigen Rheinufer hätte sitzen können. Nach dieser völlig misslungenen Vernissage hätte sie einfach wie geplant nach Hause fahren, ihren Wagen abstellen und zu Fuß zum Fluss gehen sollen. Der halbe Kilometer Weg von ihrem Häuschen im Schlehenweg zur Erftmündung hätte ihr sicherlich gutgetan, und nun, kurz vor Mitternacht, würde auch der benachbarte Sporthafen den rastlosen Rhein nicht mehr übertönen.

Dass sie stattdessen nun über die Ölgangsinsel lief, ohne die erhoffte Ruhe zu finden, passte zu diesem völlig verkorksten Tag. Wenn Anna früher, bis vor fast einem Jahr, hier mit Frank spazieren gegangen war, hatte sie nur die Schönheit dieser Wildnis wahrgenommen, die Pappeln und Weiden, dazwischen die meterhohen Brennnesseln, Kletten und die ausgedehnten Bereiche voll Schilf. An manchen Stellen wuchsen damals, wie ein niedriger Wald, der gerade ihre Köpfe überragte, die riesigen Erzengelwurz-Pflanzen. Sie hatten wohl beide fest daran geglaubt, dass es ein Zeichen sein musste, dass diese mächtigen Pflanzen mit dem ungewöhnlichen Namen ausgerechnet hier zu finden waren, wo sie am liebsten spazieren gingen. Vielleicht war es auch ein Zeichen gewesen, dass sie die Erzengelwurz hier schon lange nicht mehr gesehen hatte. Damals, nachdem der Sturm Ela seine Zerstörungswut auch an der Ölgangsinsel ausgelassen hatte, hatte sich das Gesicht des Naturschutzgebietes zu verändern begonnen. Als sich das Blätterdach gelichtet hatte, hatten die Erzengelwurz-Stauden wohl zu viel Konkurrenz bekommen, nicht nur durch die allgegenwärtigen Brennnesseln, sondern auch durch die wilden Brombeeren, die es hier inzwischen wie auf so vielen sich selbst überlassenen Flächen gab, den Japanischen Knöterich und das Indische Springkraut. Sie hatte diesen Veränderungen nie viel Bedeutung beigemessen, hatte die Ölgangsinsel immer noch als ihre persönliche Oase betrachtet, auch wenn die Vegetation sich veränderte und die Wege ins Innere der Insel langsam zuwuchsen und verschwanden.

Jetzt, als sie zum ersten Mal nach der Zeit mit Frank wieder hier war, fiel ihr das ständige Rauschen der Autos auf der nahen Schnellstraße auf, und der merkwürdig süßliche Geruch der Papierfabrik hinter dem Deich ließ ihre Nase kribbeln. Weshalb hatte sie sich nur von dieser fremden Frau überzeugen lassen, die Ölgangsinsel sei genau der richtige Ort, um ein wenig Ruhe zu finden? Im Nachhinein konnte sie ihre Entscheidung nicht mehr verstehen. Vermutlich hatten einfach die Worte, mit der die Fremde diese Wildnis beschrieben hatte, einen Nerv in Anna getroffen. Wahrscheinlich war sie gerade heute, nach dieser furchtbaren Vernissage, an die sie gar nicht mehr denken wollte, besonders empfänglich für alles, was sie an Frank erinnerte.

Erschrocken blieb Anna stehen, als sie ein Geräusch hörte. Im ersten Moment dachte sie an den Ruf eines Käuzchens; damals hatten sie oft Steinkäuze gehört, die in den Kopfweiden saßen. Dann korrigierte sie sich, unwillkürlich schmunzelnd. Der Laut war noch viel harmloser gewesen, nur eine Katze, die sich hier herumtrieb.

„Komm mir nur nicht zu nahe", sagte sie halblaut in die Richtung, aus der das Geräusch gekommen war. Nach diesem grauenhaften Abend hätte es sie nicht gewundert, wenn sich irgendeine wildfremde Katze an ihrer Samthose rieb und ihre Katzenhaarallergie ausbrechen ließ. Sie sah hinunter auf ihre Schuhe, die im Mondlicht unregelmäßig glänzten. Bei ihrem Glück hatte sie sich inzwischen bestimmt die neuen Schuhe ruiniert.

Die Katze maunzte wieder, diesmal ganz nah. Anna fand, dass der Laut merkwürdig traurig klang. „Hast du auch Kummer?", fragte sie ins

Dunkle links neben dem schmalen Weg. Sie hörte ein leises Rascheln, vielleicht bewegte sich die Katze. Vielleicht auch ein Vogel, den Anna aufgescheucht und dadurch vor der Katze gerettet hatte. Eigentlich gab es keinen Grund, nicht weiterzugehen, dennoch blieb Anna stehen und starrte in die schwarze Wildnis, die sich neben dem Pfad ausbreitete. Wenn sie die Silhouetten der Pflanzen gegen den nachtblauen Himmel richtig deutete, stand sie inmitten eines Waldes aus Brennnesseln und irgendwelchen hohen, stacheligen Pflanzen, die sie im Dunkeln nicht erkannte. Gleich zu ihrer Linken glaubte sie eine Schneise zu erkennen, vielleicht von einem Reh niedergetreten. Gab es hier Rehe? Anna hatte nie eines bemerkt. Aber damals, als sie mit Frank hier gewesen war, hatte sie vermutlich kaum etwas anderes außer ihrem Freund wahrgenommen.

Jetzt hörte sie das Maunzen wieder, und diesmal meinte sie auch eine Bewegung in dieser Schneise zu erkennen. Vorsichtshalber trat Anna zwei Schritte zurück, bis sie mit dem Rücken die Pflanzen auf der anderen Seite des Weges berührte, die den Blick auf den Rhein verdeckten. Tatsächlich schlenderte eine hell gefleckte Katze auf den Pfad, verharrte einen Moment, in dem sie die junge Frau zu mustern schien, und spazierte dann genau auf Anna zu.

„Geh weg!", befahl Anna erschrocken. Sie glaubte schon zu spüren, wie ihre Augen feucht wurden und ihre Nase zu kribbeln begann, obwohl sie selbst wusste, dass ihre Allergie nicht so schnell ausbrechen konnte. Schnell ging sie ein paar Schritte weiter den Weg entlang, doch mit einem empörten Maunzen überholte die Katze sie und stellte sich ihr in den Weg. Im Mondlicht schimmerten die großen Flecken auf ihrem hellen Fell merkwürdig rötlich. Sicher nur eine optische Täuschung, dennoch runzelte Anna die Stirn. Ob das Tier verletzt war? Brauchte es vielleicht Hilfe?

Während sie langsam in die Hocke ging, verfluchte sie ihre Gutmütigkeit. Sicherlich wollte dieses verflixte Viech sie nur ärgern. Manchmal hatte sie das Gefühl, dass ausgerechnet Katzen, die einzigen Tiere, auf die sie allergisch reagierte, absichtlich ihre Nähe suchten.

Die Katze kam nun näher, ohne jede Scheu, und schmiegte sich gegen Annas linkes Knie. Die junge Frau seufzte. Das hatte ihr wirklich gerade noch gefehlt.

Vorsichtig berührte sie den großen Fleck an der Seite des Tieres, der sich tatsächlich feucht anfühlte. Sie betrachtete ihre Fingerspitzen, roch daran. Der metallische Geruch nach Blut war unverkennbar. Anna nahm ein Päckchen Taschentücher aus der Jackentasche, bemerkte erst dabei, dass der Saum ihres Kurzmantels den aufgeweichten Boden berührte, und seufzte ergeben. Irgendwann in ein paar Wochen oder Monaten würde sie über diesen grauenhaften Abend lachen können, zumindest hoffte sie das.

Sie spuckte auf ein Taschentuch und begann vorsichtig, das Blut von der Katze abzureiben. Vielleicht war die Verletzung ja nur klein, und sie konnte das Tier guten Gewissens sich selbst überlassen. Und falls sie die Katze wirklich zum Tierarzt fahren musste, wollte sie sich zumindest nicht noch die Autositze ruinieren.

Das Blut schien noch recht frisch zu sein, jedenfalls gelang es Anna bald, die Flecken größtenteils zu entfernen. Eine Verletzung fand sie allerdings nicht. Einerseits war sie erleichtert, dass ihr die Suche nach einem Tierarzt mit Bereitschaftsdienst nun erspart blieb; andererseits machte sich in ihrem Magen ein beklemmendes Gefühl breit. Wie konnte dieses kleine Tier überhaupt so viel Blut verlieren, ohne geschwächt zu wirken? Hätte die Katze nicht zumindest zusammenzucken müssen, als Anna die Wunde berührte?

Sie strich noch einmal mit beiden Händen am Körper der Katze entlang, über Beine und Köpfchen. Das Tier schnurrte leise. Woher kam das Blut?

Anna spürte, dass sie zu schwitzen begann. Hatte die Katze vielleicht Hilfe für ein anderes Tier holen wollen? Lag dort im Schutz des Dickichts eine zweite Katze? Und wie sollte Anna in dieser völligen Dunkelheit ein Tier finden, ohne eine Taschenlampe? Sie hatte nicht mal eine im Auto; wenn sie an der nächsten Tankstelle eine Lampe kaufen würde, würde sie diesen Platz hier sicherlich nicht wiederfinden. Dafür hatte sie zu wenig auf den Weg geachtet, war zu sehr in Gedanken vertieft gewesen. Sie hätte nicht sagen können, wie lange sie den Weg nahe dem Rhein bereits entlanggegangen war, wie weit der Hafen noch vor ihr lag und wo der Querweg an den verbrannten Bäumen vorbei war, der sie zurück zu ihrem Wagen führen würde. Und die Schneise, die sie vorhin zu sehen geglaubt hatte, hätte sie vermutlich selbst bei hellem Sonnenlicht kaum wiedergefunden.

Die Katze vor ihr maunzte leise. Anna nickte gedankenverloren. „Keine Sorge", murmelte sie. Sie konnte nicht einfach nach Hause fahren und tun, als wäre nichts geschehen. Aber woher sollte sie eine Lampe bekommen? Zumindest hatte sie ihr Handy nicht im Wagen gelassen. Doch wen konnte sie anrufen? Wer war jetzt, kurz nach Mitternacht, noch wach?

Kurz entschlossen wählte sie die 112. Die Dame in der Zentrale klang zwar wacher, als Anna sich fühlte, wirkte aber dennoch reichlich irritiert. Anna versuchte zu erklären, verhedderte sich, wurde weiterverbunden, begann zu stottern, erklärte wieder anderen Männern. Schließlich war ein Team von der Feuerwehr bereit, zur Ölgangsinsel zu fahren und Scheinwerfer mitzubringen. Offensichtlich gehörte die Rettung eines möglicherweise verletzten Tieres um diese Zeit nicht zu den vorrangigen Aufgaben der Feuerwehr.

Es dauerte nicht lange, bis Anna die Männer hörte, sie durch Rufe zu sich dirigieren konnte.

Inzwischen fror sie erbärmlich, wohl mehr aus Müdigkeit als vor Kälte, und der Geruch nach Blut hatte sich in ihrer verstopften Nase festgesetzt und ließ ihren Magen revoltieren. Die beiden Feuerwehrmänner begrüßten sie grinsend, folgten lachend der Schneise im Brennnesselwald, und Anna hörte sie noch flachsen, als die Lichtkegel der beiden Handscheinwerfer schon fast zwischen den hohen Stauden verschwunden waren. Anna dachte nicht darüber nach. Der Tag war zu lang für sie gewesen, sie musste ins Bett und ihre Allergie auskurieren.

Dann verstummten die Männer. Anna glaubte das Knacken eines Funkgerätes zu hören, kurze, angespannte Worte, die sie nicht verstand. Die Scheinwerferkegel wurden umgedreht, kamen näher, flackerten manchmal für Sekundenbruchteile durch die Pflanzen in Annas tränende Augen. Als die Männer zurückkehrten, lachten sie nicht mehr.

Es dauerte nur wenige Minuten, bis Anna in der Ferne die Sirenen hörte. Sie saß wenige Meter hinter der Schneise auf der Rettungsdecke, die die Feuerwehrmänner vorsichtshalber mitgebracht hatten, und streichelte mit der linken Hand die Katze, während sie sich mit der rechten immer wieder einzelne Tränen von den Wangen wischte und ab und an die Nase putzte. Das Tier weigerte sich sowieso, von ihrer Seite zu weichen.

Sie hatte kein Wort aus den Feuerwehrmännern herausbekommen, und erst jetzt begann sie zu begreifen, dass diese Aufregung keiner verletzten Katze gelten konnte. War etwa ein Mensch dort verunglückt? Langsam begann die Müdigkeit zu weichen und einer wohligen Wärme Platz zu machen, als Anna sich vorstellte, dass sie vielleicht einem Menschen das Leben gerettet hatte. Dann hätte diese Kette aus Zufällen sie tatsächlich genau zur richtigen Zeit zum richtigen Ort geführt.

Wieder hörte sie Männer heranstapfen, dirigiert von den Rufen der beiden Feuerwehrleute. Ein Motor heulte auf, erstarb, wurde wieder angelassen. Handscheinwerfer und Taschenlampen zerschnitten das Dunkel, beleuchteten den Weg durch den Wald aus Brennnesseln und hohen Stauden, die sie als Schattenrisse nicht erkannte.

Anna schirmte ihre Augen mit der rechten Hand ab. Die Katze maunzte und drückte sich an ihre linke Seite, als die ersten Menschen sichtbar wurden. Zu Annas Verwunderung trugen sie weiße Overalls. Ihnen folgten einige Männer und Frauen in normaler Kleidung. Eine der Frauen sprach leise mit einem Feuerwehrmann, blickte zu Anna hinüber, nickte ein paar Mal. Sie wurden von einem der Männer in Weiß unterbrochen, der gerade wieder aus der Schneise zwischen den Stauden herausgekommen war und die Frau nun halblaut zu informieren schien. Nur Wortfetzen drangen zu Anna durch, die keinen Sinn ergaben, dann ging der Mann zurück in die Wildnis.

Wieder sah die Frau Anna an, löste sich von dem Feuerwehrmann und kam näher. Mit einem leisen Fauchen glitt die Katze unter Annas Hand hinweg und verschwand zwischen den Stauden in ihrem Rücken.

Anna sah ihr einen Moment lang verwirrt nach, dann suchte sie hastig nach dem nächsten Taschentuch.

„Allergisch gegen das Grünzeug hier?", fragte die Fremde. Anna konnte ihr Gesicht nicht erkennen, als sie dankbar ein Taschentuch aus dem Päckchen zog, das die Frau ihr hinhielt.

Nachdem sie sich geschnäuzt hatte, schüttelte sie den Kopf. „Nein, nur gegen die Katze", erklärte sie.

Die andere Frau sah Anna irritiert an, dann zuckte sie mit den Schultern. „Gabriele Richards", stellte sie sich vor und reichte Anna ihre Hand, „KK 11, Mordkommission."

Mechanisch schüttelte Anna die Hand der Frau. „Anna Berg, Malerin", murmelte sie. Mordkommission? Sie musste niesen, zwei-, dreimal, und ihre Augen begannen wieder zu tränen, obwohl die Katze verschwunden war. Die weißen Anzüge der ersten Gruppe, die Aufregung der Feuerwehrmänner und schließlich das ganze Blut an der kleinen Katze – alles ergab endlich einen Sinn. Dennoch schüttelte Anna den Kopf. „Das kann doch nicht ...", murmelte sie. Nicht hier, in diesem friedlichen Naturschutzgebiet. Nicht in so einer verschlafenen Stadt wie Neuss. Vielleicht in Köln oder Düsseldorf, ja, dort mochten Menschen ermordet werden, aber hier?

„Was ist denn passiert?", fragte sie schließlich, nachdem die Kommissarin – oder welchen Rang auch immer diese Frau haben mochte – ihr geduldig ein weiteres Taschentuch gereicht hatte.

„So genau wissen wir das noch nicht." Frau Richards konnte sich ein Gähnen nicht verkneifen. Vermutlich war sie gerade aus dem ersten Schlaf gerissen worden. „Ich hatte gehofft, Sie könnten mir mehr erzählen", fuhr sie fort.

Anna schüttelte den Kopf. Ihre linke Hand, mit der sie die Katze gekrault hatte, begann zu jucken, und als sie mit der Rechten hastig über den Handrücken rieb, verstärkte sich das Gefühl noch. „Ich weiß überhaupt nichts", entgegnete sie schärfer als beabsichtigt. „Ich wollte nur ein wenig spazieren gehen, dann kam die Katze … Ich dachte, sie sei verletzt, aber sie hatte keine Wunde … Und dann habe ich die Feuerwehr angerufen." Sie verstummte, als sie begriff, wie wirr ihre Erzählung klingen musste. „Was ist denn passiert?", wiederholte sie ihre erste Frage.

„Sie haben den Toten nicht gesehen?", entgegnete die Kommissarin. Sie zog ein Zigarettenetui aus der Manteltasche, hielt es Anna hin, die hastig ablehnte, und zündete sich ruhig eine Zigarette an, ehe sie die Malerin wieder fragend ansah.

„Natürlich nicht!" Erschrocken verstummte Anna, als ihre Stimme lauter als erwartet durch die Nacht tönte. „Sonst hätte ich doch nicht die Feuerwehr angerufen", fuhr sie beherrschter fort. „Liegt dort wirklich ... ein toter Mensch?", fragte sie nach kurzem Zögern nach.

„Ziemlich tot", nickte Frau Richards. Sie gähnte wieder. „Vermutlich erschlagen. Muss heftig geblutet haben." Sie zog ihr Feuerzeug wieder aus der Tasche und leuchtete Anna ins Gesicht. Die wandte geblendet den Kopf ab und bedeckte mit der Hand ihre Augen, die sofort wieder zu tränen begannen.

„Karl, Taschenlampe!", befahl die Polizistin, offenbar an einen der Männer in weißem Overall gerichtet. Der trat zu ihnen und leuchtete ebenfalls in Annas Gesicht.

„Hey, was soll denn das", protestierte die junge Frau müde.

„Da auf dem Knie, und sehen Sie sich die linke Hand an", hörte sie die Kommissarin sagen. Anna versuchte, ihre Augen wieder zu öffnen, doch das Licht war zu grell. Blind tastete sie in der Jacke nach einem Taschentuch, bis ihr ein frisches in die Hand gedrückt wurde.

„Danke", murmelte sie. Der Lichtkegel verschwand. Als sie mühsam die Augen wieder öffnete, stand ein junger Mann neben der Kommissarin.

„Mein Assistent, Brenner", stellte Frau Richards ihn knapp vor. „Er wird Sie zum Kommissariat mitnehmen."

„Aber …", Anna schüttelte verwirrt den Kopf. „Hat das nicht Zeit bis morgen? Wissen Sie, wie lange ich schon auf den Beinen bin?"

„Danach fragt mich auch niemand", entgegnete die Polizistin trocken. „Die übliche Prozedur, Brenner, ich komme gleich nach."

Wortlos rappelte Anna sich hoch. Sie wäre froh gewesen, dass sie den Rückweg zu ihrem Wagen nicht alleine finden musste, wenn ihr nicht immer deutlicher bewusst geworden wäre, in welcher Situation sie steckte. Anna hatte zu viele Fernsehkrimis gesehen, um nicht zu begreifen, dass sie nicht nur einfach eine Zeugin war. Verdammt. Was mochte hier nur geschehen sein?

„Hier rechts", kommandierte Brenner, und Anna, die auf dem schmalen Pfad vor ihm ging, gehorchte. Der Rückweg kam ihr viel länger vor als erwartet, aber das mochte natürlich auch daran liegen, dass sie auf dem Hinweg ihren Gedanken nachgehangen hatte und noch nicht so erschöpft gewesen war wie jetzt. Nachdem sie eine Zeitlang relativ wach gewesen war, fühlte sie sich nun wieder so schwach, dass sie sich am liebsten mitten auf dem geschotterten Pfad eine Weile hingelegt und ausgeruht hätte. Die noch immer tränenden Augen und die kribbelnde Nase taten ihr Übriges.

Umso überraschter war sie, als sie hinter der nächsten Wegbiegung vor einem Streifenwagen standen, der einige Meter in den schlammigen Weg hineingefahren war. Eine junge Polizistin in Uniform sprang vom Beifahrersitz. Anna hätte sich nicht gewundert, wenn sie vor Brenner salutiert hätte. Vermutlich war es einer ihrer ersten Einsätze.

„Wo steckt denn Ihr Kollege?", fragte der Polizist, während er mit kritischem Blick den Lichtstrahl seiner Taschenlampe über den Wagen gleiten ließ, dessen Vorderräder einige Zentimeter tief in den Boden eingesunken waren. „Rufen Sie Küpper, der soll die Karre selbst aus dem Dreck fahren."

Er öffnete die linke hintere Tür, bat Anna mit einer Handbewegung einzusteigen, ging um den Wagen herum und setzte sich rechts neben sie. Sie mussten nicht lange warten, bis ein leicht untersetzter junger Mann in Uniform auf sie zustolperte, die Fahrertür aufriss und den Motor startete, noch ehe seine Kollegin einsteigen konnte. „Zum Kommissariat?", fragte er, während er den festgefahrenen Wagen mit heulendem Motor aus dem Schlamm löste und wendete.

Brenner verzog gequält das Gesicht, während er nickte und zustimmend brummte. Dann, als sie wieder festen Boden unter den Rädern hatten, wandte er sich abrupt zu Anna: „Wo steht Ihr Wagen?"

„Auf dem kleinen Parkplatz hinter der Kläranlage", antwortete sie mechanisch. „Wir kommen ja gleich daran vorbei."

„Marke, Nummernschild?", fuhr Brenner fort, während er sich von der jungen Polizistin das Funkgerät nach hinten reichen ließ. Anna beantwortete auch diese Fragen, obwohl um diese Zeit sicher kein zweiter Wagen dort stand.

Brenner sprach kurz in das Funkgerät; Anna hörte, wie er ihr Fahrzeug beschrieb, dann fielen ihr die Augen zu. Bestimmt würde der Wagen abgeschleppt werden, überlegte sie im Halbschlaf, wegen der Spuren – aber da gab es ja zum Glück keine. Und das Blut an ihrer Kleidung konnte sie erklären ... Sie öffnete die Augen einen Spalt, sah die Lichter der nächtlichen Stadt vorbeihuschen, überlegte, wann sie wohl endlich nach Hause durfte, und nickte wieder ein. Als sie das nächste Mal die Augen öffnete, erkannte sie die Jülicher Straße, dann fuhren sie weiter auf die Jülicher Landstraße, und Sekunden später tauchte das mächtige Gebäude der Kreispolizeibehörde schon auf der rechten Seite auf. Anna schloss die Augen wieder, bis der Wagen zum Stehen kam. Immerhin, fiel ihr auf, hatten sich ihre Augen und die Nase inzwischen wieder ein wenig beruhigt.

„Kommen Sie, Frau Berg." Brenner hielt ihr die Wagentür auf, bis sie etwas wackelig ausgestiegen war, warf die Tür zu, klopfte noch einmal an die Scheibe der Fahrertür und hob, als die Streifenpolizisten ihn ansahen, zum Dank die Hand.

Auf den wenigen Metern bis zum Eingang des Gebäudes begann Anna wieder zu frieren, und als die Türe hinter ihr zugefallen war, überfiel sie in dem warmen Flur erneut die Müdigkeit. Sie trottete neben dem Mann her, ohne auf den Weg zu achten. Ein zufälliger Blick auf ihre schlammverkrusteten Schuhe ließ sie leise aufstöhnen, doch als sie den großen dunklen Fleck auf ihrer grauen Hose bemerkte, wurde ihr wieder bewusst, dass Erde auf ihrer Kleidung nun das kleinste Problem war.

Brenner schloss eine Tür auf, bot ihr einen Stuhl in dem Büro dahinter an, telefonierte kurz mit einer Kollegin. Während Anna ihre nun wieder juckende linke Hand rieb, bemerkte sie, dass ihre Finger noch immer klebrig waren vom Blut, das sie der Katze abgewischt hatte. „Wo ist denn hier die Toilette?", fragte sie, ehe ihr bewusst wurde, wie durchsichtig dieser Versuch war.

„Ich muss Sie bitten, noch einen Moment zu warten", entgegnete Brenner, ohne sich anmerken zu lassen, ob er Annas Absichten durchschaut hatte.

Es dauerte nur wenige Minuten, bis eine ältere Polizistin in Uniformhose und -bluse ins Zimmer kam und Anna in einen Nebenraum begleitete. Dort zog sie Handschuhe an und bat die Künstlerin um ihren Mantel, die Schuhe, den leuchtend roten Schal. Ein plötzliches Gefühl von Wehmut überfiel Anna, als ihr wieder einfiel, wie lange sie gestern erst nach diesem Schal gesucht hatte, der genau den gleichen Ton wie ihre aktuelle Haarfarbe haben sollte. Sie war nicht berühmt genug, um auf der Straße an ihrem Gesicht erkannt zu werden; aber an die Malerin, die auf allen Pressefotos mit roten Haaren und rotem Schal vor einem ihrer rot-schwarzen Bilder abgelichtet war, würden sich viele Menschen erinnern.

Jetzt, wo sie am liebsten im Erdboden versunken wäre, erschien ihr dieser Gedanke reichlich unpassend. Als sie der Beamtin den Schal reichte, stutzte diese, holte rasch aus einem Schrank zwei durchsichtige Tütchen, stülpte sie Anna über beide Hände und zog sie am Rand zusammen.

Anna entkleidete sich weiter, bis die Polizistin auch Hose, Bluse und Weste in durchsichtigen Beuteln verpackt hatte und ihr stattdessen einen Overall reichte. Anna zitterte inzwischen so heftig, dass sie den Reißverschluss nicht alleine schließen konnte, die ältere Frau musste ihr helfen. Eigentlich hatte sie überhaupt nicht das Gefühl zu frieren; vermutlich, dachte sie, spielte nur ihr Kreislauf verrückt. Andererseits war sie tief im Innern froh über ihre Erschöpfung, die sie diese Prozedur irgendwie überstehen ließ. Obwohl sie begriff, was mit ihr geschah, fühlte sie sich eher wie ein Zuschauer. Die Angst, die kurz zuvor noch ihren Magen zusammengezogen hatte, war einer dumpfen Benommenheit gewichen, die Anna aus den Momenten zwischen Schlaf und Wachen kannte, wenn sie sich noch einmal auf die andere Seite drehte und es genoss, dem Tag noch ein paar Minuten abtrotzen zu können.

Zurück in dem Büroraum, wurde sie bereits von Brenner und einem anderen Mann in Zivil erwartet. Der Fremde entfernte die Tüten von ihren Händen, murmelte etwas von unfähigen Kollegen, wobei Anna an seinem Gesicht nicht ablesen konnte, auf wen sich diese Bemerkung bezog, und begann dann, Abstriche von ihren Fingern und Händen zu nehmen.

Gedankenverloren sah Anna der Polizistin hinterher, die mit den gut verpackten Kleidungsstücken den Raum verließ. Erst als sie einen stechenden Schmerz unter dem Fingernagel spürte, zuckte sie zurück und sah wieder auf ihre Hände.

„Sorry, is' spät", murmelte der Mann und stocherte etwas vorsichtiger unter dem nächsten Fingernagel nach etwas Brauchbarem. Noch immer fühlte Anna sich merkwürdig unbeteiligt. Am liebsten hätte sie ihn gefragt, ob er schon etwas Interessantes gefunden hatte, doch dazu war sie noch zu müde.

Sie begann zu überlegen, wann sie ihre Fingernägel zum letzten Mal gereinigt hatte. Heute sicherlich nicht, dazu war sie den ganzen Tag zu sehr mit der Vorbereitung der Ausstellung beschäftigt gewesen. Aber gestern bestimmt. Dann würde der Mann auf jeden Fall Farbe finden, mit der sie am letzten Abend noch einige winzige Korrekturen angebracht hatte, Terpentin natürlich, vielleicht Putz vom Aufhängen der Bilder in der Galerie. Sie hatte im Laufe des Tages eine ganze Tafel Schokolade und einige Bonbons gegessen, die ihre Spuren hinterlassen haben mochten; seit sie endlich aufgehört hatte zu rauchen, war ihr Schokoladenkonsum sprunghaft angestiegen. Dann natürlich Blut, vielleicht Katzenhaare und sicherlich Erde von der Ölgangsinsel ... Die arme Katze, fuhr ihr durch den Kopf, sicherlich hatte die Kleine einen fürchterlichen Schreck bekommen, als sie den Toten gefunden hatte. Vielleicht hatte sie ihn sogar gekannt? Anna versuchte sich an das Tier zu erinnern. Im schwachen Mondlicht hatte sie nicht viel erkennen können, doch ein Halsband hätte sie spüren müssen, als sie nach einer Wunde gesucht hatte. Wohl eine wilde Katze. Oder von einer freilaufenden Hauskatze dort geboren.

Während der Polizist gerade seine Sachen zusammenpackte und Anna überlegte, ob sie wohl noch mal nach der Toilette fragen sollte, kam Frau Richards ohne zu klopfen herein.

„Alles erledigt?", fragte sie Brenner, und als der nickte, hängte sie ihren kurzen Mantel an den Garderobenständer und setzte sich gegenüber der Künstlerin an den Tisch. „Kaffee? Etwas zu essen?"

Anna riss sich zusammen. „Das wäre schön", murmelte sie. Immerhin gehorchte ihre Zunge ihr noch, auch wenn sie das Gefühl hatte, dass ihr Gehirn sich gerade in Watte verwandelte. Aber jetzt musste sie versuchen, wach zu werden. Bisher hatte sie alles nur über sich ergehen lassen; sie hätte sowieso nichts ändern können. Wenn sie nun aber etwas Falsches sagte, konnten die Folgen schlimmer sein, als sie sich im Moment auszumalen wagte.

„Brauchen Sie eine warme Jacke?", erkundigte sich Frau Richards. Offenbar hatte sie die kurzen Anfälle von Schüttelfrost bemerkt, die Anna immer wieder erzittern ließen.

„Danke, das ist nur der Kreislauf", entgegnete die. Schweigend warteten sie auf den Kaffee, den Brenner holen gegangen war. Als er zurückkehrte, brachte er neben drei dampfenden Bechern mit schwarzem Kaffee auch mehrere Schokoriegel mit. Offenbar hatte er sein gesamtes Kleingeld in den Automaten geworfen. Anna überlegte kurz, ob das einfach eine aufmerksame Geste war oder auf eine lange Nacht hindeutete; dann verdrängte sie den Gedanken und griff dankbar zu. Der heiße Kaffee und die Süßigkeiten taten ihre Wirkung; schon nach einigen Minuten fühlte Anna sich wach genug, um Frau Richards auffordernd anzusehen.

„Stört es Sie, wenn ich ein Band mitlaufen lasse?", fragte die, und als Anna den Kopf schüttelte, richtete sie das kleine Mikrofon aus, das sie unter dem Tisch hervorgeholt hatte, und drückte einen Knopf auf dem angeschlossenen Aufnahmegerät. Dann sprach sie Datum und Uhrzeit in das Mikrofon, brummte kopfschüttelnd „So spät schon", setzte sich aufrechter und fuhr fort: „Anwesend: Kriminaloberkommissarin Gabriele Richards, Kriminalkommissar Bernd Brenner, die Zeugin Anna Berg. Frau Berg", sie sah Anna an, „nennen Sie uns bitte Anschrift und Geburtsdatum."

Anna beantwortete diese Fragen ebenso wie ein paar weitere zu ihrem persönlichen und beruflichen Umfeld. Sie beschränkte sich auf die nötigsten Fakten – dass sie ledig und als Künstlerin tätig war. Es ging niemanden etwas an, dass die Trennung von Frank noch immer in manchen Momenten schmerzte und dass sie nur deshalb freiberuflich arbeitete, weil sie in ihrem erlernten Beruf als Restauratorin seit Jahren keinen Job mehr fand.

„Kommen wir nun zum heutigen Abend", fuhr die Kommissarin – Oberkommissarin, korrigierte Anna sich in Gedanken – fort, „Sie wollten also wie jeden Tag einen nächtlichen Spaziergang über die Ölgangsinsel machen, als Sie den Toten fanden?"

Anna schüttelte den Kopf. „Nein, meist gehe ich abends am Rhein spazieren, wenn ich nicht schlafen kann", antwortete sie. „Ich wohne ja nicht weit von der Erftmündung entfernt, und dort unten ist es ruhig und friedlich. Nur heute ..." Sie runzelte die Stirn, als sie sich zu konzentrieren versuchte. „Heute Abend war ich zuerst bei meiner Vernissage in der Galerie BlickPunkt ... die neue Galerie in der Rheinwallstraße", fügte sie hinzu, als sie Frau Richards' fragenden Gesichtsausdruck bemerkte. „Dort unterhielt ich mich eine Weile mit einer Frau, die Interesse an einem Bild hatte, und irgendwann fragte sie nach den Pflanzen, die ich dargestellt hatte." Anna schwieg wieder einen Moment, während sie sich zu erinnern versuchte.

„Die Frau meinte, sie fände die Pflanzen sehr tröstlich, und daraufhin erklärte ich ihr, das sei kein Wunder bei einer Erzengelwurz. Offensichtlich", wieder unterbrach sich Anna, als ihr be-

27

wusst wurde, dass nicht viele Menschen diese Stauden kannten, „hatte sie die Pflanze schon früher auf der Ölgangsinsel bemerkt, als sie dort noch wuchs – andere Standorte gibt es hier in der Nähe nicht, soweit ich weiß", fügte sie hinzu. „Auf alle Fälle erzählte sie weiter, wie beruhigend sie die Ölgangsinsel bei Nacht finde ... und da es mit dem Wagen nur ein Katzensprung vom Parkhaus hinter der Bibliothek dorthin war, wollte ich heute statt an der Erftmündung eben auf der Ölgangsinsel spazieren gehen."

„Wie bei einer Schnitzeljagd", kommentierte Brenner halblaut, woraufhin Frau Richards ihm einen ärgerlichen Blick zuwarf. Aber genau so kam es Anna im Nachhinein auch vor – ein Wort hatte zum nächsten geführt, und diese lange Kette von Zufällen hatte sie schließlich zuerst zur Ölgangsinsel und dann hierher gebracht. Andererseits klang Brenners Stimme so misstrauisch, als hielte er schon diesen Teil ihres Abends für konstruiert. Was würde er dann erst zu der Katze sagen? Rasch griff Anna nach dem vorletzten Schokoriegel, ehe die Angst wieder aufsteigen konnte.

„Wann haben Sie denn die Galerie verlassen?", fragte Frau Richards nach.

Anna überlegte einen Moment. „Das muss gegen halb elf gewesen sein", antwortete sie dann. „Ich weiß noch, ich habe um kurz nach zehn auf die Uhr gesehen, weil ich hoffte, die letzten Gäste würden bald gehen. Danach hat es nicht mehr lange gedauert, ich habe mich von dem Galeristen

– Sascha Andres – verabschiedet und bin zum Parkhaus gegangen, in dem mein Wagen stand."

„Ihr Anruf erreichte die Feuerwehr …", Frau Richards blätterte in ihrem Notizbuch, „um 23 Uhr 26. Wie lange haben Sie denn für den Weg zu dem Ort gebraucht, wo Sie Ihren Wagen – übrigens nicht ganz legal – abgestellt haben?"

Anna schoss das Blut in die Wangen. Sie hatte sich zwar ab und an mal gefragt, ob die Erdflächen links und rechts der Einfahrt zur Kläranlage tatsächlich als Parkplätze gedacht waren, diese Frage aber für sich selbst immer kurzerhand mit Ja beantwortet. Doch das war nun wirklich ihr geringstes Problem. „Ich weiß nicht genau, vielleicht zehn Minuten, vielleicht auch eine Viertelstunde?", überlegte sie laut. Jetzt erst wurde ihr das eigentliche Problem bewusst, und sie fügte schnell hinzu: „Ich bin dann ganz gemütlich zur Ölgangsinsel gegangen, in der großen Schleife um den Damm herum, weil ich im Dunkeln nicht die Böschung hinuntergehen und dabei vielleicht in ein Erdloch treten wollte … sicherlich war ich eine Weile unterwegs, ehe ich die Stelle erreicht hatte, wo … der Tote lag." Sie wunderte sich kurz, wie schwer es ihr fiel, dieses Wort auszusprechen.

Frau Richards ließ sich jedenfalls nicht anmerken, was sie von der bisherigen Geschichte hielt. „Haben Sie denn gar keine Angst, dort so alleine spazieren zu gehen, mitten in der Nacht?", fuhr sie ruhig fort.

Anna schüttelte den Kopf. „Nein, natürlich nicht. Im Hafen sind doch immer Menschen unterwegs, der Weg führt fast direkt am Rhein entlang, und von dort aus kann man ihn größtenteils einsehen. Außerdem bin ich auf der Ölgangsinsel sogar einigen Hundehaltern begegnet."

Die Oberkommissarin sah sie nachdenklich an. „Sicherlich werden diese Menschen sich an Sie erinnern können", sagte sie langsam, und Anna hatte das merkwürdige Gefühl, dass die Frau gar nicht mehr über ein Alibi sprach, sondern einen ganz anderen Gedanken verfolgte. „Und Ihr Wagen ist, wie ich gehört habe, auch nicht gerade unauffällig."

Wieder spürte Anna, wie sie rot wurde. „Klappern gehört eben zum Handwerk", entgegnete sie möglichst ruhig. Dabei war sie oft genug selbst unsicher, ob die großflächige Werbung auf den Türen und der Heckscheibe des alten Kastenwagens nicht übertrieben war. Aber seit sie ihr Auto mit einigen Kopien ihrer Kunstwerke verziert und ihren Namen und die Adresse ihrer Website auf allen Seiten gut sichtbar angebracht hatte, hatten die Zugriffe auf ihre Internetseite deutlich zugenommen, und seither hatte sie auch häufiger als früher ein Bild verkauft.

„Den Wagen werden also auch einige Zeugen gesehen haben", setzte die Polizistin ihren Gedankengang fort.

„Bestimmt", nickte Anna. Sie wurde das Gefühl nicht los, dass die Frau über etwas ganz Bestimmtes nachdachte, doch im Moment war Anna viel zu erschöpft, um ihr noch folgen zu können.

„Wie ging es denn weiter, nachdem Sie Ihren Wagen abgestellt hatten?", fragte die Oberkommissarin, nachdem sie ein paar Worte in ihr Notizbuch gekritzelt hatte.

„Ich bin einfach ziellos über die Insel gewandert", antwortete Anna. „Bis ich aus dem Dickicht ein Geräusch hörte ..." Sie versuchte, so genau wie möglich ihre Begegnung mit der kleinen Katze zu beschreiben, schilderte, wie sie das Blut von deren Fell abgewischt und dennoch keine Wunde gefunden hatte, sodass sie schließlich fürchtete, ein verletztes Tier liege im Dickicht, und die Feuerwehr um Hilfe gebeten hatte.

Brenner schnaubte leise. Es war nicht zu übersehen, dass er ihr kein Wort glaubte. Oder spielten sie nur „Guter Bulle, böser Bulle", wie Anna es so oft in Fernsehkrimis gesehen hatte? Dabei wäre er eher für den Part des guten Bullen prädestiniert, zumindest wirkte er eigentlich ganz nett ... aber genau genommen war ihr das auch egal. Sie wollte nur nach Hause, ein paar Stunden schlafen – und vorher endlich die Finger waschen, die noch immer penetrant nach Blut zu stinken schienen. Aber vielleicht hatte sich auch einfach der Geruch in ihrer Nase festgesetzt.

„Gut, alles Weitere wissen wir ja", sagte Frau Richards entschieden. „Das Gespräch endet um ...", sie warf einen Blick auf die Uhr, notierte die Zeit und schaltete das Band ab.

31

„Frau Berg", wandte sie sich wieder an Anna, „ich bringe Sie jetzt nach Hause, und morgen melden wir uns bei Ihnen. Wenn Ihnen noch irgendetwas einfällt ..." Sie tastete die Taschen ihres Jacketts ab und fluchte dann leise. „Rufen Sie einfach die Kreispolizeibehörde an und lassen Sie sich durchstellen", fuhr sie fort. „Visitenkarten habe ich in der anderen Jacke."

„Mache ich", nickte Anna. Jetzt, wo offenbar endlich alles vorbei war, überfiel die Erschöpfung sie wieder. Sie musste sich einen Moment lang am Stuhl festhalten, nachdem sie aufgestanden war. „Mein Schlüssel?", fiel ihr noch ein.

Den holte Brenner, während Anna langsam mit Frau Richards ins Erdgeschoss hinunterging. Auf dem kurzen Weg vom Kommissariat nach Grimlinghausen zu ihrer Wohnung schlief Anna wieder ein und musste vor ihrem Haus von der Kommissarin geweckt werden. Erst als die Polizistin sie zur Haustür begleitete, fiel Anna auf, dass sie noch immer nicht wusste, wer überhaupt ermordet worden war. Aber danach konnte sie immer noch fragen. Jetzt wollte sie nur noch schlafen.

## Kapitel Zwei

Als Anna sich am nächsten Morgen aus dem Bett quälte, beschien die Sonne so strahlend hell die Fassaden der gegenüberliegenden Häuser, dass Anna sich für einen Moment in den Sommer zurückversetzt fühlte. Das Außenthermometer zeigte sieben Grad, angemessen für einen Novembertag. Anna kippte das Schlafzimmerfenster, um ein bisschen frische Luft hereinzulassen, warf dabei noch einen Blick auf die Straße und stutzte. Weshalb waren die Scheiben des schwarzen Wagens, der gegenüber ihrem Haus parkte, bei diesem Wetter beschlagen? Und hatte sich nicht gerade etwas darin bewegt?

„Ob ich den Polizisten einen Kaffee bringen soll?", fragte sie den Ficus auf der Fensterbank in einem Anflug von Galgenhumor. Aber der ließ nur trübe seine Blätter hängen.

Am liebsten hätte Anna sich gleich wieder ins Bett gelegt. Die vergangene Nacht erschien ihr wie ein böser Traum – erst die fürchterliche Vernissage, der Streit mit diesem merkwürdigen Journalisten, und dann noch der Tote … und ihr Wagen wurde vermutlich gerade von der Spurensicherung in seine Einzelteile zerlegt. Anna atmete tief ein, als ihr bewusst wurde, was an diesem Tag alles auf sie zukommen mochte. Sie war sich ziemlich sicher, dass Lanski – oder wie der Reporter vom Neusser Lokalkurier hieß – Annas Bilder in seinem Artikel nicht vorsichtiger beschreiben würde, als er es während der Vernissage in diesem hässlichen Streit getan hatte. „Kastrationsphantasien" hatte er ihr vorgeworfen und „Mordgelüste an allen Männern".

Vermutlich hätte Anna sich darüber keine großen Sorgen gemacht – wenn sie nicht insgeheim befürchtet hätte, der Mann könne recht haben. Die seit gestern ausgestellten Bilder waren allesamt in den Monaten nach ihrer Trennung von Frank entstanden, und sie enthielten mehr Schmerz und Wut, als Anna jemals zuvor dargestellt hatte.

Auch in den Gesichtern der anderen Gäste der Vernissage hatte sie Verwunderung und Ablehnung gelesen. Diese Bilder waren mit ihrem sonstigen Werk nicht zu vergleichen. Hier gab es keine Harmonie, sondern Zerrissenheit und Gewalt. Manche Gäste waren schon bald gegangen, offenbar schockiert und empört zugleich. Anna erinnerte sich an eine halblaute Frage, die eine Frau ihrem Mann gestellt hatte – „Darf man so etwas denn überhaupt malen?"

Dabei hatte sie bis zuletzt gehofft, die Bilder hätten nur für sie selbst diese Bedeutung. Dass auch andere Menschen sehen konnten, was sie nach ihrer Trennung empfunden hatte, hätte Anna eigentlich als Zeichen dafür deuten können, dass sie immer besser malte – nur hätte sie gerade bei diesen Bildern gut darauf verzichten können.

Sie musste schnell einen Lokalkurier kaufen, nahm sie sich vor, um zumindest vorgewarnt zu sein. Und falls der Artikel so schlimm war, wie sie befürchtete, würde sie wieder einmal ihre Haarfarbe ändern und in den nächsten Wochen kein Rot tragen. Zum Glück war sie nicht bekannt genug, um länger für Schlagzeilen zu sorgen, dachte sie und musste grinsen. Normalerweise hätte sie vieles getan, um diesen Zustand zu ändern.

Dann musste sie wieder an das Verhör denken und merkte im selben Moment, wie ihr schwindelig wurde. Sicherlich hatte sie viel zu wenig geschlafen. Erst mal stellte sie sich unter die Dusche, kochte Kaffee und zwang sich, eine Scheibe Brot mit Käse zu essen.

Schließlich zog Anna einen warmen Mantel über die farbverschmierten Arbeitsklamotten, in die sie nach dem Duschen geschlüpft war, zog feste Schuhe an und machte sich auf den Weg zum nächstgelegenen Kiosk. Sobald sie einen Blick in den Lokalkurier geworfen hätte, wäre sie sich zumindest in dieser Hinsicht sicher, wie schlimm die Situation für sie war. An die andere Geschichte mochte sie noch gar nicht denken; zu unwirklich erschien ihr die Idee, jemand könne sie für fähig halten, irgendeinem Fremden etwas anzutun.

Im Briefkasten wartete schon die NGZ auf sie. Anna schlug zuerst die Neusser Seite auf, fand ihre Ausstellung nicht erwähnt und blätterte nach kurzem Zögern zurück zum Kulturteil. Tatsächlich, dort war ein Foto von ihr! Obwohl Anna eigentlich anderes im Kopf hatte, begann sie vor Freude breit zu grinsen. Das Bild war genau so geworden, wie sie es sich vorgestellt hatte, und der Artikel gefiel ihr beim ersten Überfliegen sehr gut – der Reporter sprach von einer „außergewöhnlichen" Ausstellung mit Bildern voller Kraft und voll tiefer Emotionen. Entweder waren ihm die schockierten Besucher tatsächlich nicht aufgefallen, oder er hatte nur eine freundlichere Beschreibung für die Bilder gefunden.

Anna war jedenfalls mehr als zufrieden mit dem Artikel. Als sie aus der Haustür trat, winkte sie den Polizisten hinter den beschlagenen Scheiben des Wagens auf der anderen Straßenseite fast übermütig zu, ehe sie sich wieder fing. Erst einmal musste sie sich vergewissern, was im Lokalkurier über ihre Ausstellung stand, und dann ... Was mochte eigentlich aus der kleinen Katze geworden sein?, fiel ihr plötzlich ein. Irrte das arme Tier etwa bei dieser Kälte über die Ölgangsinsel, ohne Nahrung und Schutz?

Und selbst wenn, dachte sie kopfschüttelnd, was sollte sie denn daran ändern? Anna war nun einmal gegen Katzenhaare allergisch, und sie hätte sowieso keine Zeit und keinen Platz für ein Haustier gehabt. Dennoch tat ihr das kleine Tier leid. Ob sie vielleicht noch einmal mit dem Bus zur Ölgangsinsel fahren sollte, nur um sicherzugehen, dass das Kätzchen dort nicht halbverhungert und fast erfroren zwischen den Brennnesseln lag? Vielleicht hatte das Tier seine Mutter verloren und war noch gar nicht in der Lage, für sich selbst zu sorgen?

Erst einmal, entschied sie, musste sie wissen, was im Lokalkurier stand – falls der Artikel überhaupt noch in die Samstagsausgabe gekommen war. Doch diese Sorge war unbegründet. Anna war noch einige Meter vom Kiosk entfernt, als sie schon ihr Foto auf der Titelseite einer Zeitung erkennen konnte. Sie musste nicht viel näher gehen, um die Überschrift lesen zu können – „Eklat bei Vernissage lokaler Malerin" stand dort in fetten Buchstaben, gedruckt im gleichen Rot-Ton wie ihre Haare und der Schal, der nun von der Polizei untersucht wurde.

Anna hatte das Gefühl, sie könnte jeden Moment einfach umfallen. Rasch zerrte sie die Kapuze des Mantels über ihre Haare, ehe jemand sie erkennen konnte. Das hier war schlimmer, als sie erwartet hatte. Die Überschrift genügte ihr, auf den Rest des Artikels konnte sie verzichten. Weshalb, überlegte sie, während sie einfach weiter geradeaus ging, nur fort von dem Kiosk, weshalb tat dieser Reporter ihr so etwas an? Die Gedanken an den Artikel und den Mord wirbelten in Annas Kopf durcheinander, ohne dass sie hätte sagen können, was sie mehr ängstigte. Beides konnte ihre Zukunft zerstören, wenn auch auf unterschiedliche Weise.

Irgendwann gelangte sie an den Rhein, wandte sich, ohne darüber nachzudenken, nach Norden und ging weiter, die Augen starr auf den Boden vor ihren Füßen geheftet. Heute schaffte es nicht einmal der Fluss, sie zu beruhigen. Und so nahm Anna es als ein Zeichen, dass sie sich schließlich am südlichen Rand der Ölgangsinsel wiederfand. Vom Hafen drangen die typischen Geräusche zu ihr herüber, die sie immer erst nach einigen Minuten überhören konnte. Das Naturschutzgebiet aber wirkte wie eine eigene kleine Welt, unberührt vom Lärm und von den Sorgen der Stadt. Auch wenn Anna sich einen Moment lang ärgerte, dass sie nicht einmal Milch für das Kätzchen mitgebracht hatte, zögerte sie nicht lange. Vielleicht würde es ihr helfen, ihre Gedanken zu sortieren, wenn sie die Wege der letzten Nacht noch einmal gehen konnte.

Sie brauchte eine Weile, um sich wieder zurechtzufinden. Im Licht der tiefstehenden Sonne warf jeder einzelne Baum lange Schatten. Anna kam an mehreren Schneisen vorbei, die zu morastig aussahen, um sie zu betreten. War sie daran auch am Vorabend entlanggegangen? Fast wäre sie umgekehrt, als sie endlich die Lichtung wiederzuerkennen glaubte, an der ihr gestern das Kätzchen zugelaufen war. Obwohl sie im Dunkel der Nacht den sauber abgesägten Teil eines kräftigen Baumstammes gar nicht bemerkt hatte, der nun dort lag und den Weg hinein ins Dickicht versperrte. Oder markierte, wie auch immer man das sehen wollte.

Doch tatsächlich hörte sie nach wenigen Minuten das leise Maunzen, das sie gestern auf die kleine Katze hatte aufmerksam werden lassen.

„Kätzchen, wo bist du?", rief sie, während sie langsam weiterging und dabei ihre Augen über die Wegränder schweifen ließ. Der leichte Wind bewegte die hohen Gräser und die längst verblühten Reste des Springkrauts und sorgte damit für ein unablässiges Flüstern, das Anna ungewöhnlich laut erschien. Vermutlich, weil sie sich so auf jedes Geräusch konzentrierte, um das Kätzchen nicht zu überhören, falls es miaute.

Tatsächlich sah sie, als sie näher an einen Gebüschstreifen zwischen Weg und Rheinufer kam, dort eine Bewegung. Sie ging schneller und blieb bei den ersten Pflanzen stehen. Da war das leise Fiepsen wieder, und während sie das Geräusch noch zu orten versuchte, sah sie eine Bewegung zwischen den Pflanzen. Im nächsten Moment stand das Kätzchen vor ihr auf dem Weg.

„Du bist ja ganz nass", murmelte Anna erschrocken und ging in die Hocke. Hatte sie zumindest ein Tuch dabei? Vergeblich suchte sie in den Taschen ihres Mantels und rieb das Tier schließlich vorsichtig mit einer Stofftasche trocken. „Du holst dir noch den Tod, wenn du dich zwischen diesen nassen Pflanzen herumtreibst", schimpfte sie leise.

Jetzt schon merkte sie, wie ihre Nase zu kribbeln begann. Was sollte sie nur mit diesem kleinen

Kätzchen tun, überlegte sie. Mitnehmen konnte sie es nicht, doch hier draußen, ganz alleine, würde es vermutlich nicht überleben. Sollte sie es einfach in ein Tierheim bringen? Aber das einzige Tierheim, das ihr einfiel, lag bei Norf, und dorthin konnte sie nicht zu Fuß gehen. Wie sollte sie ein kleines Kätzchen dorthin bringen, das jederzeit Angst vor den anderen Menschen im Bus bekommen und flüchten konnte?

Die Entscheidung wurde ihr abgenommen.

„Schon erstaunlich, wie oft sich manche alten Regeln bewahrheiten", hörte sie eine Stimme hinter sich.

Anna drehte sich um, soweit das in der Hocke möglich war, und erkannte Frau Richards mit zwei Polizisten in Uniform.

„Was meinen Sie?", fragte sie verwirrt und richtete sich auf. Die kleine Katze drückte sich an Annas linkes Bein.

„Dass ein Tatort oft den Täter noch einmal anlockt, natürlich", entgegnete die Oberkommissarin kühl.

Anna spürte, wie ihr das Blut in den Kopf schoss. „Das ist doch völliger Wahnsinn", murmelte sie. „Wie können Sie nur glauben, ich könnte einem Menschen etwas antun ... Und weshalb hätte ich das tun sollen? Ich kannte ihn doch gar nicht."

„Woher wissen Sie denn, wer der Tote ist?", fragte Frau Richards interessiert. In diesem Moment erinnerte sie Anna an einen Geier, der sich auf die Beute stürzte.

„Ich weiß es doch nicht", sagte sie verzweifelt, „aber es wäre doch ein viel zu großer Zufall, wenn ich ihn auch noch kennen würde, nachdem ich ihn schon finden musste ..."

„Als Zufall würde ich das nicht bezeichnen", entgegnete die Kommissarin. Langsam schlenderte sie näher. „Eher als einen ziemlich undurchdachten Plan. Glauben Sie wirklich ..."

Plötzlich fauchte die Katze und wich einen Schritt zurück.

„Halten Sie das Tier mal fest", befahl die Kommissarin, die stehen geblieben war.

Verwirrt nickte Anna, hockte sich neben das Kätzchen, schlang vorsichtig ihren schwarzen, breiten Schal um das Tier, um es besser fassen zu können, und nahm es dann auf den Arm.

„Geben Sie es meinen Kollegen", bestimmte Frau Richards.

Vorsichtig drückte Anna das Tier dem netter aussehenden Polizisten in die Hände. „Was geschieht denn jetzt mit ihr?", fragte sie.

„Sie sollten sich lieber Gedanken darüber machen, was nun mit *Ihnen* geschieht", entgegnete Frau Richards kühl. „Bringen Sie Frau Berg ins Kommissariat, ich komme gleich nach."

„Was? Schon wieder? Aber warum denn?" Anna blickte hastig zwischen der Kommissarin und den beiden Uniformierten hin und her. „Ich habe doch überhaupt kein Motiv!"

„Über Ihr Motiv sprechen wir gleich im Kommissariat", entgegnete Frau Richards so langsam und ruhig, wie man mit einem begriffsstutzigen Kind sprach.

Annas Verzweiflung verwandelte sich allmählich in Wut. Was sollte denn diese Bemerkung? „Dann kann ich die Katze ja auch so lange noch nehmen", bemerkte sie und streckte auffordernd ihre Arme nach dem Tier aus, das der junge Polizist ihr sofort zurückreichte.

Erst als Anna auf dem Rücksitz des Polizeiwagens saß, begann sie zu begreifen, wie dumm es gewesen war, das Kätzchen nicht bei dem Polizisten zu lassen. Ihre Nase lief nun fast ununterbrochen, und die Augen begannen bereits wieder zu tränen, während das kleine Tier sich auf ihrem Schoß zusammengerollt hatte und nun mit beiden Vorderpfoten sanft auf Annas linke Hand trommelte. Der Polizist zu ihrer Rechten blickte sie immer wieder verstohlen an, schien sich aber nicht zu trauen, Anna zu fragen, ob er ihr das Kätzchen wieder abnehmen sollte.

Erst als sie die Gebäude der Kreispolizeibehörde erreicht hatten, wickelte sie das Kätzchen wieder vorsichtig in ihren Schal und reichte das kleine Bündel demselben Polizisten wie vorhin. Das Kätzchen maunzte traurig und sah ihr mit großen Augen hinterher, als sie dem anderen Polizisten zu Frau Richards' Büro folgte. Anna hätte zu gern gewusst, was nun mit dem Tier geschehen sollte. Vermutlich würde ein Mitarbeiter der Spurensicherung versuchen, Blutreste im Fell zu finden. Aber das, überlegte Anna, war nur gut für sie – damit wäre bewiesen, dass das Blut an ihrer Hose tatsächlich von dem Kätzchen stammte.

Kurz nachdem sie im Büro der Oberkommissarin angekommen waren, kam Brenner herein und begrüßte sie knapp, wenige Minuten später folgte Frau Richards. Der uniformierte Polizist ging Kaffee holen, dann verließ er den Raum.

„So, Frau Berg", begann die Oberkommissarin und sah Anna auffordernd an, „Sie wollten uns also etwas über Ihr Motiv erzählen."

„Das hätte ich gerne von Ihnen erfahren", entgegnete Anna. Dass ihre Wangen schon wieder zu brennen begannen, machte sie fast wütender als die Behandlung durch diese Polizistin. „Müssen Sie mich außerdem nicht darauf hinweisen, dass ich einen Anwalt anrufen kann?", fragte sie mühsam beherrscht.

„Brauchen Sie denn einen?", entgegnete die Kommissarin ruhig.

„Natürlich nicht, aber …"

„Im Moment betrachten wir Sie nur als Zeugin", unterbrach Frau Richards ihre gestotterte Antwort. „Wenn Sie einige Erklärungen für uns haben, wird das auch so bleiben."

Langsam entspannte Anna sich wieder. Sie musste niesen, schnäuzte sich ausgiebig, wischte sich die Tränen aus den Augen und von den Wangen und sah die Kommissarin dann auffordernd an.

„Allergien sind oft psychologisch bedingt", sagte diese unbeteiligt. „Vielleicht rührt diese heftige Reaktion daher, dass das Tier Zeuge des Mordes war?"

Anna starrte sie entsetzt an, als sie begriff, was die Frau damit sagen wollte.

Dann aber fiel ihr etwas ganz anderes ein. Wenn die kleine Katze tatsächlich den Mörder gesehen hatte – war es dann nicht möglich, dass sie vor diesem Angst hatte? Dass sie flüchtete, sobald der Mörder – oder die Mörderin – ihr zu nahe kam?

Anna kannte sich nicht gut genug mit Katzen aus, um beurteilen zu können, ob diese Idee sinnvoll war. Aber das würde erklären, weshalb die Kommissarin so sehr darauf erpicht war, Anna den Mord in die Schuhe zu schieben. Denn Anna wusste schließlich, dass sie den Mann nicht getötet hatte; also mussten die Indizien auch noch andere Schlussfolgerungen zulassen. Anna war offenbar nur zufällig zur falschen Zeit am falschen Ort gewesen, aber wenn sie sich nun nicht gut verteidigte, würde die Kommissarin sie heute nicht wieder einfach gehen lassen.

„Diese Katzenhaarallergie hatte ich schon als Kind", antwortete sie bemüht ruhig. „Sie können gerne meinen Hausarzt fragen. Er wird Ihnen auch bestätigen, dass ich alle Medikamente, die wir bisher ausprobiert haben, nicht vertrage. Und die Desensibilisierung war speziell bei Katzenhaaren wenig erfolgreich."

„Ihr Hausarzt heißt wie?", fragte die Oberkommissarin ungerührt.

Einen Augenblick lang wünschte sich Anna, selbst auch ein solches Pokerface aufsetzen zu können wie ihr Gegenüber. Aber dieser Gedanke war sinnlos. Sie war immer schon leicht zu durchschauen gewesen – nicht nur für Frank, sondern auch für die meisten anderen Menschen. „Doktor Herbert Schmidt", antwortete sie möglichst ruhig und diktierte die Adresse.

Frau Richards lehnte sich zurück und verschränkte die Arme vor der Brust. „Gut. Nun erzählen Sie mir doch bitte noch einmal von Anfang an, was gestern auf Ihrer Vernissage geschehen ist."

Auch Anna lehnte sich demonstrativ zurück und blickte die Polizistin herausfordernd an. „Ich habe die Gäste begrüßt, der Galerist hat eine kurze Rede gehalten, dann habe ich ebenfalls ein paar Sätze zu meinen Gemälden gesagt ..." „Gemälde", fand sie, klang seriöser als „Bilder". Und solange sie sich hier so gar nicht ernstgenommen fühlte, erschien ihr das wichtig. „Danach habe ich mit verschiedenen Gästen angestoßen, geplaudert – was man eben so macht bei einer Vernissage."

„Haben Sie auch mit Herrn Lanski geplaudert?", erkundigte sich die Oberkommissarin nüchtern.

Anna schluckte. Was hatte denn ausgerechnet dieser furchtbare Kerl mit dem Fall zu tun? Ihr schwante Böses. Hatte dieser Reporter sich vielleicht bei der Polizei gemeldet, um seine idiotischen Vorwürfe, die er ihr bereits am Vorabend und nun auch noch im Neusser Lokalkurier gemacht hatte, dort zu wiederholen? Glaubte die Polizei etwa, sie habe tatsächlich „Kastrationsphantasien", wie er es formuliert hatte, und habe diese nun an irgendeinem Mann ausgelebt? Der Tote war wohl erschlagen worden, soweit sie das am Vorabend mitbekommen hatte – war er etwa zusätzlich gefoltert oder verstümmelt worden? Und war der Tote überhaupt ein Mann? Mit einem Mal kam sie sich völlig hilflos vor, ausgeliefert den Fragen dieser Frau, die alle Hintergrundinformationen kannte und Anna damit immer wieder überrumpeln konnte.

Sie riss sich zusammen. „Ja, mit Herrn Lanski hatte ich ebenfalls ein kurzes Gespräch", antwortete sie, ohne das Zittern in ihrer Stimme ganz unterdrücken zu können. „Weshalb fragen Sie?"

„Worum ging es denn in Ihrem Gespräch?", hakte Frau Richards nach, ohne Annas Rückfrage zu beantworten.

„Um die Aussagen meiner Gemälde", antwortete die Künstlerin rasch. Das war unverfänglich. Hatte die Polizistin bereits den heutigen Neusser Lokalkurier gelesen? Wusste sie, was dieser Reporter ihr vorgeworfen hatte? Auf alle Fälle konnte sie nicht behaupten, sie habe sich mit Lanski nicht gestritten. Das hatten zu viele Gäste mitbekommen. „Er fand die neuen Werke … düster", fügte sie nach kurzem Nachdenken hinzu.

„Sind sie das?", erkundigte sich die Oberkommissarin.

Anna nickte bereitwillig. „Ja, ich habe die Trauer nach der Trennung von meinem Partner in ihnen verarbeitet", erklärte sie. Im Zusammenhang mit einem Mord klang Trauer definitiv besser als Wut.

„So so", nickte Frau Richards. Sie griff nach der Akte, die neben ihr lag, blätterte sie so auf, dass Anna nur die Rückseite erkennen konnte – „Ölgangsinsel" stand dort, sicherlich eine ausreichende Bezeichnung, denn auf der friedlichen Insel würde nicht so häufig ein Verbrechen geschehen –, und nickte langsam, während sie las. „Im heutigen Neusser Lokalkurier klingt das ein wenig anders", sagte sie dann unbeteiligt, während sie die Akte wieder zuklappte.

„Sie wissen doch, wie Zeitungen sind – die übertreiben auch schon mal", antwortete Anna hastig. Zu hastig, wie sie erst danach begriff. Und dass ihre Wangen dabei wieder rot anliefen, ließ die Antwort noch mehr wie eine billige Ausrede wirken. Warum hatte sie sich die Zeitung nicht gekauft? Dann hätte sie jetzt zumindest genau gewusst, wogegen sie sich verteidigen musste. Das Wort „Eklat" in der Überschrift konnte vieles bedeuten – hatte Lanski sich im Text genauer darüber ausgelassen, was er in ihren Bildern gesehen hatte? Hatte er womöglich sogar behauptet, wer solche Bilder male, sei auch fähig, seine schwärzesten Phantasien auszuleben?

„Eine Übertreibung beinhaltet nichtsdestotrotz einen wahren Kern", kommentierte Frau Richards nüchtern. „Auf alle Fälle kann ich mir gut vorstellen, dass Sie einiges unternommen hätten, um diesen Artikel zu verhindern."

„Natürlich", antwortete Anna sofort. „Aber wie Sie sehen, hat Lanski sich in der gestrigen Diskussion nicht von seiner Meinung abbringen lassen."

Wieder lehnte sich die Oberkommissarin demonstrativ in ihrem Stuhl zurück. „Laut seinem Redaktionsleiter hat er den Artikel gegen halb zehn am gestrigen Abend per E-Mail eingereicht, also offensichtlich direkt nach seinem Streit mit Ihnen."

Anna nickte langsam. Ja, es musste kurz nach neun gewesen sein, als er sie angesprochen hatte, vielleicht Viertel nach neun ... genau wusste sie es nicht mehr. Danach war sie eine Weile wie betäubt an ihren Bildern vorbeigegangen, hatte sie betrachtet, als sähe sie sie zum ersten Mal ... und irgendwie war das auch der Fall. Erst in diesem Moment hatte sie begriffen, wie schutzlos sie ihr Innerstes nach außen gekehrt hatte. Sie hatte viel mehr von sich preisgegeben als geplant – und niemand hatte es ihr gedankt. Im Gegenteil. Solche Wagnisse würde sie sicherlich nie wieder eingehen.

„Sie konnten den Artikel also nicht mehr verhindern – zumindest nicht, nachdem sie die Vernissage verlassen haben", fuhr die Polizistin fort.

„Nein, wie auch? Da war er ja längst gegangen", entgegnete Anna kopfschüttelnd.

Und dann, einen atemlosen Augenblick später, begriff sie endlich.

„Sie meinen ... das Opfer ist Lanski?", fragte sie tonlos. Das durfte einfach nicht wahr sein. Dann wäre es wirklich kein Wunder, dass diese Oberkommissarin sie verdächtigte. Dann hatte Anna ein Motiv – nein, hätte eines gehabt, wenn sie anfälliger wäre für solche Kränkungen, wie sie der furchtbare Artikel darstellte ... oder doch: Sie *hatte* ein Motiv. Es half nichts, sich diese Tatsache nicht einzugestehen. Sie hätte vieles getan, um Lanskis Artikel zu verhindern. Sie hätte ihm die Reifen zerstochen, damit er die Redaktion nicht mehr rechtzeitig erreichte – vorausgesetzt, sie hätte gewusst, wie sein Wagen aussah und wo er stand. Sie hätte ihm Geld geboten, auch wenn sie davon wahrhaftig nicht zu viel hatte. Hätte sie ihn auch geschlagen? Bei ihrem Streit auf der Vernissage hätte sie ihn beinahe geohrfeigt, wäre ihr nicht rechtzeitig wieder bewusst geworden, wie viele Menschen sie beobachteten und dass dadurch alles nur noch schlimmer werden würde. Er hatte es geschafft, sie mit seinen Worten bis ins Mark zu treffen. Und doch ...

„Ich könnte niemals einen Menschen erschlagen", sagte sie und merkte im selben Moment, wie zögernd ihre Stimme klang, wie deutlich ihre Unsicherheit zu hören war, ob diese Behauptung wirklich unter allen Umständen Bestand hatte.

„Das sagen sie alle", winkte die Oberkommissarin ab. „Aber gut, lassen Sie uns die Ereignisse auf der Vernissage noch einmal durchgehen."

„Ist Lanski der Tote?", fragte Anna nach. Das zumindest wollte sie wissen, ehe dieses unsägliche Verhör weiterging.

„Natürlich", nickte Frau Richards. „Und jetzt lassen Sie uns wieder zum Thema kommen ..."

Ohne weiteren Widerspruch erzählte Anna noch einmal, was sie vor, während und nach der Vernissage gemacht hatte. Die letzten Vorgespräche, die Kontrolle der Beschriftungen ihrer Bilder, die Diskussion mit dem Galeristen, ob sie zwei Gemälde tauschen sollten ... dann die ersten Gäste, die Gespräche in kleinen Gruppen, der offizielle Teil, gefolgt von weiteren Einzelgesprächen ... und natürlich der Streit mit Lanski. „Das ist keine Kunst, sondern ein Mahnmal der Selbstjustiz", hatte er ihr vorgeworfen. „Sie spielen sich hier auf, als seien Sie Ankläger, Richter und Henker in einem." Oder erfand ihre Phantasie Worte hinzu, waren seine Anschuldigungen in Wahrheit weniger drastisch gewesen? Sie wusste es nicht mehr. Und wenn sie ehrlich war, wollte sie sich auch nicht mehr daran erinnern. Bei dem bloßen Gedanken an diese hässliche Auseinandersetzung krampfte sich ihr Magen zusammen. Am liebsten hätte sie den gestrigen Abend komplett vergessen.

„Wir haben über die Aussagen meiner Gemälde diskutiert", übersetzte sie ihre Erinnerungen in

eine harmlosere Fassung für die Oberkommissarin. „Wie ich bereits sagte, fand er sie zu düster."

„Genau genommen nennt er die Motive ‚krank‘",
warf Frau Richards ein. „Und die Malerin dieser
Bilder ebenfalls."

„Krank vor Trauer, meinte er sicherlich", konter-
te Anna sofort. Vielleicht wieder zu rasch, diesmal
war sie sich nicht sicher. Natürlich hatte Lanski in
Wahrheit etwas anderes gemeint. „Racheengel",
das war das Wort gewesen, das er benutzt hatte.
Auch in dem Artikel? Offensichtlich nicht, sonst
hätte die Polizistin ihr diesen Begriff nun auch an
den Kopf geworfen. Oder behielt die Oberkommissarin nur gerne noch einen Trumpf im Ärmel?
Wenn sie nur wüsste, was in diesem verdammten
Artikel stand, dachte Anna wieder.

„Das ist Auslegungssache", entgegnete die
Oberkommissarin und musterte Anna mit zu-
sammengekniffenen Augen, so als könne sie auf
diese Weise tiefer in die Malerin hineinsehen.

Anna musste sich zusammenreißen, um nicht
erleichtert aufzuatmen. Also bohrte die Polizistin
im Dunkeln – offensichtlich hatte Lanski seine
Anschuldigungen nicht wortwörtlich niederge-
schrieben. Oder der Chefredakteur hatte sie ab-
gemildert. Egal, Hauptsache, das Wort „Racheengel" tauchte in dem Artikel mit der furchtbaren
Überschrift nicht auf. Denn diesen Begriff hätte
man nicht auf zwei verschiedene Weisen auslegen
können.

„Lanski war Reporter, kein Psychiater", antwortete sie möglichst ruhig. „Trauer ist ein normaler Gemütszustand, den sicherlich jeder mehrmals im Leben durchmachen muss, und empfindsame Menschen – Künstler wie ich – erleben diese Trauer vielleicht intensiver als andere. Das mag auf manche Menschen erschreckend wirken, und offensichtlich war es das auch für Herrn Lanski, der sich als Reporter bestimmt ein dickes Fell zulegen musste und solche Gefühle wohl eher verdrängt hat."

„Das mag alles sein – um Ihre Bilder geht es hier auch gar nicht", antwortete die Oberkommissarin.

Anna zog irritiert die Augenbrauen zusammen. „Und warum sprechen wir dann hier die ganze Zeit über meine Gemälde?", erkundigte sie sich.

„Wir sprechen über Ihr Verhältnis zu Hartmut Lanski", korrigierte Frau Richards sie. „Und über den Artikel, den er über Ihre Ausstellung verfasst hat. Wann hat er denn Ihre Ausstellung verlassen?"

„Vielleicht Viertel nach neun, vielleicht halb zehn", überlegte Anna. „Genau weiß ich es nicht mehr. Wobei … wenn er um halb zehn schon den Artikel in der Redaktion eingereicht hat …" Sie schwieg irritiert. Wie lange dauerte es denn, einen solchen Artikel zu schreiben, der mit Foto immerhin die halbe Titelseite einnahm? Konnte man das überhaupt in einer Viertelstunde schaffen? Aber er war erst nach den einleitenden Reden gekommen,

dann betont auffällig an den Gemälden vorbeigegangen, die er abfällig gemustert hatte, wann immer sie ihn aus den Augenwinkeln beobachten
konnte, um schließlich zu ihr zu kommen und
diesen hässlichen Streit zu beginnen. Wann hatte
er den Artikel geschrieben, wenn nicht nach dem
Verlassen der Ausstellung, auf dem Weg zu seinem Wagen oder vielleicht auch auf dem Fahrersitz, ehe er losgefahren war?

„Die Datei wurde bereits um 17 Uhr 20 angelegt", bemerkte Frau Richards und beobachtete
Anna nun wieder sehr genau.

Die Malerin schluckte, als ihr bewusst wurde,
was das bedeutete. „Hat er sie später noch bear-
beitet?", fragte sie mit rauer Stimme.

Die Polizistin nickte. „Um kurz vor halb zehn."

Anna schluckte noch einmal. Der Mann hatte
den Artikel längst fertig gehabt, als er die Galerie
betreten hatte. Er hatte einen Skandal gewünscht
– und darüber geschrieben, ohne mehr von ihren
Bildern zu kennen als das eine Gemälde, das die
Einladungskarten geschmückt hatte. Die letzte
Überarbeitung konnte nur wenige Minuten gedauert haben, vielleicht noch weniger. Vermutlich
hatte er nur die Bildunterschrift nachgetragen, da
er vorher nicht hatte ahnen können, was genau er
fotografieren würde.

„Das bringt mich natürlich zu der Frage, was
Sie Herrn Lanski getan haben, dass er Ihre Ausstellung schon in Grund und Boden verdammt,

ehe er sie überhaupt gesehen hat", fuhr die Oberkommissarin ruhig fort.

„Nichts!", antwortete Anna hastig. „Ich hatte
nichts mit ihm zu tun – er war noch nie bei einer
meiner Ausstellungen. Der Lokalkurier interessiert
sich nicht sehr für Kunst, und wenn doch mal ein
Artikel über mich darin erschienen ist, dann immer von Studentinnen oder anderen freien Mitarbeitern."

„Das heißt, Sie kannten sich nicht aus beruflichen, sondern aus privaten Gründen", fuhr Frau
Richards ungerührt fort.

„Das heißt, ich kannte ihn *weder* aus beruflichen *noch* aus privaten Gründen!", entgegnete
Anna scharf. Was phantasierte sich diese Polizistin da zusammen?

„Und die Nachricht auf Ihrem Wagen stammt
auch nicht von ihm?", hakte die Oberkommissarin
nach.

Anna schüttelte verwirrt den Kopf. „Was für eine
Nachricht? Hatte mir jemand einen Zettel hinter
den Scheibenwischer geklemmt, nur weil ich nicht
ganz legal geparkt hatte?"

„Nicht ganz", entgegnete Frau Richards.

Offenbar zog sie ihre Taktik weiterhin durch,
Anna möglichst wenige Informationen zukommen
zu lassen, dachte die Malerin und seufzte leise.
Wie um alles in der Welt sollte sie sich gegen Vorwürfe verteidigen, die ihr niemand verriet? Und
was hatte es jetzt schon wieder mit dieser Nachricht auf ihrem Auto auf sich? „Wann bekomme

ich den Wagen denn wieder?", hakte sie nach. „Sie müssten doch langsam fertig mit der Untersuchung sein."

„In den nächsten Tagen", antwortete die Oberkommissarin ruhig. „Sobald die Spurensicherung ihn freigibt."

Anna seufzte noch einmal leise. Sie fühlte sich so … ausgeliefert, ja, das war es. Diese Frau, die ihr scheinbar ganz entspannt gegenübersaß, hatte momentan eine größere Macht über die Malerin, als diese es sich jemals erträumt hätte. Hier ging es nicht um eine berufliche Auseinandersetzung, um eine vertane Chance in einer neuen Galerie, ein nicht verkauftes Gemälde. Und selbst Annas Wagen war im Moment ihr geringstes Problem. Wenn diese Polizistin es wollte, würde Anna die nächste Nacht in Untersuchungshaft verbringen. Und vielleicht noch viele weitere. Man las doch immer wieder, wie leicht so etwas geschah – Menschen saßen Wochen, Monate unschuldig in Untersuchungshaft. Menschen wurden unschuldig verurteilt und blieben jahrelang eingesperrt, bis ein Zufall ihre Unschuld bewies. Von der Dunkelziffer ganz zu schweigen, bei der es eben diesen einen glücklichen Zufall nicht gab.

Sie spürte, wie sie zu schwitzen begann, wie ihr Herz schneller gegen ihre Rippen pochte. „Ich würde jetzt gerne gehen", sagte sie möglichst ruhig. „Ich habe heute Nachmittag noch Termine, die ich ungern verpassen möchte."

„Welche Termine?", fragte Frau Richards unbeteiligt nach, während sie einen erneuten Blick in die Akte warf.

„Ich gebe Unterricht." Das klang recht seriös, fand Anna.

„Zeichenunterricht?" Noch immer las die Polizistin etwas in der Akte.

Anna zögerte einen Moment. „Französisch und Englisch", antwortete sie schließlich.

Jetzt sah ihr Gegenüber doch auf. „So so", bemerkte die Oberkommissarin mit hochgezogenen Augenbrauen.

„Ich bin ein vielseitig interessierter Mensch", beeilte sich Anna zu ergänzen. Aber natürlich hatte die Polizistin längst den richtigen Schluss gezogen. Von ihren Gemälden hätte Anna nicht einmal die Miete bezahlen können. Wenn sie nicht immer schon gut in Sprachen gewesen wäre, könnte sie sich nicht einmal mit Nachhilfestunden über Wasser halten. Und die paar Näharbeiten, für die sie manchmal Aufträge erhielt, hätten alleine ebenfalls nicht ausgereicht. Die Vielzahl – und Vielfalt – ihrer Jobs war aus der Not geboren, nicht ihren Interessen geschuldet.

„Darf ich denn nun gehen, oder haben Sie noch weitere Fragen?" Mit einem Mal hatte sie das Gefühl, ersticken zu müssen, wenn sie diesen Raum nicht endlich verlassen konnte.

„Sie dürfen." Frau Richards klappte die Akte zu. „Halten Sie sich zu unserer Verfügung." Sie schaltete das Aufzeichnungsgerät aus und verließ den

Raum, ohne Anna zum Abschied die Hand zu geben.

Die Malerin blickte ihr einen Moment lang regungslos nach, horchte auf ihren Atem, der sich langsam wieder beruhigte. Sie war frei. Unerwartet plötzlich, nach diesem Gespräch – Verhör? –, bei dem sie geglaubt hatte zu spüren, wie sich die Schlinge um ihren Hals immer fester zuzog. Jetzt fühlte sie nur noch eine tiefe Müdigkeit.

Langsam, die Hände auf den Tisch aufgestützt, stand Anna auf, ging zur Tür, war wieder überrascht, als die sich tatsächlich öffnen ließ, und folgte den Gängen des Kommissariats, bis sie endlich den Ausgang gefunden hatte. An der nächsten Bushaltestelle musste sie nur kurz auf die richtige Linie warten, die sie nach Hause brachte, wo schon wieder ein Wagen mit beschlagenen Scheiben auf der gegenüberliegenden Straßenseite stand. Sie war zu müde, um an die Scheibe zu klopfen und die Polizisten zu fragen, ob sie einen Kaffee wollten. Außerdem war ihr nicht nach Späßen zumute. Nicht nach diesem Vormittag.

Jetzt wollte sie nur noch zurück in die Ruhe ihres Hauses, vielleicht eine Tiefkühlpizza zu Mittag essen. Und überlegen, was sie nicht Lanski, sondern vielmehr Oberkommissarin Richards getan hatte, um von dieser in die Rolle der Verdächtigen gedrängt zu werden.

## Kapitel Drei

Nicht einmal die Pizza, die Anna sich tatsächlich kurzerhand in den Ofen geschoben hatte, schmeckte ihr. An manchen Tagen fand sie Essen beruhigend, am liebsten etwas Deftiges, Fettiges und gerne reichlich davon. Zum Glück sah man ihr davon weniger an als manchen ihrer Bekannten oder Nachbarn, die sich regelmäßig beklagten, schon vom Anblick eines Hamburgers ein halbes Kilo zuzunehmen.

Heute aber half das alles nicht. Eigentlich kein Wunder, überlegte Anna. Jedes einzelne Erlebnis seit gestern Abend hätte für sich alleine schon genügt, um ihr den Rest der Woche und vermutlich auch noch eine viel längere Zeit zu verderben. Dieser unsägliche Streit mit Lanski, der Fund des Toten – auch wenn sie diesen zum Glück nicht hatte sehen müssen –, das gestrige Verhör mit dem erniedrigenden Prozess des Ausziehens, das Wissen, dass ihr Wagen gerade vermutlich in seine Einzelteile zerlegt wurde ... und dann heute der furchtbare Artikel und das nächste Verhör, in dessen Verlauf sie immer mehr das Gefühl gehabt hatte, von einer Zeugin zur Tatverdächtigen zu werden ... Was hätte sie anders machen können?

Sich nicht am Tatort erwischen lassen, zum Beispiel. Sie schnaubte leise. „Zu spät", murmelte sie und schob den Teller mit der restlichen halben Pizza weit von sich. Daran konnte sie nun nichts mehr ändern. Aber an einem anderen Detail, über das sie sich während des Verhörs mehrfach geärgert hatte.

Kurzerhand holte sie ihren alten Laptop aus dem Arbeitszimmer, startete ihn und suchte nach der Website des Neusser Lokalkuriers. Tatsächlich, dort konnte sie einige Artikel der Zeitung komplett lesen – wobei ihr der erste schon reichte. Im wahrsten Sinne des Wortes. „Eklat bei Vernissage lokaler Malerin" stand dort leider noch immer. Immerhin war sie auf dem Foto darunter relativ gut getroffen – aber das war nun wirklich ihr geringstes Problem.

*Anna Berg, Malerin aus Grimlinghausen, ist in der lokalen Kunstszene längst keine Unbekannte mehr*, begann der Artikel. Ein Satz, über den sie sich normalerweise gefreut hätte – trotz der räumlichen Einschränkung. Anna schnitt sich ein Achtel von der inzwischen nur noch lauwarmen Pizza ab und las weiter. *Umso mehr hat sie bei ihrer gestrigen Vernissage in der Galerie BlickPunkt die Besucher irritiert, die Frau Berg normalerweise als wenig extrovertierte, eher bodenständige Künstlerin kennen und schätzen. Mit ihrem aktuellen Bilderzyklus schlägt sie dagegen eine ganz neue Stilrichtung ein: Ihre neuen Gemälde überschreiten die Grenze zwischen Kraft und Wut, wirken wie die*

*Auswüchse eines kranken Geistes.* Da war das Wort „krank", bemerkte sie. Nicht schmeichelhaft, aber auch nicht in einem Zusammenhang gebraucht, den die Polizei nutzen konnte, um ihr einen Mord anzudichten.

*Als Beispiel sei das Bild „Engel ohne Flügel" genannt,* fuhr der Artikel fort, *das die Erzengelwurzpflanzen auf der bekannten und beliebten Ölgangsinsel zeigt, die dort früher in großer Anzahl wuchsen.* Anna nickte grimmig. Genau dieses Bild hatte die Einladungen geschmückt. Wenn der Reporter den Text schon vor der Vernissage geschrieben hatte, war dies das einzige Bild, das er zu diesem Zeitpunkt kennen konnte.

Es folgte eine lange Interpretation des Gemäldes, die mit jedem Satz hanebüchener wurde. Angefangen bei der Farbwahl – im Wesentlichen Rot und Schwarz, wie immer in Annas Bildern – schlug der Reporter den Bogen zu der geometrischen Aufteilung, die angeblich so gewählt worden war, dass die Knickstellen der dargestellten Pflanzen in Wahrheit Schnitte durch die im Bild verborgenen Männer seien, denen dadurch verschiedene Körperteile abgetrennt würden ... Hier fiel tatsächlich das Wort „Kastrationsphantasien". Anna nahm sich ein weiteres Achtel der Pizza, ehe sie weiterlas.

Außerdem stünden diese Schnittlinien in einem bestimmten Winkelverhältnis zueinander, das Ähnlichkeiten mit verschiedenen numerologischen Gesetzmäßigkeiten aufweise ... Hätte sie ihm verraten sollen, dass sie in Mathematik immer furchtbar schlecht gewesen war und kein Wort von dem verstand, was er da fabulierte? Bis auf die angeblich in dem Gemälde zu sehenden drei Männer, von denen sie eigentlich hätte wissen müssen, wenn sie sie gemalt hätte.

Ja, das Bild war wild, zerstörerisch, damit hatte er absolut recht. Aber sie hatte ihre Wut an den Pflanzen ausgelassen, die sie gemalt hatte, deren Stängel abgeknickt, andere ausgerissen, umgeworfen, verdreht ... es war ihr vorgekommen, erinnerte sie sich, als würde sie wie wild auf einen Boxsack einprügeln, bis alle Wut aus ihr herausgeflossen und einer tiefen Erschöpfung gewichen war. Aber diese Wut hätte sich niemals gegen Frank gerichtet, und ebenso wenig gegen einen anderen Mann. Vielleicht gegen das Leben, gegen die Ungerechtigkeiten, die es für sie bereitgehalten hatte. Vielleicht auch gegen sie selbst, das war in diesem Moment gar kein so großer Unterschied gewesen. Aber mit einem Mann hatte dieses Bild definitiv nichts zu tun.

Anna überflog den Rest des Artikels, der den im Titel erwähnten Eklat als Streit der Malerin mit einem Gast beschrieb. Nun, diesen Streit hatte er selbst provoziert. Offensichtlich nur, um seinen Artikel nicht umschreiben zu müssen. Weshalb hatte er ihn eigentlich schon vorher geschrieben? Hatte er später noch eine Verabredung und daher keine Zeit gehabt, den Text erst nach dem Besuch der Vernissage zu verfassen, wie das jeder andere

Reporter gemacht hätte? Oder hatte er es darauf angelegt, die Titelseite zu bekommen – und wusste, dass dafür ein Eklat besser geeignet war als ein ganz normaler Bericht über eine ganz normale Vernissage?

Anna schloss das Fenster mit der aktuellen Samstagsausgabe und wählte den gestrigen Lokalkurier. Hier war auf dem Titel eine Geschichte über eine beliebte Lokalpolitikerin zu sehen, der nicht von Lanski stammte. Der Text war sehr freundlich geschrieben, wenn auch an einigen Stellen etwas unbeholfen – vielleicht von einer Anfängerin, dachte Anna. Dass die Geschichte von einer Frau verfasst worden war, daran zweifelt sie nicht – Männer schrieben meist anders. Lanskis Kürzel entdeckte sie bei einem Artikel über eine Einbruchsserie, im Sportteil und schließlich bei einem Beitrag über ertränkte junge Kätzchen, den Anna lieber nicht las, damit sich nicht noch weitere Bilder in ihrem Kopf drehten.

In der vorherigen Ausgabe nichts Besonderes von Lanski, wieder Sport, wieder Einbrüche und eine wilde Müllkippe. Er schien Spezialist für Enthüllungen gewesen zu sein – bestimmt ist er in der lokalen Enthüllungsszene kein Unbekannter, dachte sie, als sie sich an den einleitenden Satz zu dem Artikel über ihre Vernissage erinnerte, und musste grinsen. Doch das Lachen verging ihr, als sie schließlich die Artikel der Dienstagsausgabe online durchsah. Unter dem Titel „Schlamperei bei der Polizei" hatte sich Lanski der Verhandlung in einem Mordfall gewidmet, bei der sich offensichtlich herausgestellt hatte, dass nicht alle Indizien von den ermittelnden Polizisten ausreichend beachtet worden waren. Und zu den damaligen Ermittlern gehörte keine Geringere als Oberkommissarin Gabriele Richards, deren Name mehrmals im Text auftauchte.

Anna lehnte sich zurück und biss sich nachdenklich auf die Lippe. Auch wenn dieser Gedanke natürlich völlig aus der Luft gegriffen war – konnte das nicht bedeuten, dass auch die Polizistin um ihren Ruf besorgt war? Dass sie vielleicht mit Lanski hatte sprechen wollen, weil der weitere Details über diese angebliche Schlamperei zu enthüllen plante – und die Situation einfach eskaliert war? Das würde zumindest erklären, warum die Katze so heftig auf Frau Richards reagiert hatte – und weshalb die Oberkommissarin sich so auf Anna als Tatverdächtige eingeschossen hatte: Solange es eine andere Verdächtige gab, würde niemand auf die Idee kommen, dass die Polizistin in diesen Fall verwickelt sein könnte.

Sie seufzte leise. Nein, das war zu weit hergeholt. Andererseits ... Wenn sie diesen Gedanken einfach wieder beiseiteschob, konnte sie ebenso gut gleich darauf zu warten beginnen, dass sie das nächste Mal zum Verhör gebeten wurde. Besser, sie blieb an einem auf den ersten Blick ziemlich abwegigen Gedanken dran, als sich abzufinden. Sie hatte schließlich immer gekämpft, nichts im Leben war ihr in den Schoß gefallen. Und wenn diese Polizistin es darauf anlegte – nun, Anna war bereit. David hatte schließlich auch gegen Goliath gewonnen. Nur ... was konnte sie unternehmen?

Erst einmal durchsuchte Anna die früheren Ausgaben des Neusser Lokalkuriers, von denen noch Artikel im Online-Archiv zu finden waren, ohne jedoch weitere Anschuldigungen gegen Oberkommissarin Richards zu finden. Aber das musste nichts heißen. Hatte nicht jede Zeitung ein Archiv?

Kurzerhand blätterte sie in der neuesten Ausgabe das Impressum auf und vergrößerte die Ansicht, bis sie die Telefonnummer der Redaktion lesen konnte. „Guten Morgen, Anna Berg hier", sagte sie, als sich eine junge Frauenstimme meldete. „Ich recherchiere gerade für mein neues Kunstprojekt und würde dazu gerne einige ältere Ausgaben Ihrer Zeitung durchsehen. Wäre das möglich?"

„Ähm ... Moment bitte, ich stelle Sie durch." Das junge Mädchen am anderen Ende der Leitung schien mehr als froh, dass sie die Verantwortung für dieses Ansinnen abgeben konnte. War die Frage nach dem Archiv so verwerflich? Oder hatte die Reporterin Annas Namen wiedererkannt und fürchtete nun eine Diskussion über Pressefreiheit und Verleumdung? Vielleicht hätte Anna sich mit einem anderen Namen melden sollen ... andererseits war ihre Haarfarbe viel zu auffällig, um nicht erkannt zu werden, wenn sie wirklich in der Redaktion in älteren Ausgaben stöbern durfte.

„Marsch hier, Morgen", unterbrach eine tiefe Männerstimme ihre Gedanken, deren Lautstärke und Tonfall sie eher an einen Kasernenhof erinnerten als an eine Zeitungsredaktion. „Womit kann ich dienen?"

„Guten Morgen, Berg mein Name", stellte sie sich vor und wiederholte dann ihr Ansinnen.

„Kunstprojekt – ach, Sie sind das. Die Malerin." Er schnaubte, was natürlich auch auf eine Erkältung zurückzuführen sein mochte. Oder darauf, dass er von Künstlern im Allgemeinen und ihr im Besonderen tatsächlich so wenig hielt, wie sein Tonfall vermuten ließ. „Streben Sie eine Sammelklage an von Lanski-Geschädigten? Vergessen Sie's, der Mann ist tot. Kann ich sonst noch etwas für Sie tun?"

„Wie gesagt, eigentlich wollte ich nur für mein nächstes Kunstprojekt recherchieren …", antwortete Anna irritiert. Konnte der Mann Gedanken lesen? Oder war sie so leicht zu durchschauen?

„Das können Sie sicherlich auch bei der NGZ oder der WZ", entgegnete er nüchtern. „Wir haben hier kein Archiv und keine Zeit für solche Spielereien. Wir haben hier zu arbeiten. Schönen Tag noch." Und damit legte er auf.

Sprachlos starrte Anna den Hörer an, ehe sie ihn wieder zurück auf die Gabel legte. Das konnte doch nicht wahr sein … Wie konnte sie sich nur so schnell abwimmeln lassen? Andererseits – wie hätte sie das verhindern sollen? Auch wenn sie bei diesen Gelegenheiten immer wieder gerne ihren inneren Schweinehund darauf hinwies, dass ein Kursus „Selbstsicheres Auftreten" ihr nicht geschadet hätte, wäre sie bei diesem Mann damit sicherlich auch nicht weitergekommen. Wer schon Marsch hieß ...

Aber was jetzt?

Leicht irritiert stellte Anna fest, dass sie inzwischen die komplette Pizza vertilgt hatte. Und es war gerade kurz nach Mittag. Eigentlich hatte sie heute mit einem neuen Bilderzyklus beginnen wollen, an den Tagen nach einer Vernissage fühlte sie sich immer wie befreit von alten Lasten, bereit für Neues. Heute aber konnte sie nicht einmal klar denken. Sie wusste nur, dass sie etwas tun musste. Und zwar sofort, ehe sie in Selbstmitleid und Zweifel versank. Etwas anderes, wohlgemerkt, als Französisch- und Englisch-Nachhilfe, die sie kurzerhand absagte. Dazu fühlte sie sich heute nicht in der Lage.

Entschlossen räumte sie das Besteck weg und knüllte den Pizzakarton in die Altpapierkiste, die dringend geleert werden musste. Wo sie sowieso schon einmal draußen war, konnte sie eigentlich auch das trockene Wetter ausnutzen und eine Runde spazieren gehen. Und wenn sie sich sowieso die Füße vertreten wollte, konnte es auch nichts schaden, einen Abstecher zum Neusser Lokalkurier zu machen, dessen Adresse sie eben zufällig im Impressum gelesen hatte und der seine Redaktion praktischerweise ebenfalls in Grimlinghausen hatte, gar nicht weit von Annas Wohnung entfernt.

Das Gebäude sah auf den ersten Blick aus wie ein normales Wohnhaus, nur das vergilbte Schild auf der Fassade „Neusser Lokalkurier" mit dem Untertitel „Alles, was Sie über Neuss und die Welt wissen müssen" wies darauf hin, dass hier wirklich die Redaktion der Zeitung zu finden war. Irgendwie, fand Anna, passte es zu Lanski, dass er hier hängengeblieben und eben nicht bei der WZ, der NGZ oder einer der besseren Wochenzeitungen untergekommen war. Aber vielleicht hatte er das auch gar nicht gewollt.

In den Fenstern im Erdgeschoss klebten alte Zeitungsausgaben – auch eine Art von Archiv, überlegte Anna und trat näher, um die Artikel zu überfliegen. Mehr konnte sie sowieso nicht tun. Dieser Herr Marsch würde sie hochkant rauswerfen, wenn sie die Redaktion betrat, und vermutlich die Gelegenheit nutzen, eine weitere Schlagzeile à la „Empörte Malerin versucht Pressefreiheit einzuschränken" zu konstruieren.

Die anderen Schlagzeilen sahen jedenfalls nicht viel anders aus. Manchmal war – wohl aus Versehen – ein eher freundlicher Titel dazwischengerutscht, aber meist durfte sich auf Seite eins jemand, oft Lanski, über etwas aufregen. Anna war das noch nie so aufgefallen, obwohl sie zumindest online manchmal einen Blick in diese Zeitung warf. Gekauft hatte sie den Neusser Lokalkurier eigentlich noch nie, auch wenn er preiswerter war als die anderen Tageszeitungen – der Werbeanteil darin war nicht viel geringer als in den Wochenzeitungen, die sie dafür aber zumindest umsonst bekam.

„Guten Morgen", eine junge blonde Frau, die Anna vage bekannt vorkam, nickte ihr freundlich zu und zog die Haustür auf.

„Guten Morgen – sagen Sie, gehören Sie zum Lokalkurier?", antwortete Anna, ohne darüber nachzudenken.

Die andere drehte sich um, stutzte, schien Anna dann zu erkennen, während die Malerin noch immer angestrengt überlegte, woher sie die junge Frau kannte. Von einem länger zurückliegenden Interview? Sie musste unbedingt etwas für ihr Gedächtnis tun; auch Reporter erwarteten, dass man sich an sie erinnerte.

„Oh, Frau Berg ... Sie wollen sicherlich mit Herrn Lanski sprechen, oder mit Herrn Marsch ... aber die sind beide gerade nicht hier." Sie war sichtlich verlegen, obwohl es dafür überhaupt keinen Grund gab.

„Herr Lanski wird sicherlich auch nicht wieder herkommen", warf Anna ein, noch immer ohne wirklich zu wissen, worauf sie hinauswollte.

Die junge Frau schluckte, nickte dann. „Ja, das haben wir gehört ... eine furchtbare Geschichte ... wissen Sie mehr darüber?"

Anna zögerte einen Moment. „Ein wenig", sagte sie schließlich langsam. „Wenn momentan sonst niemand in der Redaktion ist ...", die junge Frau schüttelte hastig den Kopf, „dann können wir uns ja austauschen – ich erzähle Ihnen, was ich von diesem Fall weiß, und vielleicht können Sie mir dabei behilflich sein, einen Blick in Ihr Archiv zu werfen."

„Archiv haben wir nicht", antwortete sie, „also – nicht so schön mit monatsweise gebundenen Büchern oder Mikrofiche, wie das bei den meisten anderen Zeitungen der Fall ist, und durch die gestapelten Tageszeitungen wollen Sie sich bestimmt nicht durchwühlen. Aber natürlich habe ich von meinem Computer aus Zugriff auf die elektronischen Ausgaben ... Sie sagten ja, Sie suchen etwas für Ihr neues Kunstprojekt ...“

Anna nickte und folgte der jungen Frau, die ihr nun einladend die Haustür aufhielt. Dann hatte sie mit ihr also vorhin telefoniert.

„Mögen Sie einen Tee? Übrigens – ich bin Franzi", sagte die junge Frau, als sie die Redaktionsräume im ersten Stock betraten, und reichte Anna die Hand. „Franzi Sander. Ich bin hier Volontärin.“

„Anna Berg", stellte Anna sich vor, vermutlich überflüssigerweise, da Frau Sander sie offensichtlich kannte. „Ja, ein Tee wäre gut, wenn es Ihnen nicht zu viele Umstände macht.“

„Kein Problem", winkte die Volontärin ab. „Setzen Sie sich bitte, ich bin gleich zurück.“

Vermutlich, dachte Anna, während die junge Frau im Flur verschwand, würde eine richtige Detektivin jetzt die Zeit nutzen, um blitzschnell das Passwort des Computers auf dem Schreibtisch vor ihr zu knacken, alle wichtigen und zur Lösung des Falles beitragenden Dokumente auf einen USB-Stick zu kopieren und sich längst wieder lässig in ihrem Besucherstuhl zurückzulehnen, wenn die Volontärin mit dem Tee zurückkäme. Aber dafür hatte Anna viel zu viel Angst, bei einer solchen Aktion erwischt zu werden. Und außerdem keinen USB-Stick dabei.

Stattdessen ließ sie ihren Blick durch das Büro wandern, in dem drei weitere Schreibtische standen – vermutlich die von Marsch, Lanski und einer weiteren Person. Nur hinter einem Tisch stand ein lederner Schreibtischsessel, der gehörte sicherlich Marsch. Hinter einem anderen Tisch hingen Fotos und Zeitungsartikel an einer Pinnwand, die Anna den Themen nach zu urteilen Lanski zuordnete. Der dritte Schreibtisch wirkte ziemlich unordentlich, aber freundlich durch die Reihe von Topfblumen am hinteren Rand und einige Bilderrahmen, von denen Anna nur die Rückseite sehen konnte – wahrscheinlich arbeitete hier normalerweise eine Frau. Der Platz der Volontärin dagegen war aufgeräumt, fast leer, eine einzelne Wasserlilie und eine schräge Tasse mit einem Leuchtturm darauf die einzigen persönlichen Gegenstände neben einem ordentlichen, flachen Stapel mit Papieren. Nun, vermutlich war sie noch nicht lange hier und wusste, dass sie auch nicht ewig bleiben würde – da richtete man sich wohl nicht so gemütlich ein, wie es die Festangestellten taten.

„Ich hoffe, Pfefferminztee ist in Ordnung?" Die junge Frau stellte eine dampfende Tasse vor Anna auf den Schreibtisch.

„Pfefferminz ist prima", antwortete die. „Was haben Sie denn selbst schon über Herrn Lanskis Tod erfahren? Dann ergänze ich das, was ich weiß."

„Nur, dass er tot ist", sagte Frau Sander und griff nach ihrer eigenen Tasse, in der der Tee offensichtlich längst kalt geworden war. Sie nahm einen hastigen Schluck. „Marsch erwähnte, er sei erschlagen worden ... aber ob das stimmt, weiß ich nicht. Ich habe eben etwas von Nachrichtensperre gehört, offensichtlich will die Polizei nicht, dass wir darüber schon berichten ..."

Anna nickte. „Ja, er wurde erschlagen. Auf der Ölgangsinsel. Was er dort wollte, scheint die Polizei auch noch nicht zu wissen. Und in Hinblick auf das Motiv tappen die Ermittler offensichtlich ebenfalls im Dunkeln." Solange sie selbst auch nur ansatzweise verdächtigt wurde, konnte Anna den Stand der Ermittlungen beim besten Willen nicht positiver beschreiben.

„Er hat sich mit seinen Artikeln sicherlich nicht nur Freunde gemacht", murmelte die junge Frau, den Kopf immer noch tief über die Tasse gebeugt, so als wolle sie sich während dieser Aussage dahinter verstecken.

„Selbst vor der ermittelnden Oberkommissarin hat er mit seinen Texten ja nicht haltgemacht", warf Anna ein, ohne lange nachzudenken.

71

Die Volontärin zog die Augenbrauen hoch. „Ermittelt in seinem Fall etwa diese Gabriele Richards, über die er neulich geschrieben hat?" Sie drehte ihren Schreibtischstuhl zum Computermonitor und tippte ein paar Worte auf der Tastatur. „Ja, das ist erst ein paar Tage her, ich erinnere mich ... Ach nein." Sie las interessiert etwas auf dem Monitor. „Und das ist nicht der einzige Artikel über diese Polizistin", sagte sie schließlich, während Anna sich halb auf den Schreibtisch lehnte, in dem vergeblichen Versuch, einen Blick auf den Bildschirm zu erhaschen. „Die anderen waren alle vor meiner Zeit beim Lokalkurier ... aber Gabriele Richards scheint Lanski seit vielen Jahren immer wieder aufgefallen zu sein. Und immer negativ. Hier schreibt er was von schlampiger Ermittlungsarbeit, die fast dazu geführt hätte, dass ein Prozess geplatzt wäre ... dieser Text hat einen ähnlichen Tenor ... hier schreibt er, in einer laufenden Ermittlung würden wichtige Spuren übersehen, Zeugen nicht befragt ... alles nicht so wirklich positiv ...."

Anna schluckte. Das konnte doch eigentlich gar nicht wahr sein. Hatte sie mit dieser völlig verrückten Idee, die Oberkommissarin könne selbst in den Fall verwickelt sein, etwa recht? Hatte Frau Richards den Reporter, der ihr immer wieder Schlamperei vorgeworfen hatte, zur Rede gestellt und schließlich erschlagen? Aber warum gerade auf der Ölgangsinsel?

„Finden Sie vielleicht auch etwas zur Ölgangsinsel?", fragte sie nach, ohne genau zu wissen, worauf sie hinauswollte.

Die Volontärin warf ihr einen verwunderten Blick zu, tippte dann aber etwas auf ihrer Tastatur. „Hier habe ich einen Bericht über ein Projekt des NABU, bei dem die Feuchtauen entlang der Ölgangsinsel erhalten oder wiederhergestellt werden sollen", las sie langsam. „Von Frau Fischer. Dann ein Artikel über den Pirol, der unter anderem auf der Ölgangsinsel brütet ... und hier ein Porträt der bedrohten Erzengelwurz, schon ziemlich alt, beide ebenfalls von Frau Fischer." Sie deutete mit dem Kopf auf den Schreibtisch mit den Grünpflanzen. „Sie ist in der Redaktion meist für die Naturthemen zuständig."

Das wunderte Anna nicht, so wie Frau Fischers Schreibtisch aussah. „Aber eine Verbindung zwischen Herrn Lanski und der Ölgangsinsel gibt es nicht?", fragte sie nach. „Vielleicht einen Artikel über eine wilde Müllkippe dort oder einen anderen Skandal?"

Die Volontärin konnte sich ein Grinsen nicht ganz verkneifen. „Nein, auf der Ölgangsinsel scheint es nicht genügend Skandale gegeben zu haben, als dass sich Herr Lanski dafür interessiert hätte", antwortete sie, ohne den Blick vom Monitor zu nehmen. Dann sah sie Anna wieder an. „Aber sagen Sie, wissen Sie denn, in welche Richtung Frau Richards ermittelt? Hat sie schon eine Spur?"

„In Frage kommen natürlich alle, über die Herr Lanski schon mal etwas Negatives geschrieben hat", antwortete Anna bedächtig. War das schon zu viel Information? Dass sie selbst offenbar mit dazugehörte, wollte sie der jungen Frau nicht unbedingt auf die Nase binden.

„Das ist ein großer Kreis von Verdächtigen", bemerkte Frau Sander ernst. „Herr Lanski war nicht immer fair in seinen Artikeln ... Man soll ja nicht schlecht über Tote sprechen, aber er hat sich manchmal das Leben sehr leicht gemacht. Ich kann gar nicht überblicken, hinter welchem seiner Skandale wirklich etwas steckte – und wo er Kleinigkeiten übertrieben dargestellt hat."

„Und diese Kleinigkeiten vielleicht sogar selbst inszeniert hat", führte Anna den Satz fort. Sie konnte nicht verhindern, dass Bitterkeit in ihrer Stimme mitschwang.

„Es tut mir wirklich leid, was er über Ihre Vernissage geschrieben hat", sagte die Volontärin leise.

Sie wirkte dabei so unglücklich, dass Anna sofort energisch den Kopf schüttelte. „Nichts da, das ist doch nicht Ihre Schuld", widersprach sie. „Ich denke, wir wissen beide, dass Herr Lanski kein sonderlich freundlicher Mensch war – und sicher auch nicht allzu beliebt. Vermutlich hat er sich mit einer Person einmal zu oft angelegt ..."

Die junge Frau schien erleichtert über Annas Antwort. „Mindestens eine solche Person kennen wir ja nun schon", sagte sie und nickte der Malerin wissend zu.

Anna seufzte leise. „Aber das ist eine ziemlich weit hergeholte Theorie", entgegnete sie. „Zumal diese spezielle Person bei den Ermittlungen die Fäden in der Hand hält – und sicherlich jedes Indiz, das in ihre Richtung deutet, zurückhalten wird."

„Ich könnte Marsch einen Tipp geben", überlegte Frau Sander und griff wieder nach ihrer Teetasse. „Der Chef ist zwar auch kein einfacher Mensch, aber wenn er eine spannende Geschichte wittert, dann lässt er sich durch nichts und niemanden davon abbringen. Eigentlich verfolgt er gerade eine andere Spur, was Lanskis Tod angeht; irgendwas mit illegaler Müllentsorgung, wo Lanski wohl in ein Wespennest gestochen hat … Aber es ist ja schon eine interessante Koinzidenz, dass ausgerechnet die Frau die Ermittlungen zum Mord an Herrn Lanski leitet, der er vor kurzem erst wieder einmal schlampige Ermittlungen vorgeworfen hat."

„Machen Sie das." Anna nahm ebenfalls einen großen Schluck von ihrem Tee, der inzwischen eine trinkbare Temperatur angenommen hatte. „Wer weiß, vielleicht decken Sie damit sogar einen wirklichen Skandal auf."

Die junge Frau lächelte schüchtern. „Wenn, dann wäre das Marschs Verdienst, nicht meiner. Und hätten Sie nicht speziell danach gefragt, wäre ich niemals auf die Idee gekommen, überhaupt in dieser Richtung zu suchen."

„Das ist alles Erfahrungssache", beruhigte Anna sie. „Sie wissen doch – Übung macht den Meister. Und Herr Marsch ist sicher schon deutlich länger im Geschäft als Sie."

Dankbar nickte die Volontärin ihr zu. „Das stimmt wohl – ich merke immer wieder, wie viel ich noch lernen muss. Darauf hat mich Lanski auch immer wieder hingewiesen ..." Dann setzte sie sich aufrechter. „Aber zurück zum Thema – wie kann ich Ihnen denn bei Ihrer Recherche helfen?"

So weit hatte Anna überhaupt nicht gedacht. Doch gegenüber dieser netten – und auch recht gutgläubigen – jungen Frau konnte sie schlecht zugeben, dass diese Behauptung nur dazu gedient hatte, weitere Informationen über Lanski und die Oberkommissarin zu erhalten. „Ach, es ging nur um die Ölgangsinsel", sagte sie ausweichend. „Da haben Sie mir schon sehr geholfen. In meinem nächsten Bilderzyklus will ich mich mit seltenen heimischen Pflanzen und Tieren beschäftigen, und die Ölgangsinsel war ja bekannt für die Erzengel-wurz-Stauden. Ich versuche jetzt herauszufinden, ob es dort weitere interessante Pflanzen und Tiere gibt, die man vielleicht sogar nur dort findet."

Frau Sander nickte eifrig. „Ja, dieses Bild hat mir auf der Einladung auch sehr gut gefallen", sagte sie. „Ich kannte die Pflanze vorher gar nicht, hatte sie zuerst für einen Riesenbärenklau gehalten, aber dann hat Lanski mir erklärt, was es damit auf sich hat."

Anna zog die Augenbrauen hoch. So so, Lanski hatte also die Pflanze tatsächlich selbst auf der Einladung erkannt – und dann war es nicht mehr schwer herauszufinden, dass diese seltene Pflanze früher auf der Ölgangsinsel wuchs. Neusser wussten das häufig; zumindest war sie sich bei vielen ihrer Bekannten sicher, dass diese hätten sagen können, wo es in der Stadt Neuss die Erzengelwurz gegeben hatte. Blieb die Frage, was er mit der Ölgangsinsel zu tun hatte, was ihn in der Nacht seines Todes dorthin getrieben hatte – hatte er einfach nur einen Spaziergang machen wollen und war von seinem Mörder dorthin verfolgt worden, oder war er doch mit jemandem verabredet gewesen? Oder handelte es sich um einen dummen Zufall, einen Streit mit jemandem, den er vorher überhaupt nicht gekannt hatte? Sicherlich die unwahrscheinlichste Möglichkeit, aber dennoch keine, die Anna ganz aus den Augen verlieren durfte.

„Dann ging Ihr Kollege sicher häufiger auf der Ölgangsinsel spazieren, wenn er die Erzengelwurz kannte", versuchte Anna einen Schuss ins Blaue.

Diesmal aber schüttelte die Volontärin bedauernd den Kopf. „Das weiß ich leider wirklich nicht", sagte sie. „Wir haben nicht viel miteinander gesprochen, ich habe meist mehr mit Frau Fischer zusammengearbeitet."

Anna nickte langsam. Das passte, mit einem ihrer männlichen Kollegen konnte sie sich die junge Frau jedenfalls kaum bei einem gemeinsamen Artikel oder in einer Diskussion über ein bestimmtes Thema vorstellen. Sowohl Lanski als auch Marsch waren mit Sicherheit viel zu dominant, um Frau Sander überhaupt die Möglichkeit zu geben, eigene Ideen zu entwickeln.

Sie griff wieder nach ihrer Tasse und trank den Tee aus. „Ich habe Sie jetzt auch wirklich lange genug aufgehalten", sagte sie. Weitere sinnvolle Fragen fielen ihr momentan nicht ein, und von Marsch wollte sie sich hier nicht erwischen lassen. „Wenn ich noch Fragen habe, dürfte ich Sie vielleicht anrufen?"

Die Volontärin zögerte nur einen Augenblick, ehe sie nickte. „Ich gebe Ihnen lieber meine Handynummer, hier im Büro habe ich kein eigenes Telefon", sagte sie und notierte eine Nummer auf einem Notizzettel, den sie neben Annas Teetasse legte. „Melden Sie sich ruhig – gerne auch, falls Sie Näheres über diese Polizistin hören sollten."

„Das mache ich", versprach Anna. Eine so unkomplizierte Quelle würde sie sicherlich nicht aufgeben – zumal sie auf diese Weise vielleicht auch mitbekam, was Marsch über die Oberkommissarin herausfand. Wenigstens ein erfreuliches Ergebnis dieses ansonsten katastrophalen Tages.

**Kapitel Vier**

Illegale Müllentsorgung oder Gabriele Richards? Auf dem Rückweg zu ihrer Wohnung wälzte Anna beide Gedanken hin und her. Das Stichwort, das die Volontärin nebenbei erwähnt hatte, ging ihr nicht aus dem Kopf. Wenn Marsch in dieser Richtung ermittelte, musste er einen guten Grund dafür haben. Der Mann war offensichtlich ein erfahrener Redakteur, auch wenn sich diese Erfahrung nicht unbedingt auf die Ermordung von Mitarbeitern seiner Zeitung erstreckte. Aber er wusste sicherlich trotzdem, was er tat.

Anna seufzte, als ihr bewusst wurde, dass ihre beste Quelle Franzi Sander ihr nicht bei der Frage helfen konnte, welche Firma Lanski der illegalen Müllentsorgung bezichtigt hatte. So freundlich und hilfsbereit die junge Volontärin auch war, sie würde mit Sicherheit nicht ihrem Chef bei dessen Recherchen in den Rücken fallen.

Oder ging es gar nicht um eine Firma, sondern um Privatleute? Sie erinnerte sich, erst vor kurzem etwas über wilde Müllkippen im Kreis Neuss gelesen zu haben. Wo hatte sie diesen Artikel gesehen, in der NGZ? Oder irgendwo im Internet? Und was genau hatte Lanski zu diesem Thema geschrieben? Bei ihrer letzten kurzen Suche nach seinen Texten hatte sie das Thema nur am Rande wahrgenommen. Da hatte sie noch nicht geahnt, dass es sich als wichtig herausstellen könnte.

Es half nichts, sie musste mehr über dieses Thema erfahren. Und diesmal ohne die Hilfe von Franzi Sander.

Zu Hause angekommen, machte Anna sich einen Tee und schaltete ihren Laptop ein. Sie holte eine Tafel Schokolade aus dem Vorratsschrank und setzte sich an ihren Schreibtisch. Vor dem Fenster zogen dunkle Wolken vorbei, aus denen es zum Glück bisher nicht regnete. Dennoch fühlte sich das Wetter genau richtig an für heißen Tee und Schokolade. Und eigentlich auch genau richtig, um mit den Vorarbeiten für den nächsten Bilderzyklus zu beginnen. Diese herbstliche Stimmung passte zum Einigeln, Grundieren, Hinausstarren ins Grau. Am liebsten hätte sie genau das jetzt getan ... doch im Grunde ihres Herzens wusste Anna selbst, dass ihr dazu die Ruhe fehlte. Solange nicht feststand, wer für Lanskis Tod verantwortlich war, würde sie diese Ruhe nicht finden. Dazu nagte die Furcht, selbst als Verdächtige zu gelten, viel zu sehr an ihr.

Kurzerhand gab sie „illegale Müllentsorgung Neuss" in ihre Suchmaschine ein. Mehr als zehntausend Ergebnisse wurden angezeigt. Anna schluckte. Das würde weniger leicht werden als gedacht.

In Kombination mit dem Namen „Lanski" fand sie immerhin noch sechs Treffer. Alle Artikel waren komplett online zu lesen – wobei sie natürlich nicht wusste, ob es vielleicht noch weitere Texte gab, die die Suchmaschine nicht finden konnte, da sie nicht mal teilweise im Internet standen. Anna las sie sich in chronologischer Reihenfolge durch und notierte die wichtigsten Punkte, um sicherzugehen, dass sie nichts übersah. Offensichtlich hatte Lanski in den letzten sechs Jahren immer im Oktober einen Aufruf im Lokalkurier gestartet, dass man ihm die aktuellen Orte von wilden Müllkippen nennen solle. Ende Oktober oder Anfang November folgte dann ein Artikel, in dem immer fünf anonymisierte Personen zitiert wurden, die Dinge sagten wie: „Es ist eine Schande, dass genau hier vor unserer Haustür ständig wilder Müll abgekippt wird, obwohl doch gleich nebenan die Mülldeponie ist." Interessanterweise wurde dieser Satz zuerst einem Karl-Heinz H. zugeschrieben, im nächsten Jahr einer Sandra B., zwei Jahre später stammte er angeblich von Sascha G. und im aktuellen Lokalkurier von Renate S. Anna zog die Augenbrauen hoch. Was dieser Lanski unter Journalismus verstanden hatte, wurde wirklich immer abenteuerlicher.

Sie nahm ein größeres Blatt Papier, zeichnete eine Tabelle und begann, die einzelnen Orte der wilden Müllkippen, Zitate und Namen zu sortieren. Im ersten Anlauf kam sie irgendwann durcheinander, da die Zitate wild vermischt waren und manchmal tatsächlich einige neue Halbsätze enthielten, womit sie inzwischen gar nicht mehr gerechnet hatte. Schließlich nahm sie sich ein weiteres Blatt, nummerierte die besonders plakativen Sätze und begann erneut, in einer weiteren Tabelle alle Informationen aus den Artikeln zu sortieren. Ein bisschen kam ihr diese Arbeit vor wie das Lösen eines Puzzles, bei dem sie nicht einmal wusste, wie groß die einzelnen Puzzleteile waren, geschweige denn, wie viele Teile das Puzzle enthielt. Und ob es irgendwann einmal ein sinnvolles Bild ergeben würde.

Als sie endlich alle Artikel ausgewertet hatte, standen in ihrer Tabelle achtzehn Namen, dreizehn typische Floskeln, die immer wieder aufgetaucht waren, und gerade mal sieben Orte, an denen angeblich wilder Müll abgelagert wurde. Offensichtlich hatte Lanski sich nicht viel Mühe gegeben, intensiver zu recherchieren. Und wenn Anna sah, dass manche Orte immer wieder auftauchten, schienen seine Berichte auch nichts bewirkt zu haben. Nicht einmal das konnte man ihm zugutehalten.

Genau genommen, stellte sie fest, als sie ihre Tabelle noch einmal betrachtete, tauchten alle Orte im zweijährlichen Wechsel auf. In den ungeraden Jahren gab es immer den Waldrand in Kleinenbroich, die Kleingartensiedlung in Norf und die illegale Müllentsorgung neben einem nicht näher beschriebenen Bereich mit Altglas- und Altkleidercontainern. In den geraden Jahren folgten dann der Straberg-Nievenheimer See, ein Feldweg in Dormagen und die Parkplätze vor einem Wohnblock im Neusser Süden.

Anna runzelte die Stirn. In der letzten Ausgabe war dieses Schema durchbrochen worden – hier ging es plötzlich um illegal entsorgten Hausmüll auf der Königshovener Höhe bei Grevenbroich. Und auch die Beschreibung durch eine Gabriele G. klang anders als die sonstigen anklagenden Appelle der angeblichen Leserbriefschreiber. Anna las diesen Teil des letzten Artikels noch einmal – er war wirklich anders geschrieben als die anderen Pseudo-Zitate. Nur im letzten Satz hatte es sich Lanski offensichtlich nicht verkneifen können, ein „Es wird Zeit, dass unsere Politiker sich endlich um diese eklatanten Missstände kümmern!" zu ergänzen. Der Rest klang eher ... müde, fand Anna. Fast resigniert. Hatte hier wirklich eine engagierte Naturschützerin versucht, die Leser des Lokalkuriers zum Umdenken zu bewegen?

Sie lehnte sich zurück, nahm einen Schluck Tee, der inzwischen nur noch lauwarm war, und kaute langsam einen Riegel Schokolade. Die Königshovener Höhe war kein Naturschutzgebiet, aber auf der renaturierten Fläche lebten viele seltene Tiere und Pflanzen. Der Braunkohleabbau hatte zwar die Region durchlöchert und riesige Wunden geschlagen, aber in manchen Fällen entwickelten sich danach ganz besondere Landschaften, in denen man viele Arten fand, die spezielle Ansprüche an ihren Lebensraum stellten. Irgendwie passte das Thema zur Ölgangsinsel, fand Anna. Hatte dieser Leserbrief, der gerade zwei Wochen alt war, etwas mit Lanskis Tod zu tun? Und war Marsch derselbe Artikel aufgefallen? Oder hatte Lanski zur Abwechslung tatsächlich mal ernsthaft recherchiert und dabei etwas herausgefunden, was ihm zum Verhängnis geworden war?

Anna speicherte Lanskis Artikel ab, legte die Liste zur Seite und suchte weiter nach illegaler Müllentsorgung im Kreis Neuss. Einige Themen, auf die sie stieß, erkannte sie wieder – vermutlich hatte Lanski sie einfach von anderen Quellen übernommen und die Masche mit den Leserbriefen genutzt, damit ihm niemand ein Plagiat vorwerfen konnte. Andere im Internet beschriebene Probleme hatte Lanski komplett ignoriert. Wahrscheinlich war ihm auf Dauer selbst das Abschreiben der Meldungen von Kollegen zu anstrengend geworden für einen Artikel, der es sowieso nicht auf die Titelseite schaffte.

Anna musste wieder an Marsch denken. Hatte Lanskis Chef seinem Mitarbeiter nahegelegt, zur Abwechslung mal realen Spuren nachzugehen? Ging es vielleicht wirklich um einen größeren Skandal? Bestimmt würde niemand, der beim Abladen seines Hausmülls in der Natur erwischt wurde, deshalb den Reporter erschlagen, der in dieser Sache recherchierte. Andererseits wusste man nie, wozu Menschen fähig waren. Manchmal konnten selbst ganz nebensächliche Gründe zu den schlimmsten Ereignissen führen. Anna las die

Tageszeitung zu genau, um noch bedingungslos an das Gute im Menschen zu glauben.

Und was war eigentlich mit dieser Gabriele G., die den Leserbrief eingereicht hatte? Hatte sie sich vielleicht mehr Unterstützung von Lanski erhofft und ihn im Streit getötet? Oder hatte sie ihm den unpassenden Schlusssatz nicht verzeihen können, den er mit Sicherheit selbst hinzugefügt hatte?

Auf alle Fälle war diese Frau die einzige Spur, der Anna momentan nachgehen konnte. Wenn Lanski in irgendeinem anderen Umweltskandal recherchiert hatte, dann hatte er dazu noch nichts veröffentlicht, und im Gegensatz zu Marsch würde sie darüber nichts erfahren. Aber vielleicht konnte sie Gabriele G. finden und von ihr mehr erfahren?

Anna tippte „Königshovener Höhe Gabriele" ein und las die ersten Treffer in Ruhe durch. Bei den meisten standen die Königshovener Höhe und der Vorname Gabriele nur zufällig auf einer Seite, bei den anderen ging es nicht um Naturschutz, sondern um Tennis oder die nächste Bürgermeisterwahl. Auf diese Weise würde sie die Leserbriefschreiberin nicht finden.

Sie löschte den Namen und las die allgemeinen Informationen zur Königshovener Höhe. Ein Artikel aus der NGZ beschrieb ausführlich den Wert des renaturierten Gebietes insbesondere für Vögel und Orchideen, aber auch für andere Pflanzen und Tiere. Anna las Namen von Vögeln, von denen sie nicht einmal wusste, wie diese aussahen. Sie interessierte sich für Natur eigentlich nur, wenn diese sie optisch ansprach – oder wenn ein Pflanzenname eine ganz besondere Bedeutung hatte. So wie die Erzengelwurz.

Sie schüttelte den Kopf und stand kurz entschlossen auf. So ging es nicht weiter. Sie konnte nicht nur herumsitzen und darauf warten, dass sie endlich ihren Wagen zurückbekam, die Polizei Lanskis Mörder fand und sie am besten auch gleich als Malerin reich und berühmt wurde. Wenn sie wollte, dass sich etwas änderte, musste sie selbst etwas tun. Und wenn sie keinen Wagen hatte, um zur Königshovener Höhe zu fahren, dann musste sie den Weg dorthin eben mit Bus und Bahn zurücklegen. Das schafften andere schließlich auch jeden Tag.

Der Bus nach Grevenbroich fuhr jede Stunde; wenn sie nun losging, würde sie das zeitlich gut schaffen. Vorsichtshalber steckte sie ein Fernglas ein, das sie später eindeutig als Vogelliebhaberin kennzeichnen würde. Schließlich konnte sie nicht jede Frau, der sie auf der Königshovener Höhe begegnete, ansprechen, ob sie zufällig Gabriele heiße und Leserbriefe an den Lokalkurier schreibe.

Außerdem zog sie feste Wanderschuhe an und steckte eine Kappe in die Jackentasche. Bei diesem Novemberwetter wusste man nie genau, wann es wieder zu regnen beginnen würde. Und mit einem Schirm wollte sie nicht wirklich über die Königshovener Höhe laufen.

Erst auf dem Weg zum Neusser Hauptbahnhof fiel ihr auf, dass sie noch gar nicht genau wusste, wie sie von Grevenbroich aus zur Königshovener Höhe kommen sollte. Aber danach konnte sie sich auch noch im Bus erkundigen.

Erst einmal lehnte sie sich zurück, nachdem sie beim Fahrer bezahlt hatte, und blickte nachdenklich aus dem Fenster. Mit einem Mal überkam sie ein ungutes Gefühl. Was tat sie hier eigentlich? Wie kam sie auf die Idee, dass sie mal eben einen Mordfall lösen könnte, indem sie eine Spur verfolgte, an der höchstwahrscheinlich schon ein Zeitungsredakteur dran war? Weshalb konnte sie das Ganze nicht der Polizei überlassen?

Nun, die letzte Frage war leicht zu beantworten. Solange sich die Polizei auf Anna eingeschossen hatte, würde sie nicht intensiv genug nach Alternativen suchen. Und solange die Polizisten keinen anderen Spuren folgten, würde Anna immer die Hauptverdächtige bleiben. Das passierte selbst in den Fernsehkrimis immer, wo sie am Ende natürlich den Mörder fanden. Aber dies hier war kein Fernsehkrimi, dies war ihr Leben – und da konnte sie sich nicht darauf verlassen, dass Morde meist aufgeklärt wurden.

Und ob Marsch tatsächlich auf derselben Fährte war? Vielleicht hatte er etwas ganz anderes entdeckt oder stocherte noch im Nebel? Auch darauf konnte Anna nicht bauen. Nein, es half nichts, sie musste selbst etwas unternehmen, um sich wieder aus der Schusslinie der Polizei zu bringen. Solange sie noch etwas unternehmen konnte ... Ihr wurde ein wenig übel bei dem Gedanken, die Polizei könnte sie verhaften. Nein, so weit durfte es nicht kommen.

Kurz entschlossen stand sie auf und ging zum Fahrer. „Können Sie mir sagen, wie ich vom Grevenbroicher Bahnhof zur Königshovener Höhe komme?", erkundigte sie sich.

Wortlos deutete er auf ein Schild über dem Rückspiegel: ‚Während der Fahrt nicht mit dem Fahrer sprechen.'

Anna seufzte leise und setzte sich auf den freien Platz rechts hinter der Tür, der eigentlich Gehbehinderten vorbehalten war. Beim nächsten Halt wandte sie sich wieder an den Fahrer. „Und können Sie mir jetzt sagen, wie ich zur Königshovener Höhe komme?"

Der zuckte mit den Schultern. „Da fahren Sie halt erst nach Frimmersdorf, am besten Provinzstraße. Und dann laufen Sie halt. Das ist nicht so weit, denke ich mal. Macht natürlich sonst keiner, so ohne Auto ..." Dann schloss er die Türen, nachdem der letzte neu zugestiegene Fahrgast seinen Platz eingenommen hatte, und fuhr wieder an.

Anna runzelte die Stirn. Ein ökologisch besonders wertvolles Gebiet, das nur mit dem Auto zu erreichen war? Aber gut, vielleicht kamen die Naturliebhaber aus Grevenbroich und Umgebung mit dem Fahrrad dorthin. Daran hatte sie vorher nicht gedacht. Und ein Fahrrad im Bus mitzunehmen war sowieso keine gute Idee, zumal der Bus anfangs ziemlich voll gewesen war. Vermutlich wäre sie besser mit dem Zug gefahren, dort wäre das kein Problem gewesen. Und überhaupt hatte sie inzwischen das Gefühl, dass diese ganze Aktion viel zu ungeplant verlief. Hätte sie nicht vorher viel mehr recherchieren müssen? Nur – worüber? Es half nichts, sie musste einfach sehen, was auf der Königshovener Höhe geschah. Und ob sie dort irgendwelche neuen Spuren fand. Auch wenn sie inzwischen nicht mehr das Gefühl hatte, dass ihr spontaner Ausflug tatsächlich eine gute Idee war. Vielleicht war ja doch ihre erste Ahnung, dass Oberkommissarin Richards etwas mit dem Mord zu tun hatte, richtig gewesen …

Aber das ließ sich jetzt nicht mehr ändern. Am Grevenbroicher Bahnhof angekommen, suchte sie erst einmal nach dem Bus nach Frimmersdorf, der zumindest nicht lange auf sich warten ließ. In der Provinzstraße stieg sie aus, fand tatsächlich ein Schild, das ihr den Weg in Richtung Königshovener Höhe wies, und folgte diesem. Dass darauf die Länge des Weges nicht angegeben war, ignorierte sie stoisch. Eine andere Wahl hatte sie sowieso nicht.

Es dauerte schließlich eine gute halbe Stunde, bis sie endlich den Wanderparkplatz ‚Königshovener Höhe' erreicht hatte. Anna war nur froh, dass sie ihre Wanderschuhe angezogen hatte; mit den normalen leichten Stadtschuhen hätte sie sich bestimmt längst eine Blase gelaufen. Am liebsten hätte sie jetzt erst einmal Pause gemacht, etwas gegessen und getrunken ... aber hier gab es keine Bank. Und an Kekse und Wasser hatte sie auch nicht gedacht. Nur ein paar Hustenbonbons fand sie in ihrer Jackentasche, passend zum trüben Novemberwetter. Sie wickelte eines davon aus, schob es sich in den Mund, atmete tief durch und ging weiter. Erst einmal musste sie sich einen Überblick verschaffen, wie groß dieses Gebiet hier war, was überhaupt zur Rekultivierung gehörte und wo die wilde Müllhalde war – falls es diese überhaupt noch gab. Und dann brauchte sie natürlich einen Grund, die Leute anzusprechen, die sie hier traf. Eigentlich hätte sie sich vorher erst im Internet durchlesen sollen, welche besonderen Tiere oder Pflanzen sie hier überhaupt erwarten konnte, fiel ihr nun auf ...

Anna schüttelte den Kopf. Dieser ganze Ausflug roch immer mehr nach einem Misserfolg. Sie hätte sich einfach nicht so voreilig und völlig unvorbereitet auf den Weg machen dürfen. Aber das ließ sich nun, nach dem langen Fußweg, wirklich nicht mehr ändern. Da musste sie jetzt durch.

Sie ging weiter, nun leicht bergauf, und betrachtete die Pflanzen auf beiden Seiten des Weges. Langweilig. Zugegeben, das mochte am November liegen; im Frühjahr oder Sommer konnte sie sich hier durchaus ein Blütenmeer vorstellen. Aber jetzt war alles grau-braun-trüb, mit ein bisschen Grün dazwischen.

Vögel sah sie auch keine. Sie holte ihr Fernglas aus der Innentasche, hängt es sich um den Hals und blickte versuchsweise hindurch. In den umliegenden Büschen und Bäumen rührte sich nichts, auch wenn diese kaum noch Laub trugen und man einen großen Vogel darin nun sicherlich sehen würde. Auch langweilig.

Und selbst Menschen sah sie nicht. Dabei war das ja der eigentliche Grund, weshalb sie hierhergekommen war – sie hoffte, diese Gabriele G. zu finden ...

Anna stutzte. War Gabriele eigentlich ein häufiger Name? Hatte sie ihn nicht vor kurzem noch in einem ganz anderen Zusammenhang irgendwo gehört oder gelesen? Wer hieß denn sonst noch Gabriele ... Natürlich, die Oberkommissarin! Oder irrte sie sich? Anna war sich nicht mehr ganz sicher. Eigentlich war auf ihr Gedächtnis Verlass, aber in Zeiten wie diesen schien alles so durcheinander zu laufen, dass sie nicht einmal ihren Erinnerungen völlig vertrauen konnte. Und selbst wenn – das war sicherlich ein Zufall. Vielleicht aber auch ein Hinweis darauf, dass in Wahrheit alle Spuren auf Oberkommissarin Richards deuteten ...

Zugegeben, logisch klang das selbst in ihren Ohren nicht. Aber sie war schließlich Künstlerin und daran gewohnt, hinter die Dinge zu blicken, eine tiefere Ebene unter scheinbar Alltäglichem zu entdecken. Vielleicht hatte sie einfach ein Gespür dafür, welche Spur in diesem Mordfall in die richtige Richtung wies, und ihr Unterbewusstsein versuchte sie nun in diese Richtung zu lenken ...

Anna schüttelte den Kopf. Das war nun wirklich zu weit hergeholt, auch wenn sie momentan sicherlich nach jedem Strohhalm gegriffen hätte. Andererseits gehörte Frau Richards auch ohne diese ganzen leicht esoterisch angehauchten Ideen definitiv zu den Hauptverdächtigen. Und wenn Anna dieses Abenteuer hier hinter sich gebracht hatte, dann würde sie der zweiten Spur auch nachgehen, die auf die Oberkommissarin hindeutete. Aber erst einmal ...

Sie sah verdutzt auf. Rehe? So nah? Dort hinten, mitten auf den freien Feldern, stand tatsächlich eine Gruppe Rehe herum und ließ sich nicht dadurch stören, dass sie nach einem kurzen Schreckmoment nun langsam weiter auf sie zuging. Es war lange her, dass Anna das letzte Mal Rehe gesehen hatte – vermutlich auf einer Zugfahrt, irgendwo gar nicht weit entfernt von Neuss, aber eben doch unerreichbar von ihr getrennt. Sie hatte davon gelesen, dass sich Rehe im Herbst und Winter zu großen Gruppen zusammenschlossen, und doch faszinierte sie der Anblick mit jedem Schritt mehr.

Schließlich blieb sie stehen, nahm das Fernglas vor die Augen und blickte hindurch. Tatsächlich, sechzehn Tiere standen dort in aller Seelenruhe, ästen, und einige blickten sie direkt an. Andere schauten eher nach rechts, wo Anna nun auch eine Bewegung in der Ferne bemerkte. Eine große

Gestalt mit dunklem Mantel und Hut, die sie auf den ersten Blick an einen Schäfer erinnerte, auch wenn sie weder Hund noch Stab entdecken konnte. Das Gesicht konnte sie nicht erkennen, vom Gang her hätte sie auf einen Mann getippt. Auf alle Fälle war es einen Versuch wert, diese Person anzusprechen – bei diesem trüben Wetter würde sie sicherlich nicht allzu viele Menschen hier treffen. Wer heute hier herumlief, musste ein Hardcore-Naturliebhaber sein. Oder auf der Suche nach einem Mörder.

Jetzt, wo sie ein Stück weiter in das renaturierte Gebiet hineingegangen war, glaubte Anna auch manchmal Vögel zu hören, die sie leider nicht identifizieren konnte. Sie hoffte nur, dass der Mann, dessen Weg sie zu kreuzen hoffte, mit ihr nicht allzu genau über die hiesigen Tiere und Pflanzen sprechen wollte. Das Einzige, woran sie sich aus der kurzen Internetrecherche erinnern konnte, war, dass es hier viele Orchideenarten gab. Aber genauer hatte sie sich auch das nicht gemerkt.

Und was wollte sie ihn eigentlich fragen? Auch darauf hatte sie sich nicht vorbereitet, fiel ihr auf. Vielleicht nach der wilden Müllkippe – das erschien ihr am sinnvollsten.

Während sie langsam weiterging, wurde immer deutlicher, dass sie den Weg des Fremden tatsächlich kreuzen würde. In der Ferne glaubte sie manchmal Hundegebell zu hören, ohne dessen Richtung genauer bestimmen zu können – vielleicht gab es hier ja doch noch andere Menschen, die sie ansprechen konnte, wenn dieser Mann ihr nicht weiterhelfen konnte.

Ein paar Mal hatte sie das Gefühl, dass er ein Fernglas vor die Augen hob und hindurchsah, und tat es ihm gleich – doch da, wo er hinzusehen schien, entdeckte sie nie etwas Interessantes. Nicht mal eine Amsel ließ sich blicken. Nur eine Kohlmeise glaubte sie einmal aus den Augenwinkeln zu erkennen. Ob das monotone, fast aggressiv wirkende „pink-pink", das sie gleichzeitig hörte, aber wirklich zu den Lauten gehörte, die eine Kohlmeise von sich gab, wusste sie nicht. Und überhaupt waren Kohlmeisen viel zu uninteressant, um sich darüber mit dem Fremden zu unterhalten, der nun immer näher kam.

„Moin", grüßte er sie und nickte ihr freundlich zu. Tatsächlich ein Mann, wie sie zuerst geglaubt hatte, fast einen Kopf größer als sie, breitschultrig und deutlich älter als Anna, vielleicht siebzig Jahre. Unter dem Hut mit der breiten Krempe, der sicher gut vor Regen schützte, lugte ein Kranz schneeweißer Haare hervor.

Kein Mörder, entschied sie und grüßte zurück. „Moin. Gibt es heute was Interessantes zu sehen?"

Er warf einen Blick auf sein Fernglas, das deutlich größer und vermutlich entsprechend besser war als Annas Instrument. „Nicht viel los heute", antwortete er. „Den Sperber eben haben Sie ja selbst gesehen, ansonsten die üblichen kleinen Singvögel ... aber bei diesem Wetter kann man auch nicht viel erwarten. Haben Sie mehr entdeckt?"

Anna zögerte. Wenn jetzt gerade neben ihr im Baum ein extrem seltener Vogel saß und zu ihnen herüberschaute, dann würde sie sich mit einem „Nein" blamieren, und der Mann würde vermutlich kein Wort mehr mit ihr sprechen. Und sich als völlig Ahnungslose zu erkennen zu geben, die ausgerechnet bei dieser Witterung ihre ersten Vögel zu beobachten versuchte – das erschien ihr alles andere als glaubwürdig. „Ich interessiere mich eigentlich mehr für … Orchideen", antwortete sie schließlich vage.

Der Mann zog die Augenbrauen hoch. „Im November", sagte er langsam.

Anna zuckte zusammen. Verdammt, wann blühten Orchideen? Vermutlich irgendwann im Frühjahr oder Sommer. Und was war jetzt noch von ihnen übrig? Vermutlich nichts, so wie der Mann sie ansah. „Deshalb bin ich im Sommer regelmäßig hier", fügte sie rasch hinzu. „Aber nachdem ich neulich diesen Artikel über die wilde Müllkippe hier gelesen hatte, wollte ich doch einmal nachsehen, ob einer der Orchideenstandorte davon betroffen ist."

Anna sah, wie der Argwohn aus dem Gesicht des Mannes wich. „Verstehe, das ist natürlich eine wichtige Frage", sagte er. „Aber ich glaube, die haben inzwischen aufgeräumt. Haben Sie die Stelle schon gefunden?"

Sie schüttelte den Kopf. „Nein, aus der Zeitung konnte ich nicht so genau entnehmen, wo das gewesen sein soll."

„Kommen Sie mal mit", brummte er und drehte sich um.

Obwohl die Königshovener Höhe eigentlich gut zu überblicken war und nur selten höhere Büsche oder Baumgruppen den Blick versperrten, hatte Anna schon nach kurzer Zeit keine Ahnung mehr, aus welcher Richtung sie gekommen war. Langsam spürte sie den weiten Weg in allen Knochen. Inzwischen war sie bestimmt eine Stunde unterwegs, und nicht immer nur in ebenem Gelände – das war für sie schon ein halber Marathon.

„Da vorne ist es", sagte er schließlich. „Sehen Sie? Da auf der Lichtung. Da kann man mit dem Auto ranfahren, darf man natürlich nicht, aber den Dreck abladen darf man ja auch nicht. Von daher ..."

Anna nickte. Ja, der Feldweg trug sichtbare Reifenspuren. In den Sträuchern ringsumher, die den Ort vor neugierigen Blicken anderer Wanderer abschirmten, entdeckte sie Reste von Folien, vielleicht von Mülltüten. „Darauf hatte ja auch im Neusser Lokalkurier ein Leserbrief hingewiesen", bemerkte sie.

Der Fremde nickte. „Ja ja, die Gabi, die hat das immer wieder gemeldet, an die Zeitungen, an die Polizei, ans Ordnungsamt ... und trotzdem hat das ewig gedauert, bis die den Dreck hier weggemacht haben. Bestimmt drei Wochen, sag ich mal."

Anna sah ihn verständnisvoll an. „Das war sicherlich sehr nervig für die Gabriele, dass niemand sie ernst genommen hat", sagte sie.

„Och, ernst haben die sie schon genommen." Der Mann nahm den Hut ab, strich seine kurzen weißen Haare zurück und setzte ihn wieder auf. „Nur Zeit hatten sie eben keine, sich zu kümmern. Sie wissen ja, wie das heute so ist mit den Leuten …"

„Ja ja", stimmte Anna vorsichtshalber zu, obwohl sie das eigentlich gar nicht so genau wusste. In ihrem Bekanntenkreis gab es durchaus Menschen, die sich kümmerten.

„Erst als dieser Zeitungsmensch sich der Sache angenommen hat", fuhr er fort. „Da ging das plötzlich alles ganz schnell."

„Der Herr Lanski?", warf Anna ein.

„So ein Lokalreporter aus Neuss", antwortete er. „Unangenehmer Mensch, Typ Wadenbeißer. Vor Jahren hatte ich mal ein Interview mit seiner Kollegin … die war netter. Aber in letzter Zeit schien dieser Typ viele der Naturthemen von ihr übernommen zu haben."

Anna stutzte, als ein neuer Gedanke langsam Form anzunehmen begann. „Diese Kollegin, war das die Frau Fischer?", erkundigte sie sich.

„Genau", antwortete er sofort. „Die war eine ganz Nette, verstand was von Natur. Die konnte sich auch für den Steinschmätzer begeistern und nicht nur für den Bienenfresser, den ich hier schon mehrmals gesehen habe. Der Neue wollte eigentlich nur Stunk machen. Aber in diesem Fall hat es ja geholfen – die Gabi war ihm sehr dankbar für den Artikel. Wenn der den nicht geschrieben hätte, läge jetzt hier sicher immer noch der ganze Müll rum." Er sah Anna aufmerksam an. „Und, ist das einer der Orchideenstandorte? Sagen Sie nicht, dass ausgerechnet hier die Grüne Waldhyazinthe blüht, die gerade auf der Königshovener Höhe entdeckt wurde?"

Rasch schüttelte sie den Kopf. „Nein nein, natürlich nicht … das würde doch gar nicht passen", bemerkte sie und hoffte, dass sie damit richtig lag.

„Stimmt, hier wäre sie ja schon längst entdeckt worden", antwortete er. „Kennen Sie als Orchideenliebhaberin denn die Standpunkte aller vierzehn Arten, die es hier gibt?", fuhr er interessiert fort.

„Nein, nicht alle natürlich", antwortete Anna ausweichend. Langsam wurde ihr dieses Gespräch zu gefährlich. Irgendwann würde der Mann durchschauen, dass sie keine Ahnung hatte, weder von Orchideen noch von irgendwelchen anderen Pflanzen. „Aber ich glaube, ich muss mich jetzt langsam wieder auf den Rückweg machen", sagte sie und warf einen Blick auf die Uhr. „Es ist schon spät, und bis nach Frimmersdorf sind es doch noch ein paar Meter zu laufen …"

„Sie sind zu Fuß?" Das schien den Mann zu beeindrucken. „Kann ich Sie mitnehmen? Ich habe auch genug gesehen, heute wird mir keine Wiesenweihe mehr über den Weg fliegen."

Anna musste schmunzeln. Irgendwie war dieser Mann ja schon ein wenig merkwürdig. Aber sie hatte keine Angst davor, zu ihm ins Auto zu steigen. Wer Tiere liebte, konnte kein schlechter Mensch sein.

„Gerne, Sie können mich einfach in der Nähe der nächsten Bushaltestelle absetzen", sagte sie. „Dann finde ich den Heimweg schon."

Der Rückweg zum Wanderparkplatz dauerte weniger lang als erwartet. Dennoch war Anna froh, als sie sich auf den Beifahrersitz des Ornithologen fallen lassen konnte, der seine gesamte Heckscheibe mit Aufklebern von irgendwelchen Vögeln zugepflastert hatte. Unterwegs hatten sie sich darauf geeinigt, dass er sie zum Grevenbroicher Bahnhof fahren würde – ihn bis nach Neuss zu lotsen, erschien ihr doch etwas unverschämt, und sie war auch so schon froh, dass er ihr den ersten Teil des Heimwegs ersparte.

Im Bus zurück nach Neuss ging Anna immer wieder ein Gedanke durch den Kopf – hatte sich Lanski vielleicht auch innerhalb der Redaktion Feinde gemacht? Hatte er Frau Fischer das Ressort, das ihr offensichtlich am wichtigsten war, abzunehmen versucht? Waren dazu diese ganzen schlecht geschriebenen und größtenteils erfundenen Artikel über wilde Mülldeponien gedacht gewesen? Es half nichts – sie musste noch einmal in die Redaktion des Lokalkuriers und mehr über Frau Fischer in Erfahrung bringen.

## Kapitel Fünf

Als sie endlich wieder in Neuss angekommen war, dämmerte es bereits. Die Tage wurden immer kürzer und damit, wie Anna fand, auch immer deprimierender. Vielleicht sprach sie als Malerin besonders stark auf das fehlende Licht und die blasseren Farben an, vielleicht ging es anderen Menschen ebenso – sie wusste es nicht.

Beim Aussteigen aus dem Bus spürte sie jeden Muskel in ihren Beinen. Wenn sie sich vorstellte, jetzt noch zur Redaktion des Lokalkuriers zu laufen, um mit Frau Fischer zu sprechen, die vermutlich sowieso nicht dort war ... Alles in ihr sträubte sich dagegen. Und eigentlich, fand sie, hatte sie für heute auch wirklich genug getan.

Kurzerhand nahm sie den nächsten Bus nach Hause, machte sich einen heißen Tee und setzte sich mit einer Tafel Schokolade und einem Buch in den Sessel. Dass sie nachher nicht mehr wissen würde, was sie eigentlich gelesen hatte, da ihr ständig die Gedanken an den Mord durch den Kopf gingen – nun, das war wohl der Preis dafür, dass sie sich nicht mehr hatte aufraffen können, weiter zu ermitteln. Aber morgen war auch noch ein Tag.

Der begann genauso, wie der gestrige Tag geendet hatte – neblig-trüb und mit heißem Tee. Im Internet suchte Anna nach einer Information, wann Frau Fischer im Büro war, aber vergeblich. Es half nichts, sie musste auf gut Glück vorbeigehen. Oder sich mit Franzi Sander verabreden und hoffen, dass Frau Fischer zufällig auch dort war. Und Herr Marsch nicht. Bestimmt hatte der Chef sonntags frei, während seine Mitarbeiter an der Montagsausgabe arbeiten mussten ... das wäre ein Vorteil. Dennoch ließ der Gedanke an Marsch sie zögern. Was sollte sie tun, wenn er im Büro wäre? Eigentlich wollte sie ihm gar nicht über den Weg laufen, ehe er sie womöglich erkannte und die richtigen Schlüsse zog. Franzi war harmlos, die würde nicht mitbekommen, dass Anna in Wirklichkeit ermittelte und nicht nur zum Frühstück vorbeikam. Marsch war es nicht, wenn Anna ihn richtig einschätzte.

Auf alle Fälle war es sinnlos, einfach hinzufahren. Sie musste zumindest vorher versuchen, von Franzi Sander zu erfahren, wer wann im Büro war. Vielleicht hatten ja auch alle sonntags frei. Oder ...

Gedankenverloren trank Anna noch einen Schluck Tee. Was wäre denn, wenn sie Frau Fischer direkt anspräche? Die Reporterin war schließlich immer noch für Naturschutzthemen zuständig, auch wenn Lanski sie möglicherweise aus diesem Bereich herauszudrängen versucht hatte – und Annas wichtigstes Gemälde zeigte die

101

Erzengelwurz, von der momentan niemand wirklich zu wissen schien, ob sie noch auf der Ölgangsinsel wuchs, irgendwo im Dickicht in der Mitte der Halbinsel verborgen. Wenn sie nun behauptete, dass es bei diesem Bild gar nicht um Rachegelüste an ihrem Ex ging, wie Lanski es formuliert hatte, sondern um die Zerstörung der Natur ... würde Frau Fischer darauf anspringen? Auch wenn diese Idee nicht ohne Risiko war, erschien sie Anna doch besser als ihre ursprüngliche Vorstellung, notfalls den halben Tag bei Franzi Sander zu sitzen und zu warten, bis Frau Fischer hereinkäme, Herr Marsch aber möglichst nicht.

Kurzerhand suchte sie auf der Website des Lokalkuriers nach Frau Fischers Telefonnummer, vergewisserte sich, dass diese nicht mit der ihres Kollegen Marsch übereinstimmte, und wählte die Nummer, ohne sich wirklich darüber im Klaren zu sein, was genau sie eigentlich sagen wollte. Das würde sich hoffentlich ergeben.

„Lokalkurier, Fischer", hörte sie schon nach dem zweiten Klingeln. Das war schon mal ein gutes Zeichen.

„Guten Morgen, Frau Fischer", sie räusperte sich leise, „Anna Berg mein Name ..." Sie musste sich wieder räuspern, ihre Stimme war merkwürdig belegt.

Doch die kurze Pause hatte eine unerwartete Wirkung. „Frau Berg, natürlich", antwortete Frau Fischer sofort. „Ich kann mir denken, weshalb Sie anrufen ... Sagen Sie, sollen wir uns gleich zu einem Kaffee treffen? Vielleicht im Café Extrablatt, in einer halben Stunde? Dort können wir uns besser unterhalten als hier in der Redaktion."

Anna schüttelte verwirrt den Kopf. Hatte Frau Fischer nur darauf gewartet, den Mord zu gestehen? Oder dachte sie, Anna hätte auf der Ölgangsinsel etwas gesehen und wollte die Redakteurin jetzt damit erpressen? Irgendetwas war hier sehr merkwürdig. Aber ein Treffen mit der Journalistin, ohne Gefahr zu laufen, Marsch zu begegnen, passte natürlich perfekt zu Annas Plänen. Das konnte sie sich nicht entgehen lassen.

„Ja, das klingt gut", sagte sie.

„Gut, dann sehen wir uns gleich", antwortete Frau Fischer. „Entschuldigen Sie mich bitte, ich muss noch rasch ein paar Dinge ..."

„Kein Problem, bis später", sagte Anna sofort und legte langsam auf. Nachdenklich biss sie sich auf die Unterlippe. Was geschah hier gerade? Auch bei allem Optimismus, zu dem sie fähig war – sie konnte sich wirklich nicht vorstellen, dass Frau Fischer sich mit ihr treffen wollte, um ihr den Mord an Lanski zu beichten. Es wäre einfach albern, darauf zu hoffen. Doch was wollte die Frau dann von ihr? Hatte sie etwas beobachtet, was auf den Täter hindeutete? Aber selbst wenn – weshalb sollte sie das Anna verraten?

Es half nichts, sie musste abwarten, was das Treffen gleich ergab. Momentan fiel ihr jedenfalls kein halbwegs schlüssiger Grund ein, aus dem Frau Fischer das Gespräch mit ihr suchen sollte.

Vorsichtshalber aß Anna noch eine halbe Tafel Schokolade, um ihre plötzliche Unruhe ein wenig in den Griff zu bekommen, ehe sie sich auf den Weg zum Bus machte. Als sie das Café Extrablatt betrat, sprang eine Frau mit halblangen, braunen Locken auf und winkte ihr zu. Eigentlich, fand Anna nach dem ersten Blick, sah sie nicht aus wie die typische klischeehafte Naturschützerin – und auch nicht so, wie sie sich eine Redakteurin des Lokalkuriers vorgestellt hätte. Mit der kräftigen Wollhose und dem dazu passenden rustikalen Jackett wirkte sie eher wie eine Dame aus dem Landadel, selbstbewusst und stärker als erwartet. Wieder fragte sich Anna, was um alles in der Welt diese Frau mit ihr besprechen wollte.

„Guten Morgen, Frau Berg", begrüßte Frau Fischer sie mit einem kräftigen Händedruck. „Schön, dass Sie kommen konnten."

„Selbstverständlich, gerne", antwortete Anna. Sie konnte nur hoffen, dass ihr Gegenüber bald verraten würde, worum es bei diesem Gespräch ging. Sonst könnte es ziemlich peinlich werden.

„So selbstverständlich ist das nicht", sagte Frau Fischer und setzte sich wieder. „Ich hätte gut verstanden, wenn Sie wutschnaubend in die Redaktion gestürmt wären und auf einer Gegendarstellung bestanden hätten ... Dass wir uns jetzt in Ruhe darüber unterhalten können, wie wir das Problem aus der Welt schaffen, spricht für Sie."

Anna begann zu verstehen. Sie lächelte. „Aber natürlich, wir sind doch alle zivilisierte Menschen", sagte sie. „Und Sie können doch überhaupt nichts dafür, was Ihr Kollege geschrieben hat. Beziehungsweise Ihr früherer Kollege, müsste ich jetzt wohl sagen ..."

Die andere nickte und schloss für einen Moment die Augen. „Ja, das ist eine furchtbare Geschichte. Auch wenn Herr Lanski sicherlich kein einfacher Mensch war, so etwas wünscht man seinem ärgsten Feind nicht."

„Weiß man denn schon mehr?", erkundigte sich Anna möglichst unbeteiligt. „Ich meine – wer ... oder weshalb ..."

Frau Fischer schüttelte den Kopf. „Nein, nicht dass ich wüsste. Die Polizei hat auch keine Fragen gestellt, aus denen man mehr herauslesen könnte." Sie schüttelte den Kopf. „Aber entschuldigen Sie, wir reden die ganze Zeit über andere Dinge ... dabei sind wir ja hier, um uns über den Artikel zu Ihrer Vernissage zu unterhalten. Sollen wir erst mal einen Kaffee bestellen?"

Anna nickte. „Kaffee schadet nichts", befand sie. Sie musste wacher sein, wenn sie Frau Fischer überrumpeln und ihr mehr entlocken wollte. Sonst würden sie hier tatsächlich nur über ihre Vernissage sprechen.

Nachdem sie zwei Milchkaffee bestellt hatten, wandte sich Frau Fischer wieder Anna zu. „Haben Sie denn schon eine Vorstellung, wie wir das Problem aus der Welt schaffen können?", erkundigte sie sich. „Eine Gegendarstellung ist in diesem Fall ja schwierig ..."

„Am einfachsten wäre natürlich ein ganz neuer Bericht aus der Sicht einer anderen Person", antwortete Anna. „Ich weiß nicht, ob Sie überhaupt schon Gelegenheit hatten, sich mit der Ausstellung beziehungsweise meinen Bildern zu beschäftigen ..."

Frau Fischer schüttelte den Kopf. „Leider habe ich nur die Einladung gesehen", sagte sie. „Und natürlich das Bild im Lokalkurier. Ich muss gestehen, Kultur ist eigentlich nicht mein Metier."

„Ich sehe Ihren Namen häufiger bei Natur-Artikeln", warf Anna ein.

Die Redakteurin nickte, offensichtlich dankbar, auf ein neues Thema ausweichen zu können. „Ja, das ist genau mein Gebiet", antwortete sie. „Wissen Sie, eigentlich habe ich mal Biologie studiert, in dem Bereich aber nichts gefunden. Während des Studiums habe ich immer für unsere Studentenzeitschrift Artikel über alles Mögliche verfasst, und danach wollte ich nur zur Überbrückung eine Weile bei einer Zeitung arbeiten ..." Sie zuckte mit den Schultern. „Tja, und inzwischen bin ich beim Lokalkurier gelandet." Allzu glücklich über diese Tatsache wirkte sie nicht.

„Aber Sie schreiben doch sehr interessante Artikel", warf Anna ein. „Ich lese sie immer wieder gerne." Dass sie momentan nicht die geringste Vorstellung hatte, worüber ihre Gesprächspartnerin gewöhnlich schrieb, behielt sie lieber für sich.

„Das freut mich zu hören", lächelte Frau Fischer und nahm rasch einen großen Schluck Kaffee.

Vermutlich, um die plötzliche Röte auf ihren Wangen zu überspielen. „Aber wir sind ja nicht hier, um über mich zu reden", bemerkte sie dann und zog einen Block aus der Tasche, die sie über die Stuhllehne gehängt hatte. „Erzählen Sie mir doch etwas über sich, über Ihre Bilder und natürlich die aktuelle Ausstellung."

„Gut ... wenn Sie nichts Bestimmtes hören möchten, beginne ich einfach mal." Anna erzählte langsam, sodass Frau Fischer gut mitschreiben konnte, von ihrer Kindheit und Jugend, dann sogar von ihrer Ausbildung zur Restauratorin, die sie sonst meist verschwieg. Aber weshalb eigentlich? Was sprach dagegen, dass eine Künstlerin zunächst etwas Handwerkliches gelernt hatte?

„Haben Sie schon einmal darüber nachgedacht, auch textile Kunstobjekte herzustellen?", erkundigte sich Frau Fischer interessiert.

Anna verdrängte für einen Moment die Gedanken an den Mord und den Grund, aus dem sie eigentlich hier war. Textile Kunst? Das klang irgendwie logisch, jetzt, wo Frau Fischer es erwähnt hatte. Weshalb hatte sie darüber nie nachgedacht? Weil das für sie mehr wie Kunsthandwerk als wie reine Kunst ausgesehen hätte? Und was wäre daran schlimm gewesen?

„Gute Frage", sagte sie schließlich. „Eigentlich wäre das nur logisch. Andererseits habe ich momentan das Gefühl, mich mit Farbe und Pinsel deutlich besser ausdrücken zu können, als das mit textiler Kunst möglich wäre."

Die Redakteurin nickte verstehend. „Jede Form hat ja ihre eigenen Möglichkeiten und Grenzen", sagte sie. „Sicherlich kommt es immer darauf an, was man aussagen will und welche Form dazu am ehesten geeignet ist."

Anna musste lachen. „Sind Sie sicher, dass Sie nicht die bessere Journalistin für den Bereich Kunst und Kultur gewesen wären?", erkundigte sie sich. „Besser hätte ich das jedenfalls auch nicht formulieren können."

Frau Fischer winkte ab. „Nein nein, das passt schon", antwortete sie rasch. „Ich bin nicht die Richtige dafür, zu all diesen Vernissagen, Finissagen, Lesungen und anderen Veranstaltungen zu gehen, bei denen Lanski immer war. Diese Menschenansammlungen sind mir zu anstrengend."

„Trotzdem", beharrte Anna, „wenn ich gewusst hätte, dass Sie etwas von Kunst verstehen, hätte ich Sie ja persönlich eingeladen und nicht nur den Lokalkurier allgemein ..."

Wieder schüttelte die Redakteurin den Kopf. „Danke, das ist freundlich von Ihnen, aber es hätte nichts geändert. Selbst wenn ich mit Lanski zusammen zu Ihrer Vernissage gekommen wäre", sie stockte einen Moment, so als hätte sie zu viel gesagt, „dann hätte immer noch er den Artikel verfasst, vermutlich ohne Rücksprache mit mir, und wir säßen heute dennoch hier und würden uns um Schadensbegrenzung bemühen."

Anna seufzte leise. So kam sie nicht weiter. Auch wenn sie gerade das Gefühl gehabt hatte, dass Frau Fischer etwas herausgerutscht war, was sie gar nicht sagen wollte – das mochte ebenso gut ganz harmlos sein.

„Zumindest hätten Sie die Erzengelwurz auf der Einladung erkannt und vermutlich auch richtig gedeutet", wechselte sie das Thema. „Wissen Sie übrigens, ob es diese Pflanzen noch irgendwo versteckt auf der Ölgangsinsel gibt?"

Frau Fischer zuckte mit den Schultern. „Das kann ich Ihnen nicht sagen. Ich hatte mal versucht, das herauszufinden, aber beim Neusser Umweltamt weiß man auch nichts Genaueres. Zuletzt gesehen wurde die Pflanze vor über zehn Jahren, danach gibt es meines Wissens keine offiziellen Kartierungen mehr. Und nachdem im Frühsommer 2015 der Sturm Ela dort einen Großteil der Bäume zerstört hat, hat sich das Gesicht der Halbinsel stark verändert – plötzlich gab es andere Pflanzen, die ohne den Schatten der hohen Bäume ringsumher mit einem Mal stärker waren als ihre Konkurrenz. Die ganzen Brombeeren und Brennnesseln konnten sich erst danach so breitmachen, wie sie es heute tun."

„Eigentlich schade", bemerkte Anna. War das vielleicht der richtige Weg, um die Journalistin aus der Reserve zu locken? „Man könnte doch bestimmt etwas dagegen unternehmen, dass das ganze Unkraut die interessanten Pflanzen überwuchert …"

Zu ihrem Erstaunen wiegte Frau Fischer bedächtig den Kopf hin und her. „Na ja, das ist eben immer eine Abwägung", sagte sie. „Mit welchem Recht bestimmen wir denn, welche Pflanzen mehr Raum einnehmen dürfen und welche beschnitten und zurückgedrängt werden müssen? Immerhin handelt es sich bei der Ölgangsinsel um ein Naturschutzgebiet, das älteste im Kreis Neuss sogar. Da sollte man solche Entscheidungen sehr vorsichtig treffen."

„Mit dieser Begründung könnte man auch jemanden wie Lanski schreiben lassen, was er will, auf Kosten aller anderen Menschen", warf Anna ein.

Frau Fischer sah irritiert auf und musterte die Künstlerin nachdenklich. „Weshalb haben Sie mich angerufen?", fragte sie schließlich langsam. „Um eine Gegendarstellung geht es Ihnen jedenfalls nicht."

„Auch", beeilte sich Anna zu sagen. Aber natürlich machte es keinen Sinn, sich weiter zu verstellen. Dazu hätte sie geschickter lügen müssen. „Ich möchte möglichst viel über Lanski und diesen Fall in Erfahrung bringen", fügte sie hinzu. „Ich will verstehen, was für ein Mensch er war, weshalb er getötet wurde ..."

„Und von wem", ergänzte die Journalistin nüchtern. „Und jetzt haben Sie sich gedacht, weil Lanski thematisch in meinem Gebiet gewildert hat, hätte ich ihn auf dem Gewissen?" Sie schnaubte leise. „Da kann ich ja froh sein, dass Sie nicht bei der Polizei sind und diese Schnapsidee nur privat verfolgen. Weshalb eigentlich?"

Anna atmete tief durch. Das Gespräch lief anders als geplant. Ganz anders. Aber es hatte keinen Sinn, der Redakteurin etwas vorzumachen. „Weil die Polizei der Meinung ist, ich gehöre zu den Hauptverdächtigen", antwortete sie. „Und solange die nicht auch in andere Richtungen ermitteln, muss ich das eben machen."

„Die Polizei wird schon in alle Richtungen ermitteln, die sie für sinnvoll hält", entgegnete Frau Fischer mit leisem Spott. „Wie kommen Sie auf die Idee, Sie könnten das besser?"

Genau das fragte Anna sich auch gerade. „Ich kann mich als Hauptverdächtige jedenfalls ausschließen", antwortete sie trotzig. „Damit bin ich der Polizei zumindest einen Schritt voraus."

Jetzt lachte die Reporterin und schüttelte grinsend den Kopf. „Na gut, das ist ein Grund", sagte sie schließlich. „Gut, dann lassen Sie uns doch mal gemeinsam überlegen. Dann haben wir den Vorteil, dass wir beide wissen, dass wir nichts mit dem Mord zu tun haben. Können wir uns darauf für den Moment einigen?"

Zögernd nickte Anna. So wie sie Frau Fischer inzwischen erlebt hatte, erschien ihr die Idee, diese Frau könne eine Mörderin sein, in der Tat ziemlich absurd.

„Sie gehen also davon aus, dass mein Kollege aus beruflichen Gründen getötet wurde", fuhr die Reporterin fort. „Gut, natürlich gab es immer wieder Ärger. Immer war er an irgendeinem angeblichen Skandal dran, der sich meist im Nachhinein als harmlos entpuppte. Da war gerade erst die Sache mit dem Neubaugebiet, die sich schnell als heiße Luft herausgestellt hat ... und dann hatte er eine Weile irgendeinen Abgeordneten auf dem Kieker, aber das hat sich auch längst geklärt. Und die Geschichte mit dem neuen Schützenverein hätte sich auch sicher bald in Luft aufgelöst ...."

„Er hat sich offensichtlich mit seiner Art zu arbeiten viele Feinde gemacht", warf Anna ein. „Übrigens selbst die ermittelnde Oberkommissarin ...." Die durfte sie auch nicht vergessen, fiel ihr wieder ein. Auch Frau Richards gehörte in Annas Augen durchaus zu den Verdächtigen.

„Mit seiner Art zu leben sicherlich auch", entgegnete Frau Fischer. „Was ist zum Beispiel mit seiner Exfrau? Und mit seiner letzten Freundin? Ich habe auch mal gehört, wie er Geld von jemandem zurückforderte – telefonisch, daher weiß ich nicht von wem. Haben Sie diese Möglichkeiten in Betracht gezogen?"

Anna schluckte. Mit einem Mal kam sie sich ziemlich dumm vor. Was, wenn Frau Fischer recht hatte und das Motiv für den Mord in Lanskis Privatleben lag? Darüber hatte sie nie nachgedacht. Und im Gegensatz zu seiner Kollegin wusste sie darüber auch nichts. Nicht einmal, wo er gewohnt hatte, geschweige denn, mit wem er privat in irgendeiner Beziehung gestanden hatte. „Wenn er im normalen Leben ebenso unangenehm war wie in seinem Job, kann man das nicht ausschließen", antwortete sie schließlich.

„Die Frage ist nur, wer in seinem Umfeld das stärkste Motiv hätte", überlegte die Journalistin laut. „Geld ist natürlich immer ein guter Grund, aber wenn er alle Frauen so behandelt hat wie seine Exfrau, könnte es auch einige Damen mit starken Motiven geben."

„Was ist denn mit seiner Exfrau?", erkundigte sich Anna.

Frau Fischer zuckte mit den Schultern. „Stellen Sie sich alle Klischees vor, die es in Zusammenhang mit einer Scheidung gibt", sagte sie, „und es trifft alles zu. Er kümmert sich nicht um seinen Sohn, aber wenn er ihn doch mal sieht, erzählt er irgendwelche wilden Lügengeschichten über seine Ex. Unterhalt für sein Kind bezahlt er aus Prinzip nicht …"

„Sagt seine Exfrau?", warf Anna ein.

Die Reporterin nickte. „Aber bevor Sie nun sagen, das sei zu einseitig – er hat eigentlich dasselbe gesagt, wenn man genau hingehört hat. Er war genau genommen stolz darauf, dass er seine Exfrau beim Unterhalt immer wieder über den Tisch gezogen hat. Sie hat wohl nur einen Halbtagsjob in der Gastronomie, genau genommen in einer Kneipe, wenn man ihm Glauben schenken wollte. Auf alle Fälle hat er regelmäßig getönt, sie könne ja mehr arbeiten gehen, wenn sie ihrem Sohn mehr bieten wolle."

„Immerhin war es auch sein Sohn", bemerkte Anna.

„Schon, aber da der junge Mann sich entschieden hatte, bei seiner Mutter zu leben, hatte Lanski kein gesteigertes Interesse daran, ihn zu unterstützen. Vermutlich glaubte er, der Junge käme irgendwann zu ihm, wenn er ihn nur lange genug am ausgestreckten Arm verhungern lassen würde … wobei ich mir auch das nicht vorstellen konnte, mein Kollege war nun wirklich kein Familienmensch. Mit einem Jugendlichen in seiner Wohnung hätte er sicherlich nichts anfangen können."

„Also ein reines Machtspiel", folgerte Anna.

Frau Fischer nickte und trank einen Schluck Kaffee. „Ja, so sehe ich das auch. Das war häufig sein Antrieb. Eigentlich immer, soweit ich das beurteilen kann. Zumindest habe ich nie erlebt, dass er etwas getan hätte, was ihm nicht zum Nutzen gereicht hätte."

Anna seufzte leise. „Also gibt es jede Menge Menschen, denen er auf den Schlips getreten ist", sagte sie. „Seine Ex, sein Sohn … Sie erwähnten eine Freundin … Und wenn er immer so war, gehören sicherlich auch Nachbarn und andere Bekannte in diese Kategorie."

„Aber weshalb sollte jemand ihn gerade jetzt umbringen?", warf Frau Fischer ein. „Es muss ja etwas geschehen sein, was das Fass zum Überlaufen gebracht hat."

„Das kann natürlich schon eine Kleinigkeit sein." Anna nahm ebenfalls einen Schluck Milchkaffee, während sie über ein Beispiel nachdachte. „Etwas ganz Banales – er hat mal wieder seinem

Sohn etwas versprochen und es nicht gehalten, und der Sohn dreht durch. Oder der Kontostand seiner Ex unterschreitet einen bestimmten Wert, sie kann die Miete nicht mehr zahlen, muss einen geplanten Urlaub absagen, weil er mal wieder nicht zahlt ..." Sie lehnte sich zurück und sah die Reporterin nachdenklich an. „Aber das ist doch kein Grund, seinen Exmann – oder gar seinen Vater – zur Ölgangsinsel zu locken und dort zu töten. Ich meine – wir reden hier nicht von einer Tat im Affekt, sondern einem geplanten Mord."

Frau Fischer schüttelte den Kopf. „Nein, wenn ich das richtig mitbekommen habe, war die Tatwaffe ein Stein, der vor Ort herumlag. Ursprünglich geplant war vielleicht nur ein Treffen, um sich auszusprechen – das dann eskalierte."

„Aber weshalb denn ausgerechnet auf der Ölgangsinsel?" Anna kniff nachdenklich die Augen zusammen. „Es gibt doch keinen Grund, weshalb seine Ex oder sein Sohn sich gerade dort mit ihm treffen sollte. Da gibt es mit Sicherheit bessere Orte – zum Beispiel in seiner oder ihrer Wohnung."

Die Journalistin zuckte mit den Schultern. „Vielleicht sind sie dort früher immer spazieren gegangen?", mutmaßte sie. „Für eine Aussprache würden sicher viele Leute einen neutralen Platz wählen, nicht gerade die Wohnung eines der Beteiligten. Und in ein Café oder Restaurant würde ich sicherlich nicht gehen, um mich mit einem früheren Partner zu streiten. Denn beide hätten gewusst, dass es in Streit enden würde. Es gab keinen Grund anzunehmen, dass es ausgerechnet diesmal anders sein sollte."

„Trotzdem ..." Anna zögerte, ehe sie in Worte zu fassen versuchte, was sie dachte. „Ich kann mir einfach nicht vorstellen, dass es so gewesen sein soll. Nehmen wir mal an, seine Ex bittet ihn um ein Treffen auf der Ölgangsinsel, vielleicht dort, wo sie früher gemeinsam spazieren waren oder sich zum ersten Mal geküsst haben. Diesen Ort sucht sie ja nicht aus, weil er besonders einsam ist, sondern weil sie beide etwas damit verbinden. Sie hofft also, dass er sich besinnt und ihr nicht weiter das Leben schwer macht. Dass von den alten Banden noch etwas da ist, an das auch er sich erinnert. Und dann erschlägt sie ihn einfach, weil er das tut, was er offensichtlich seit langer Zeit immer schon getan hat?" Sie schüttelte den Kopf. „Das kann ich nicht glauben. Und dass sein Sohn das getan haben soll, erst recht nicht."

Frau Fischer wiegte den Kopf nachdenklich hin und her. „Wer weiß schon, wozu Menschen in der Lage sind, wenn sie verzweifelt sind und keinen Ausweg mehr sehen? Oder, noch wahrscheinlicher, wenn sie von ohnmächtiger Wut überwältigt werden? Beide haben sicherlich immer wieder gehofft, dass Lanski endlich zu seiner Verantwortung steht. Und sie sind immer wieder enttäuscht worden, ohne sich wehren zu können. Er hat sie wirklich am ausgestreckten Arm verhungern lassen. Ich kann mir schon vorstellen, dass dann irgendwann die Wut übermächtig wird und man sich einfach nicht mehr unter Kontrolle hat."

Anna atmete tief durch. Auch wenn das alles vernünftig klang, sie konnte – oder wollte – es nicht nachvollziehen. Die Idee, dass Lanski aus familiären Gründen getötet worden sein sollte, erschien ihr gar nicht unwahrscheinlich – aber sie wollte sich nicht ausmalen, was das für seine Exfrau oder auch seinen Sohn bedeuten würde. Die beiden hatten offensichtlich lange genug unter seinen Launen gelitten, jetzt gönnte Anna es ihnen, diesen Schatten irgendwann endlich abstreifen zu können. Aber wenn einer von ihnen mit Lanskis Tod zu tun hatte, würden sie sich beide nie von ihm lösen können.

„Vielleicht war es ja doch eher seine Geliebte", entgegnete sie und merkte selbst, wie schwach dieses Argument war. Dass sie etwas nicht wollte, war kein Grund dafür, dass es auch nicht geschehen war. „Sie sagten eben, er habe sie ebenso schlecht behandelt wie seine Familie."

Frau Fischer nickte. „Ja, auch sie hat er zappeln lassen – zumindest seinen eigenen Erzählungen nach, ich kenne seine Aktuelle nicht und habe von den Verflossenen auch nur manchmal die Vornamen mitbekommen."

„Seit wann ist er geschieden?", erkundigte sich Anna. Diese Beschreibung klang nach einem recht hohen Frauenverschleiß.

„Seit drei oder vier Jahren", antwortete die Redakteurin. „Aber das heißt nichts, er hatte auch vorher schon regelmäßig Freundinnen nebenbei. Und bevor Sie fragen – ich weiß nicht, ob seine Frau das wusste. Das dürfte aber inzwischen auch nicht mehr relevant sein."

„Und wer war seine letzte Geliebte?", hakte Anna nach. Das Wort ‚Freundin' erschien ihr in Zusammenhang mit Lanski fehl am Platze.

Frau Fischer zuckte mit den Schultern. „Das weiß ich nicht. Sie hieß Ramona, aber mehr hat er nie erzählt. Gesehen habe ich sie auch nie."

Das war in der Tat nicht viel. Vielleicht waren seine Ex und sein Sohn doch eine bessere Spur … oder natürlich die Oberkommissarin, die Anna nicht aus den Augen verlieren durfte. In diesem Mordfall schien kein Verdächtiger ein wirklich starkes Motiv zu haben, da durften Frau Richards' mögliche Beweggründe nicht unter den Tisch fallen.

Nachdem sie ihre Kaffeetassen geleert hatten, verabschiedete sich Anna von Frau Fischer, die ihr trotz allem versprach, einen neuen Artikel über Anna und ihre Bilder zu schreiben. Sosehr Anna sich darüber freute – eigentlich wäre es ihr lieber gewesen, wenn die Redakteurin den Mord gestanden hätte und Lanskis furchtbarer Artikel wieder ihr einziges Problem gewesen wäre. Andererseits konnte sie froh sein, dass Frau Fischer ihr nicht böse war, sondern im Gegenteil ein paar neue Mordmotive erwähnt und außerdem versprochen hatte, sich zu melden, wenn sie etwas Neues von dem Mordfall hören sollte.

Und doch wurde sie das Gefühl nicht los, dass Frau Fischer ein wenig zu sehr darauf bedacht gewesen war, Annas Blick auf Lanskis Privatleben zu lenken. Wusste die Journalistin mehr, als sie verriet?

## Kapitel Sechs

Neben Frau Fischer, der Anna immer noch nicht hundertprozentig traute, auch wenn sie sich eigentlich nicht vorstellen konnte, dass diese kultivierte Frau etwas mit dem Mord zu tun hatte, gab es natürlich noch zwei weitere Verdächtige: zum einen Oberkommissarin Richards, die zwar nur ein schwaches Motiv hatte, dafür aber die Gelegenheit, ihre Spuren zu verwischen; und zum anderen die Familie des Toten und vielleicht auch seine aktuelle oder eine frühere Geliebte. Der Sohn hatte seinem Vater sicherlich nichts angetan, das konnte Anna sich nicht vorstellen. Aber was war mit seiner Exfrau?

Jetzt ärgerte sich Anna, dass sie die Journalistin nicht genauer befragt hatte. Wo wohnte die Exfrau? Und wo hatte Lanski gewohnt? Vielleicht wusste einer seiner Nachbarn etwas über diese Ramona, seine neue Freundin. Hatte die Polizei überhaupt schon mit ihr gesprochen? Oder war Anna vielleicht auf einer ganz neuen Spur, von der Richards und Brenner noch nichts ahnten?

Nachdem Anna wieder zu Hause angekommen war, setzte sie sich an den Computer und begann zu recherchieren. Lanskis Anschrift war nicht schwer zu finden, er stand im Telefonbuch. Er hatte auf der Furth gewohnt. Sie notierte die Adresse und sah sich auf einer Luftbildaufnahme die Wohngegend an. Offensichtlich mehrstöckige Gebäude, anhand des Schattens hätte Anna auf fünf oder sechs Stockwerke getippt. Da gab es auf alle Fälle genügend Nachbarn, die sie befragen konnte.

Auch wenn ihr die Geliebte als Verdächtige lieber wäre – die Exfrau konnte sie nicht außer Acht lassen. Aber auch die fand sie relativ schnell – es gab Bilder von Festen, auf denen die beiden gemeinsam abgelichtet waren. Lanski sah darauf nicht viel jünger aus als bei der Vernissage. Die Frau an seiner Seite hieß, der Bildunterschrift nach zu urteilen, Ingrid und wirkte wie ein in die Jahre gekommenes Partygirl. Und sie wohnte, wie Anna verblüfft feststellte, nicht weit von dem Industriegebiet entfernt, in dem die Eingänge zur Ölgangsinsel lagen. Konnte es wirklich so einfach sein?

Auch hier sah sie sich eine Luftaufnahme der Gegend an. Ebenfalls Mehrfamilienhäuser, zwar mit Blick auf den Rhein, dafür umgeben von Industrie, Gewerbe und einem Hotel. Anna konnte nicht beurteilen, ob die Miete hier besonders preiswert war oder Ingrid Lanski freiwillig hier wohnte, weil es ihr genau dort gefiel. Immerhin waren der Rhein und die Ölgangsinsel direkt nebenan. Vermutlich konnte man hier viel besser spazieren gehen als in der Innenstadt, wenn man den Lärm und die Gerüche der benachbarten Unternehmen nicht als störend empfand. Und dem Sohn war es vermutlich egal. Jugendliche hatten meist anderes im Kopf als die Lage ihrer Wohnung.

Anna notierte sich beide Adressen und machte sich wieder auf den Weg zum Bus. Zuerst fuhr sie zu Lanskis Wohnung. Von außen wirkte das Haus seltsam traurig – einige Mieter hatten ihre Balkone bepflanzt, doch die Spuren von Grün betonten noch die überall großflächig abblätternde Farbe. Das Haus hätte schon längst gestrichen werden müssen, dachte Anna. Vermutlich war es dem Besitzer egal – ebenso wie offensichtlich einigen der Mieter, die ihre Balkone als Abstellkammern für alles mögliche Gerümpel nutzten. Vielleicht war es im Sommer, wenn die Balkone blühend bepflanzt waren, schöner – jetzt fand Anna es nur deprimierend. Aber das hatte Lanski sicherlich nicht gestört, dachte sie.

Seinen Namen entdeckte sie auf einer der Klingeln im obersten Stockwerk. Während sie noch die Namen der Nachbarn studierte, verließ ein junges Paar lachend das Haus. Im letzten Moment stoppte Anna die zufallende Tür, tat vorsichtshalber so, als würde sie eine Klingel drücken, und betrat den Hausflur.

Auf dem Aufzug klebte ein Schild „Defekt", darüber hatte jemand mit Kuli „mal wieder" geschrieben. Nun gut, ein bisschen Sport konnte nichts schaden. Anna seufzte leise und machte sich auf den Weg ins oberste Stockwerk. Auf den letzten

Stufen blieb sie erst einmal stehen und atmete tief durch. Wie sollte sie Lanskis Nachbarn befragen, wenn sie so schnaufte?

Zum Glück kam niemand aus seiner Wohnung, während sie langsam wieder mehr Luft bekam und ihr Puls sich normalisierte. „Mehr Sport", murmelte sie, obwohl sie selbst wusste, dass das ein leeres Versprechen bleiben würde. Es gab immer zu viele andere Dinge, die wichtiger waren.

Immerhin hatte sie auf diese Weise genügend Zeit, sich einen halbwegs sinnvollen Plan zurechtzulegen, was sie Lanskis Nachbarn sagen wollte. Schließlich konnte sie sich nicht als Polizistin oder Privatdetektivin ausgeben, dafür war die Gefahr zu groß, dass jemand sie erkannte. Das war der Preis für ihren Wunsch, als Künstlerin bekannt zu werden. Und für die roten Haare, die selbst unter einer Mütze noch vorwitzig hervorlugten und sie immer verraten würden.

Andererseits war es sowieso meist eine gute Idee, möglichst nah an der Wahrheit zu bleiben. Und bis Frau Fischers Artikel über Annas Ausstellung erschienen war, konnte sie als unverstandene, von Lanski gemobbte Künstlerin vielleicht sogar ein paar Sympathiepunkte bei den Nachbarn sammeln.

Zuerst klingelte sie pro forma an Lanskis Tür, obwohl das polizeiliche Siegel darauf unübersehbar war. Dann wandte sie sich nach links und klingelte bei seinen nächsten Nachbarn. Es dauerte eine ganze Weile, bis sie schlurfende Schritte hörte und schließlich eine ältere Dame öffnete, die sie verwirrt ansah. „Kenne ich Sie? Kommt die Karin heute nicht?"

Anna stutzte. Wer war Karin? „Entschuldigen Sie die Störung", sagte sie. „Eigentlich wollte ich zu Ihrem Nachbarn, aber ich sehe gerade, dort klebt ein Siegel auf der Tür. Wissen Sie zufällig, was dort geschehen ist? Ich war heute mit ihm verabredet …"

„Ah, der Lanski", antwortete die alte Frau verstehend. „Nee, der ist tot, Kindchen, mit dem können Sie sich nicht mehr treffen. Aber kommen Sie doch erst mal rein – mögen Sie einen Tee trinken, bis die Karin kommt?"

Anna zögerte einen Moment, dann nickte sie. „Das wäre sehr nett", sagte sie. „Vielleicht können Sie mir dann auch noch ein wenig mehr erzählen …"

„Das mache ich doch gerne", nickte die Nachbarin eifrig. „Aber erst mal ein Tee. Welche Sorte mögen Sie? Setzen Sie sich doch erst mal …"

Anna war ganz überwältigt von so viel unerwarteter Gastfreundlichkeit. Widerstandslos ließ sie sich zur Couch schieben, wo sie sich auf die Häkeldecke sinken ließ. „Ich komme gleich wieder", sagte die alte Dame. „Nur noch der Tee …"

Anna schüttelte schmunzelnd den Kopf. Ein ganz klein wenig verpeilt wirkte die Nachbarin ja doch … jetzt hatte sie die Frage nach der Teesorte jedenfalls schon wieder vergessen. Aber gut, Hauptsache, sie konnte Anna ein paar Fragen beantworten. Und vielleicht hatte sie Lanskis Geliebte ja auch schon mal draußen abgefangen und mit ihr Tee getrunken?

Während sie auf die alte Frau wartete, sah Anna sich in deren Wohnzimmer um. Es wirkte unerwartet gemütlich, ganz anders als der triste Eindruck, den das Gebäude von außen machte. Bestimmt gehörte diese Mieterin auch zu denjenigen, die ihre Balkone sorgfältig bepflanzten.

Während das Teewasser offensichtlich aufgesetzt wurde und sich langsam mit dem typischen Rauschen zu erwärmen begann, glaubte Anna eine Zeitlang, ein leises Radio im Hintergrund zu hören. Oder hatte die Frau Besuch, den sie nicht dazu bat? Vielleicht auch einfach nur der Klempner, der gerade in der Küche etwas reparierte. Oder sie führte Selbstgespräche. Das war sicherlich nicht ungewöhnlich, wenn man alleine lebte.

Als sie nach einigen Minuten zurück ins Wohnzimmer kam, trug die alte Dame ein Tablett mit zwei Teetassen und einem Porzellankännchen, aus dem Dampf aufstieg. „Hagebuttentee", erklärte sie und strahlte Anna an, als sei das die beste Nachricht des Tages. „Den mögen Sie doch, oder?"

„Ja … natürlich", beeilte Anna sich zu antworten. Hagebuttentee war so ziemlich der einzige Tee, den sie nicht ausstehen konnte. Schon als Kind hatte sie ihn gehasst. Aber was tat man nicht alles für ein paar Informationen …

Schweigend ließ sie zu, dass Lanskis Nachbarin ihr eine Tasse auf den Couchtisch stellte. „Ein paar Minuten dauert es noch", sagte die alte Dame. „Sie wissen ja, man muss den Tee mindestens fünf Minuten ziehen lassen, nur dann bekommt man ein sicheres Lebensmittel."

Anna zog verwundert die Augenbrauen hoch. Das klang ziemlich werbegläubig – ob die Frau auch sonst alles glaubte, was irgendwo gedruckt stand? Vielleicht war sie gar ein Fan von Lanski gewesen. Auf alle Fälle musste Anna vorsichtig sein mit dem, was sie sagte.

„Vielen Dank, dass Sie sich Zeit für mich nehmen", sagte sie. „Damit hätte ich gar nicht gerechnet ..."

„Das ist auch heute nicht mehr selbstverständlich", antwortete die Mieterin eifrig. „Wissen Sie, man liest ja so furchtbare Dinge ... und das nur, weil Menschen sich nicht mehr zuhören. Aber ich bin eine alte Frau, ich habe alle Zeit der Welt und freue mich immer über Besuch. Erzählen Sie nur – was wollten Sie von Herrn Lanski?"

„Oh, wir waren zu einem Interview verabredet", behauptete Anna. „Und als er zur vereinbarten Zeit nicht am Treffpunkt war, dachte ich, ich sehe mal nach, wo er bleibt ... und ob ihm vielleicht etwas zugestoßen ist ..." Das war zwar schon ein Wink mit dem ganzen Lattenzaun, aber sie wollte schließlich nicht stundenlang hier sitzen und Tee trinken, sondern zügig ein paar Informationen bekommen ... um dann weiter zu den nächsten Nachbarn zu gehen.

Die Frau nickte eifrig. „Oh ja, ‚zugestoßen' trifft es – erschlagen worden ist er, hat die Polizei gesagt. Sagt zumindest der Willi von hinten anner Treppe. Bestimmt wegen einer Frauengeschichte ... was meinen Sie?" Ihre Augen blitzten abenteuerlustig. Bestimmt hätte die Nachbarin auch Verständnis dafür gehabt, wenn Anna ihr von Anfang an erklärt hätte, dass sie Detektiv spielte. Aber für diese Beichte war es nun zu spät.

„Mag sein, so gut kannte ich ihn nicht", antwortete Anna ausweichend. „Wir hatten nur beruflich Kontakt, ich bin Künstlerin und habe gerade eine große Ausstellung ..." Genug der Rechtfertigung, sie musste die Gunst der Stunde nutzen. „Gab es denn Probleme mit Frauen? Hatte er eine schwierige Beziehung?"

Die Nachbarin schmunzelte. „So könnte man das sagen", antwortete sie. „Genau genommen waren alle seine Beziehungen schwierig. Falls man diese Liebschaften überhaupt als Beziehungen bezeichnen kann. Ich glaube ja nicht, dass ihm an den Damen viel lag, so wie er sie behandelt hat ... Aber warten Sie, der Tee hat lange genug gezogen." Sie beugte sich nach vorn und goss beide Tassen umständlich voll.

Anna atmete tief durch. Konnte die Frau nicht einfach einmal am Stück alles erzählen, was sie wusste? Aber gut, die alte Dame hatte keinen Grund, sich zu beeilen. Wie sie schon gesagt hatte – sie war froh über Besuch. Vermutlich bekam sie nicht allzu oft welchen. Und natürlich kostete sie diese Gelegenheit jetzt aus. Das war offensichtlich der Preis für ein paar Informationen.

„So, wo waren wir … Ah ja, Herr Lanski und die Damenwelt", fuhr die Nachbarin schließlich fort. „Also wissen Sie, da könnte ich Ihnen Geschichten erzählen … aber das interessiert Sie sicherlich gar nicht." Auffordernd blickte sie Anna an.

Die beeilte sich zu nicken. „Doch, doch, sicherlich", antwortete sie rasch. „Ich weiß ja privat gar nichts von ihm … und vielleicht hilft es mir zu verstehen, was ihm zugestoßen ist." War das schon zu neugierig? Sie durfte die Nachbarin – deren Namen sie gar nicht kannte, wie ihr gerade auffiel – nicht dazu bringen, an Annas ursprünglicher Geschichte zu zweifeln. Sonst würde sich die alte Dame vielleicht betrogen fühlen und sie einfach rauswerfen.

Aber diese Gedanken hätte sie sich gar nicht zu machen brauchen. „Also wissen Sie, über Tote soll man ja nicht schlecht reden", fuhr die Nachbarin fort. „Aber der Herr Lanski hatte schon einen recht hohen Verschleiß, was Frauen anging. Er war ja sogar mal verheiratet und hat einen Sohn … aber da gibt es wohl nicht mehr so viel Kontakt. Und seit er vor ein paar Jahren hier eingezogen ist, kommen ständig neue Frauen vorbei. Mindestens drei, die habe ich selbst gesehen. Da war diese hübsche Junge mit den langen schwarzen Haaren … und dann die Braunhaarige. Die Jetzige ist wieder schwarzhaarig … aber auch jung und hübsch. Und jetzt sagen Sie mir doch mal", sie blickte Anna interessiert an, „was finden diese jungen hübschen Dinger an diesem hässlichen alten Kerl?"

Anna zuckte mit den Schultern. „Das frage ich mich bei anderen Paaren auch manchmal", antwortete sie. „Vermutlich hat es etwas mit Geld zu tun ... oder mangelndem Selbstwertgefühl des Mädchens." Sie zögerte einen Moment. „Sagen Sie, wissen Sie zufällig, ob Lanskis letzte Freundin Ramona hieß?" Hatte sie sich damit schon zu weit aus dem Fenster gelehnt? „Er erwähnte den Namen einmal, wenn ich mich recht entsinne", fügte sie rasch hinzu.

„Ramona ... das kann sein, das weiß ich nicht", sagte die alte Dame. „Aber trinken Sie doch Ihren Tee, er wird ja ganz kalt."

Anna verkniff sich ein Seufzen, griff nach der Tasse, die noch immer heftig dampfte, und nahm einen vorsichtigen Schluck. Der Tee war wie erwartet noch viel zu heiß zum Trinken. Der ekelhaft süßliche Geschmack nach Hagebutten kam trotzdem durch. Rasch stellte sie die Tasse wieder ab.

„Wissen Sie denn sonst etwas über seine Freundin?", hakte sie nach. „Wissen Sie, ich bin Künstlerin, und wenn in meinem Umfeld so etwas Furchtbares wie ein Mord geschieht, will ich das natürlich in meinen Bildern verarbeiten ... und vielleicht hilft es mir dabei, mit seiner letzten Freundin zu sprechen." Anna merkte selbst, wie schwach diese Begründung klang. Langsam gingen ihr wirklich die Ausreden aus, weshalb sie hier nach Informationen suchte.

Doch die alte Dame schüttelte den Kopf. „Tut mir leid, da kann ich Ihnen nicht helfen. Ich habe sie nur ein paar Mal gesehen – und aus meinen alten Augen sehen diese jungen Dinger sowieso alle gleich aus. Wenn seine Freundinnen nicht verschiedene Haarfarben gehabt hätten, dann hätte ich sie gar nicht unterscheiden können."

Anna stutzte. Das konnte auch heißen …

Ihre Gedanken wurden von einem Klingeln an der Wohnungstür unterbrochen. „Bleiben Sie nur sitzen", forderte die Nachbarin sie auf und stand hastig auf. „Und trinken Sie noch einen Tee!"

Anna überlegte ernsthaft, den Rest aus ihrer Tasse zurück in die Kanne zu schütten, doch das würde die alte Dame sicherlich merken. Außerdem gab es sowieso keinen Grund mehr, länger zu bleiben. Die Chancen, hier noch etwas Interessantes zu erfahren, waren gering. Und der neue Besuch bot ihr einen guten Grund, sich zu verabschieden.

Kurzerhand stand sie auf, als sie sich nähernde Schritte hörte. „Danke für den Tee, aber ich will Sie nun …" Anna verstummte, als sie den Mann erkannte, der hinter der alten Dame den Raum betrat. Was machte Brenner hier? Verfolgte die Polizei etwa dieselbe Spur wie sie?

„Frau Berg", er reichte ihr mit einem süffisanten Lächeln die Hand, das Anna ziemlich unangemessen erschien. „So sieht man sich wieder …"

„Kennen Sie sie?", erkundigte sich die alte Dame eifrig. „Ist sie schon öfter in Erscheinung getreten?"

Anna schüttelte verwirrt den Kopf. „Was meinen Sie?", fragte sie nach. War die Frau etwa dement und phantasierte nun irgendetwas, nur weil sie offensichtlich von der Polizei vernommen werden sollte? Oder wusste sie mehr, als sie sagte, und stellte sich dumm?

Brenner grinste breit und setzte sich auf die Couch. „Oh, Hagebuttentee", sagte er. „Könnte ich wohl auch eine Tasse haben, Frau Paulsen?"

So hieß die Nachbarin also, dachte Anna. Sie blickte den Polizisten an, während Frau Paulsen in die Küche verschwand. „Was ist denn los hier? Suchen Sie auch nach dieser Ramona? Und was meinte die Frau eben?"

Noch immer konnte Brenner nicht aufhören zu grinsen. „Ramona? Ich sehe schon, Sie sind gut informiert – aber nicht gut genug. Ramona Leitner ist Lanskis Nichte und offenbar, genau wie er, so was wie das schwarze Schaf in der Familie. Sie studiert Modedesign in Paris und war wohl regelmäßig hier, um alte Freunde zu besuchen und sich von Lanski Geld zu borgen."

Daher die wechselnden Haarfarben, dachte Anna. Von wegen, er hatte immer neue Geliebte … wobei er diesen Eindruck wohl auch selbst hatte erwecken wollen, sonst hätte Frau Fischer nicht auch geglaubt, Ramona sei seine neue Freundin. Mit einem Mal spürte sie einen Hauch von Mitleid mit dem Ermordeten. Vielleicht war er doch nicht ganz so berechnend und kaltblütig gewesen, wie sie ihn bisher gesehen hatte. „Und diesmal wollte er ihr nichts geben, darum hat sie ihn erschlagen", folgerte sie.

Brenner lachte leise. „Nein, Ramona Leitner hat ein wasserdichtes Alibi für die Tatnacht", antwortete er. „Sie war in eine Modenschau eingebunden – da hätte sie nicht einmal ein paar Minuten lang verschwinden können, ohne dass es aufgefallen wäre, geschweige denn die halbe Nacht, um von Paris nach Neuss zu fahren oder zu fliegen, ihn zu ermorden und wieder zurückzugelangen."

Anna ließ sich auf der Couch zurücksinken. „Na gut, eine Verdächtige weniger", sagte sie und verschränkte trotzig die Arme. „Aber Sie sind ja offensichtlich hier, um zu ermitteln – also sagen Sie mir nicht, dass ich ganz falsch liege."

Der Polizist schüttelte den Kopf. „Sie liegen völlig falsch", antwortete er mit plötzlichem Ernst. „Frau Paulsen", er lächelte die alte Dame an, die gerade mit einem Teeservice zurück ins Wohnzimmer kam und ihm eifrig zunickte, als sie ihren Namen hörte, „hat uns nämlich informiert, dass hier gerade jemand versucht, sie mit dem Nachbar-Enkel-Trick übers Ohr zu hauen."

„Nur gut, dass ich immer so viel fernsehe und Zeitung lese", ergänzte die alte Dame und goss Brenner einen Tee ein. „Sonst hätte ich doch nicht sofort gemerkt, dass hier etwas faul ist. Diese Frau hier", sie deutete auf Anna, die sich immer unbehaglicher fühlte, „hat sich nämlich unter Vorspiegelung falscher Tatsachen bei mir eingeschlichen. Und wenn Sie, Herr Kommissar, nicht gekommen wären, dann hätte sie mich jetzt längst überredet, mit ihr zur Bank zu fahren, mein sauer Erspartes abzuheben und ihr zu geben."

Anna schüttelte entsetzt den Kopf. „Wie kommen Sie denn auf diesen Blödsinn?", entgegnete sie. „Wann habe ich jemals etwas von Geld gesagt? Ich wollte Informationen über Ihren Nachbarn, nicht Ihr Erspartes!"

„Das ist doch gerade der Trick, Kindchen", erwiderte Frau Paulsen und winkte ab. „Das kennt man doch alles aus dem Fernsehen. Immer wollen sie die alten Leute über den Tisch ziehen. Aber nicht mit mir! Ich habe gleich die Polizei gerufen, während ich uns einen schönen Tee gemacht habe … Apropos, warum trinken Sie Ihren Tee nicht?"

„Ich hasse Hagebuttentee", platzte Anna heraus, ohne darüber nachzudenken. „Und den Rest meinen Sie doch wohl nicht ernst! Ich bin Künstlerin, keine Diebin!"

„Und auch keine Privatdetektivin, also weshalb kommen Sie hierher und stellen mir Fragen über meinen tragisch zu Tode gekommenen Nachbarn?", entgegnete die alte Frau und blickte Anna neugierig an.

Aus den Augenwinkeln bemerkte sie, dass auch Brenner sie interessiert musterte. Das konnte doch wohl alles nicht wahr sein – weshalb musste sie ausgerechnet hier versuchen, Informationen über Lanskis angebliche Freundin zu bekommen? Vermutlich hätte sie sich keine schlechtere Person zum Aushorchen aussuchen können.

„Verhaften Sie sie denn jetzt?", fuhr Frau Paulsen, an den Polizisten gewandt, fort. „Und bekomme ich eine Belohnung?"

„Das wird sich zeigen." Brenner stand auf und nickte Anna zu, die sich daraufhin ebenfalls schnell erhob. „Erst einmal werde ich Frau Berg mitnehmen, um den Sachverhalt zu überprüfen. Dann sehen wir weiter. Bis dahin vielen Dank für Ihre Unterstützung, Frau Paulsen, und bleiben Sie so wachsam."

Anna schnaubte leise, als sie im Treppenhaus standen und die Wohnungstür hinter ihnen zugefallen war. Sie blickte Brenner direkt an. „Das nehmen Sie doch hoffentlich nicht ernst, oder?", erkundigte sie sich. „Was diese alte Frau erzählt hat ... Ich hatte nie vor, sie zu betrügen."

Der Polizist schüttelte grinsend den Kopf. „Keine Sorge. Wenn Sie wüssten, zu wie vielen solcher angeblicher Betrugsfälle wir in letzter Zeit gerufen werden ... genau wie zu zig anderen angeblichen Delikten, die jemand entdeckt zu haben glaubt. Aber besser so, als wenn die Menschen zu gutgläubig sind – Sie glauben nicht, welche Betrügereien erst zu spät aufgedeckt werden, wenn das Geld längst weg ist ... Davon abgesehen – seien Sie froh, dass die Nachricht an uns weitergeleitet wurde, weil sie aus der Nachbarwohnung unseres

Mordopfers kam. Den Kollegen von der Schutzpolizei hätten Sie mehr erklären müssen."

Schweigend gingen sie die Treppen hinunter. „Darf ich Sie nach Hause fahren?", fragte Brenner, während er Anna die Tür aufhielt.

Sie schüttelte den Kopf. „Danke, ich wollte noch ein paar Erledigungen machen." Vielleicht gab es ja zumindest im Zusammenhang mit Lanskis Exfrau und Sohn noch etwas zu entdecken, was der Polizei bisher entgangen war. Aber das musste sie Brenner nun nicht auf die Nase binden.

„Seien Sie vorsichtig", sagte er zum Abschied, ehe er in seinen Wagen stieg und davonfuhr. Ein ungewöhnlicher Satz aus dem Mund eines Polizisten, der eigentlich noch nicht ausschließen konnte, dass sie in den Mord an Lanski verwickelt war, dachte Anna. Und vielleicht hatte sie auch das Angebot, sie nach Hause zu fahren, falsch interpretiert ... aber das machte keinen Unterschied, solange er Polizist und dieser Fall noch nicht aufgeklärt war.

## Kapitel Sieben

Eigentlich hatte Anna gleich im Anschluss weiter zu Ingrid Lanski fahren wollen, aber als sie im Bus saß, fühlte sie mit einem Mal eine solche Müdigkeit in sich aufsteigen, dass sie sich umentschied und nach Hause fuhr. Das gerade Erlebte hatte ihr mehr als deutlich gezeigt, dass sie keine Detektivin war. Der Versuch, von Lanskis Nachbarn mehr über seine angebliche Geliebte zu erfahren, war ein Schlag ins Wasser gewesen. Sie hatte sich nur blamiert – und das vor der Polizei. Nur gut, dass nicht Oberkommissarin Richards gekommen war, um sie bei der alten Frau Paulsen abzuholen. Es war schlimm genug, dass Brenner seiner Chefin sicherlich gleich brühwarm erzählen würde, was er gerade erlebt hatte. Wie konnte sie erwarten, von den Polizisten ernstgenommen zu werden, wenn sie in solche Fettnäpfe stolperte?

Nachdem sie noch eine Weile halbherzig im Internet nach Informationen über Lanski gesucht hatte, ohne auf eine neue Spur zu stoßen, ließ sie sich schließlich ein heißes Bad ein und las fast eine Stunde lang in der Wanne, ohne sich wirklich auf ihr Buch konzentrieren zu können, ehe sie sich ihren Skizzenblock schnappte und ein paar auch nicht viel konzentriertere Ideen für die nächsten Gemälde aufzeichnete.

Erst am nächsten Morgen kehrte ihre Motivation zurück. Anna hatte zwar noch immer keine Vorstellung, was genau sie sich von dem Gespräch mit Ingrid Lanski erhoffte, aber zumindest fühlte sie, dass sie mit der Frau sprechen musste. Sonst würde sie sich später immer Vorwürfe machen, nicht alles getan zu haben, um sich von dem immer noch im Raum stehenden Verdacht zu befreien, etwas mit Lanski Tod zu tun zu haben.

Sie konnte nur hoffen, dass es bei Lanskis Exfrau besser laufen würde als am Vortag. Auch wenn sie noch nicht genau wusste, was sie dort fragen wollte – ohne gleich noch einmal von der Polizei abgeholt zu werden, diesmal wegen Hausfriedensbruchs oder Belästigung.

Am Rheinparkcenter stieg Anna aus dem Bus und machte sich zu Fuß auf den Weg zu den Mehrfamilienhäusern am Rhein, wo Ingrid Lanski wohnte. Sie brauchte noch etwas Zeit zum Nachdenken. Welche Ausrede würde die Exfrau des Toten ihr am ehesten glauben? Welchen Grund konnte es überhaupt geben, die Frau anzusprechen?

Sie wusste nichts über Frau Lanski und ihren Sohn. Nichts über ihre Hobbys, ihren Job oder die Schule, auf die der Sohn ging. Wie sollte sie so etwas Gemeinsames finden, was sie mit dieser Frau oder ihrem Sohn verband?

Dass sie Lanski selbst dort anzutreffen hoffte, konnte Anna schlecht behaupten. Im Telefonbuch hatte eindeutig der Name seiner Exfrau gestanden und sein Name ebenso eindeutig bei der anderen Adresse, bei der sie gestern gewesen war. So würde es nicht funktionieren. Sie brauchte irgendeinen Grund, Ingrid Lanski anzusprechen ...

Und dann kam ihr mit einem Mal eine Idee, die so gewagt war, dass sie funktionieren konnte. Schließlich war sie Künstlerin – und Kunst konnte man nicht nur in Form von Bildern verkaufen, sondern auch in Kursen weitervermitteln.

Als sie an Ingrid Lanskis Tür klingelte, zog sich wie von selbst ein Lächeln über ihr Gesicht. Jetzt konnte sie nur hoffen, dass die Frau auch zu Hause war ...

Ein junger Mann riss die Tür auf und musterte sie dann verwirrt. „Sie sind nicht die Trauerrednerin", stellte er mit einem Blick auf Annas knallrote Haare fest.

„Nein, davon weiß ich nichts", antwortete sie rasch. Auf diese Idee hätte sie natürlich auch kommen können – andererseits hätte sie ihre Haarfarbe vermutlich nicht auf Dauer verstecken können. Und Trauerredner sahen ziemlich sicher unauffälliger aus als sie.

„Mama!", rief der Junge, nach hinten gewandt. „Moment, meine Mom kommt gleich." Er blickte sie herausfordernd an, so als warte er nur darauf, dass Anna ihm verriet, weshalb sie hier war. Aber das erschien ihr unklug. Sie wollte zumindest ein paar Worte mit seiner Mutter wechseln, auch wenn diese den Bluff vermutlich bald durchschauen würde. Vielleicht würde sie Anna bis dahin ja etwas verraten, was die noch nicht wusste.

„Wir kaufen nichts", begrüßte Ingrid Lanski sie, als sie in den schmalen Flur trat. Sie wirkte immer noch wie ein in die Jahre gekommenes Partygirl, stellte Anna fest. Die Pailletten auf ihrem eng anliegenden T-Shirt blinkten auf, als das Licht aus dem Treppenhaus darauf fiel. Die Pluderhosen mochten vor Jahren – oder Jahrzehnten – modern gewesen sein, hier und jetzt wirkten sie einfach ungepflegt. Ohne Make-up und Haarspray mochte die Frau sehr ansehnlich sein, aber ihr Versuch, um jeden Preis ein paar Jahre jünger auszusehen, als sie war, verhinderte leider einen möglichen guten Eindruck.

„Aber nein, im Gegenteil", entgegnete Anna rasch und lächelte Frau Lanski gewinnend an. „Ich komme nur vorbei, um die Details Ihres Gewinnes mit Ihnen durchzusprechen. Sie sind doch I Punkt Lanski, oder?"

„Hey, Mama hat was gewonnen", feixte der Junge. „Ich geh mal wieder in mein Zimmer, bis die Trauerrednerin kommt."

Einen Moment lang schien Ingrid Lanskis Maske zu bröckeln. „Kommen Sie rein", sagte sie müde. „Ich habe keine Ahnung, worum es geht, und nicht viel Zeit ..." Sie blickte ihrem Sohn nach, bis dessen Zimmertür ins Schloss gefallen war. „Sie haben ja gehört, wen wir erwarten."

Anna bemühte sich um ein betroffenes Gesicht. „Oh, das war ernst gemeint ... das tut mir leid zu hören. Ich hoffe, es war niemand, der Ihnen allzu nahe stand ...“

Ingrid Lanski schüttelte den Kopf. „Eigentlich nicht, wir sind seit Jahren geschieden ... aber dennoch, er war immerhin Julius' Vater und mein Mann ...“

„Das ist ja schrecklich ... und dann platze ich hier rein und will Ihnen eine gute Nachricht überbringen“, sagte Anna. Das Unbehagen in ihrer Stimme war nicht gespielt – sie hatte tatsächlich nicht damit gerechnet, dass Lanskis Exfrau um ihn trauerte. Nach allem, was sie über den Toten bisher gehört hatte, hätte sie eher erwartet, dass Frau Lanski froh war, ihn los zu sein. Und finanziell endlich klare Verhältnisse zu haben.

„Was haben Sie denn für eine gute Nachricht?“, entgegnete die Frau, ging voran ins Wohnzimmer, ließ sich auf die Couch fallen und deutete auf den Sessel vor sich, auf den Anna sich nun setzte.

„Es geht um den Malkurs, den Sie gewonnen haben“, sagte Anna, „bei dem Gewinnspiel, das meine Galerie zum Anlass der Vernissage meiner neuesten Ausstellung durchgeführt hat. Ihr Name ist dabei für den Hauptgewinn gezogen worden. Leider scheint die Telefonnummer nicht zu stimmen ... daher bin ich persönlich vorbeigekommen, um Ihnen die gute Nachricht zu überbringen.“

Lanskis Exfrau zog die Augenbrauen hoch. „Malkurs? Ich? Malen ist nun wirklich so ziemlich das Letzte, was ich kann. Außerdem habe ich bei keinem Gewinnspiel mitgemacht."

„Vielleicht Ihr Mann?", warf Anna ein. „Sagen Sie ..." Sie tat so, als müsste sie einen Moment überlegen. „Ist Ihr geschiedener Mann etwa der bekannte Journalist, der meine Bilder immer so gut interpretiert hat?"

„Bekannt, na ja ...", murmelte Ingrid Lanski. „Und ob er über Ihre Bilder geschrieben hat, weiß ich nicht – ich habe seine Texte schon lange nicht mehr gelesen."

Anna fiel ein Stein vom Herzen. Es wäre schwierig geworden, der Frau ein ernsthaftes Interesse an Lanskis Schicksal vorzugaukeln, wenn sie seinen letzten Verriss von Annas Bildern gekannt hätte.

„Ach, dann hat er sicherlich die Gewinnspielkarte für Sie ausgefüllt", fuhr sie fort. „Er hatte ja, ebenso wie die anderen Besucher meiner Vernissage, eine Karte bekommen. Vermutlich hat er sich gedacht, dass er selbst keine Zeit hätte, den Gewinn zu nutzen, und deshalb gleich Ihren Namen eingetragen." Sie gab sich Mühe, ernst zu bleiben, als sie Ingrid Lanski nun bedeutungsschwer ansah. „Das ist ja quasi so eine Art Vermächtnis", sagte sie. „Und vielleicht hilft es Ihnen, Ihre Trauer zu verarbeiten."

Ingrid Lanski schüttelte den Kopf. „Da gibt es nichts zu verarbeiten. Wenn die Beerdigung vorüber ist, dann wird das Leben genauso weitergehen wie vorher. Und malen kann ich nun wirklich nicht. Außerdem kann ich mir beim besten Willen nicht vorstellen, weshalb er ausgerechnet mir etwas Gutes tun wollte ..." Sie blickte Anna ratlos an.

„Vielleicht wollte er den Hauptgewinn nur nicht kampflos jemand anderem überlassen", warf Anna ein und sah, wie die Augen der Frau aufleuchteten.

„Natürlich, das wird es sein", sagte sie. „Sie haben schon recht, das passte zu ihm." Sie musterte Anna mit plötzlichem Interesse. „Kannten Sie ihn näher, oder können Sie als Malerin einfach Menschen gut einschätzen?"

„Letzteres", antwortete Anna. „Hoffe ich zumindest. Ich kannte Ihren Mann nur beruflich, er hat regelmäßig über meine Bilder und Ausstellungen berichtet." Nun, ‚regelmäßig' konnte man einen einzigen Bericht eigentlich nicht nennen. Aber vielleicht hatte er tatsächlich vorher schon einmal etwas über eine ihrer Ausstellungen geschrieben, ohne dass ihr der Name aufgefallen war. Wenn er sich seine Arbeit immer so leicht machte, musste sie ihn ja bei der entsprechenden Vernissage gar nicht gesehen haben, dann hätte ihm die Einladung vermutlich genügt, dachte sie und verdrängte diesen Gedanken rasch wieder. Sie musste sich konzentrieren, um das Gespräch in die richtige Richtung zu lenken. Schmollen konnte sie später immer noch.

„Na ja ... die meisten Menschen kannten ihn wohl nur beruflich", sagte Ingrid Lanski. „Er hat ja für seinen Beruf gelebt ..."

„Dann ist er wohl an einem Herzinfarkt verstorben", mutmaßte Anna und hoffte, dass Frau Lanski ihr diese Naivität abnahm.

Die schüttelte den Kopf. „Aber nein, das wäre ihm zu trivial gewesen. Er wurde ermordet – sicher war er wieder irgendwelchen Machenschaften auf der Spur. Die Politiker und die heimische Industrie – die hatten ja alle Angst vor ihm. Immer entdeckte er neue Skandale, die ohne ihn niemals ans Licht gekommen wären."

Klang da etwa so etwas wie Stolz durch? Damit hätte Anna nicht gerechnet. Andererseits war es nicht unmöglich, dass Lanskis Exfrau ihn immer noch für einen tollen Reporter hielt. Er hatte sicherlich immer darauf geachtet, dass ihn niemand durchschaute und etwas von seinen Machenschaften mitbekam.

„Oh nein, das ist ja furchtbar!" Anna bemühte sich, möglichst schockiert auszusehen. „Wer hätte das gedacht ... dabei habe ich doch noch letzte Woche mit ihm gesprochen!" Gestritten, genau genommen. Aber das gehörte nicht zu den Dingen, die Ingrid Lanski wissen musste.

„Dann haben Sie ihn wahrscheinlich noch nach mir gesehen", seufzte die Frau. „Sie sollten mal zur Polizei gehen, vielleicht haben Sie ja etwas mitbekommen, was denen hilft, seinen Mörder zu finden."

Das war nun eigentlich eher umgekehrt gedacht gewesen. „Oh, ich habe mit ihm nur über meine Bilder gesprochen", wehrte sie ab. „Aber hat die Polizei denn noch gar keinen Anhaltspunkt?"

Ingrid Lanski zuckte mit den Schultern. „Die sagen mir nichts, wir waren ja geschieden. Um seine Beerdigung darf ich mich kümmern, aber wissen darf ich nichts."

„Das ist aber auch wirklich eine merkwürdige Vorstellung", bekräftigte Anna. „Entweder die sehen Sie noch als seine nächste Verwandte an, oder eben nicht – aber die können sich das doch nicht aussuchen, wie es ihnen gerade passt."

„Finde ich ja auch", nickte Ingrid Lanski. „Aber soll ich Ihnen was sagen? Die sind der Meinung, Julius als sein einziger noch lebender Verwandter sei für die Beerdigung verantwortlich, also indirekt ich. Aber Julius sei zu jung, um mehr über den Tod seines Vaters zu erfahren. Aber befragen konnten sie ihn, dazu war er nicht zu jung ..." Sie verschränkte die Arme vor der Brust.

„Na, das geht aber mal gar nicht", stimmte Anna ihr zu. „Weshalb haben sie den armen Jungen denn befragt, nachdem er gerade seinen Vater verloren hatte?"

„Nicht wahr? Das habe ich ihnen auch gesagt", fuhr Ingrid Lanski fort und nickte bekräftigend. Jetzt hatte sie sich in Rage geredet. „Und wissen Sie, was die mir geantwortet haben? Mein Sohn erbe schließlich viel Geld, da müssten solche Fragen ja wohl mal gestattet sein. So ein Blödsinn. Können Sie sich das vorstellen?"

„Das ist ja unglaublich", echauffierte sich Anna. „Wie kann die Polizei nur auf solche Gedanken kommen?"

„Diese Trulla schießt auf jeden, der kein Alibi hat", entgegnete ihr Gegenüber. „Angeblich alles reine Routine. Aber jetzt stellen Sie sich mal vor, was die den armen Julius alles gefragt haben – ob er mit seinem Taschengeld zurechtkommt, ob ihm nicht manchmal etwas fehlen würde, so im Vergleich zu seinen Klassenkameraden, und ob er wüsste, was sein Vater gespart hätte ..." Die ‚Trulla' war vermutlich Oberkommissarin Richards – aber danach konnte Anna nicht fragen, ohne sich zu verraten.

„Der arme Kerl", pflichtete sie ihrer Gesprächspartnerin bei. „Woher soll der Junge denn wissen, was sein Vater gespart hat?" Das Gespräch begann langsam interessant zu werden.

„Weil sein Vater damit regelmäßig gestrunzt hat", antwortete Ingrid Lanski prompt. „Der hat uns doch am langen Arm verhungern lassen. War immer schon geizig und arbeitet nun wirklich lange genug, hat ja früh schon angefangen, gleich nach der zehnten Klasse ..."

Anna stutzte. „Moment, wenn er tatsächlich reich war, hätte er Sie unterstützen müssen", warf sie ein.

Frau Lanski lachte trocken. „Ja, natürlich, als Künstlerin müssen Sie ja wohl an das Gute im

Menschen glauben. Aber ich kann Ihnen sagen, er hatte sein Geld immer gut untergebracht, da kam ihm so leicht niemand drauf."

Anna hätte fast glauben können, dass ein wenig Bewunderung in Ingrid Lanskis Stimme mitschwang, wenn sie über ihren früheren Mann sprach. „Aber sicher wissen Sie, wie man an das Geld kommt", bemerkte sie. „Sonst könnte Julius ja gar nichts erben."

Die Frau stutzte. „Scheiße", sagte sie und stand hastig auf. „Ich muss mal telefonieren. Wegen Ihrem Malkurs ... warten Sie, ich schreibe Ihnen meine Nummer auf, da melden Sie sich noch mal in ein paar Wochen, wenn das alles vorüber ist. So etwas sollte man ja nicht verfallen lassen – auch wenn ich wirklich nicht malen kann ..."

Es dauerte keine Minute, bis Anna mit der auf einen Schmierzettel gekritzelten Telefonnummer in der Hand auf dem Flur vor der Wohnung stand. Und jetzt?

Nachdem sie das Haus verlassen hatte, überquerte sie kurzerhand die Rheinallee und folgte einem Trampelpfad zum Rhein hinunter. Von hier aus war es nicht weit bis zur Ölgangsinsel, vielleicht ein Kilometer, möglicherweise auch zwei, sie konnte Entfernungen nicht gut schätzen. Vielleicht würde es ihr helfen, ihre Gedanken zu ordnen, wenn sie dort noch einmal entlangging.

Hier am Rhein, ohne den Schutz durch Bäume oder hohe Sträucher, zerrte der Wind heftiger an ihrer Jacke und blies ihr in die Ohren, bis sie ihre alte braune Wollmütze aus der Jackentasche zog und aufsetzte. Die sah zwar alles andere als gut aus und passt überhaupt nicht zu ihrer Haarfarbe, war aber besser, als sich nachher mit Ohrenschmerzen oder Schlimmerem herumschlagen zu müssen.

Ingrid Lanski war ihr nicht wirklich verdächtig erschienen. Natürlich hatte sie ein Motiv – wenn Lanski ihr gegenüber geprahlt hatte, dass er reich sei, dann machte es gar keinen Unterschied, ob das stimmte oder nicht. Hauptsache, sie hatte es geglaubt. Und ihr Sohn ...

Anna schüttelte den Kopf. Den eigenen Vater umzubringen, selbst wenn er sich immer dagegen gewehrt hatte, den Sohn finanziell zu unterstützen – das erschien ihr einfach völlig unmöglich. Niemand tat so etwas. Nicht aus einem finanziellen Motiv heraus.

Andererseits würde es irgendwie zu dem Kätzchen passen, das sie hier gefunden hatte. Konnte es nicht sein, dass Lanski es seinem Sohn oder seiner Exfrau hatte schenken wollen? Vielleicht als kleinen Ausgleich für die ausgebliebenen Zahlungen der letzten Zeit? Das klang zwar alles andere als wahrscheinlich, nach allem, was sie bisher über den Toten gehört hatte, aber irgendeinen Grund musste es ja dafür geben, dass das Kätzchen hier herumstrolchte. Hatte es sich verlaufen, oder lebte es tatsächlich auf der Ölgangsinsel? Oder war es rein zufällig in diese Geschichte hineingeraten, genauso zufällig wie Anna? Aber in diesem Fall gab es schon zu viele Zufälle. Irgendwie hatte Anna das Gefühl, dass einige davon sich im Nachhinein als sehr gut geplant herausstellen würden. Momentan aber fehlte ihr dieser Überblick. Sie war einfach zu nah dran am Geschehen, und es gab zu viele Spuren, die in zu viele Richtungen deuteten. Mit wem hatte es sich Lanski eigentlich nicht verscherzt? Gab es irgendjemanden, der ihn gemocht hatte?

Vielleicht seine Exfrau, dachte sie, als sie sich an deren unterschwelligen Stolz auf Lanskis berufliche Erfolge erinnerte. Vermutlich fiel es Anna deshalb auch so schwer, Ingrid Lanski zu den Verdächtigen zu zählen – sie war die Einzige, die überhaupt etwas Positives über den Ermordeten gesagt hatte.

Aber was war mit seinem Sohn? Dem Jungen schien der Tod seines Vaters nicht sonderlich nahezugehen. Oder war das nur Show? Jeder hatte seine eigene Art zu trauern, und vielleicht war dies seine. Doch selbst wenn ihn der Mord tatsächlich kaum berührte, dann musste das nicht heißen, dass er auch etwas damit zu tun hatte. Es konnte auch bedeuten, dass er einfach keine emotionale Beziehung zu seinem Vater gehabt hatte, weil der ihn zu oft im Stich gelassen hatte. Deshalb brachte man noch längst keinen Menschen um.

Und damit war sie wieder bei Frau Fischer. Irgendwie wurde Anna das Gefühl nicht los, dass die Journalistin ihr längst nicht alles verraten hatte, was sie wusste. Oder dass sie zumindest etwas ahnte ... oder war sie doch selbst in den Mordfall verwickelt? Hatte Anna sich von der Bodenständigkeit und Seriosität der Reporterin nur einwickeln lassen?

Eigentlich hatte Frau Fischer kein Motiv. Natürlich gab es da die Geschichte, dass Lanski ihr Themen streitig gemacht hatte. Aber brachte man deshalb jemanden um? Anna seufzte leise. Genau genommen konnte sie sich überhaupt kein Motiv vorstellen, einen Menschen zu töten. Vielleicht in rasender Wut ... aber mit Vorsatz? Nein, das erschien ihr kaum möglich. Und doch geschah es jeden Tag, und manchmal eben auch gleich um die Ecke. Was sie sich vorstellen konnte und was nicht, war leider kein Kriterium für das, was möglich war.

Sie ging vom Weg ein paar Schritte zum Rheinufer hinunter. Hier, in dieser friedlichen Welt, in der nur ab und an Möwen um einen Fisch stritten und die Frachter mit Hunderten oder gar Tausenden von Containern träge vorbeiglitten, erschien ihr die ganze Geschichte seltsam surreal. In Annas Kopf begann sie sich bereits in ein Bild zu verwandeln, obwohl der Mordfall ja noch lange nicht abgeschlossen war. Aber es wurde Zeit, zur Normalität zurückzukehren. Sie war Künstlerin, keine Detektivin. Und wenn sie ehrlich war, zerrte die ungewohnte Aufregung mehr an ihren Nerven, als ihr guttat. Anna wünschte sich die Zeit zurück, in der ein Artikel wie der jetzige von Lanski für sie einem Weltuntergang nahegekommen war – und wo sie sich überhaupt nicht hätte vorstellen können, zu den Verdächtigen in einem Mordfall zu gehören.

Immerhin, dachte sie und musste kurz lächeln, hatte der furchtbare Zeitungsbericht seinen Schrecken verloren. Es wäre schön, wenn Frau Fischer tatsächlich einen neuen Artikel über die Ausstellung verfassen würde – aber wenn nicht, würde die Welt davon auch nicht untergehen. Zumal der Skandal, den Lanski in seinem Artikel heraufbeschworen hatte, möglicherweise sogar den Bilderverkauf ankurbelte. Wenn das der Fall wäre, könnte sie zumindest eine Weile sorgenfrei leben – zumindest, sobald der Mordfall endlich gelöst wäre.

Weshalb gab sich die Polizei nicht mehr Mühe? Ahnte sie, dass Frau Fischer ein Motiv haben könnte? Oder …

Annas Gedanken hörten auf, sich im Kreis zu drehen. Wenn sie ehrlich war, landete sie immer wieder bei Oberkommissarin Richards. Brenner konnte nichts dafür, der war nur ihr Assistent. Der machte nur, was seine Chefin ihm sagte.

Gabriele Richards hingegen hatte ein Motiv und mit Sicherheit auch die Gelegenheit gehabt, Lanski zu erschlagen. Zumindest hatte höchstwahrscheinlich niemand geprüft, ob sie für den Zeitpunkt des Mordes ein Alibi hatte.

Und natürlich war sie in der idealen Position, um im Nachhinein alle Spuren so zu manipulieren, dass sie nicht auf die Polizistin hinwiesen, sondern auf eine beliebige andere Person.

Anna musste unbedingt mehr über die Oberkommissarin wissen. Und das würde nicht funktionieren, wenn sie nur darauf wartete, dass sie das nächste Mal zum Verhör gebeten wurde. Sie musste mehr über Frau Richards herausfinden – soweit das mit Hilfe des Internets unauffällig möglich war. Denn wenn die Polizistin merkte, dass Anna ihr misstraute, dann würde sie sich umso mehr Mühe geben, der Künstlerin das Leben schwer zu machen. Und dazu hatte sie leider viel zu viele Möglichkeiten.

Aber darüber konnte sie sich später noch Gedanken machen. Erst einmal genoss sie die frische Luft, die ihren Kopf durchzupusten schien, und den friedlich dahinströmenden Rhein. Die Realität würde sie schon früh genug wieder einholen.

**Kapitel Acht**

Natürlich war es eine Übersprungshandlung. Aber gerade jetzt, wo Anna immer stärker das Gefühl hatte, dass nur noch Oberkommissarin Richards übrig blieb, kam ihr mit einem Mal wieder eine Bemerkung von Frau Fischer in den Sinn, die ein paar der „Luftnummern" von Lanski aufgezählt hatte. Zwei davon hatten sich inzwischen erledigt, da gab es sicherlich keinen Grund mehr für einen Mord. Aber was war mit dieser Geschichte mit dem neuen Schützenverein?

Während sie mit dem Bus nach Hause fuhr, ging ihr dieser Gedanke nicht mehr aus dem Kopf. Das Schützenwesen hatte in Neuss einen ziemlich hohen Stellenwert. Nicht umsonst fand hier jedes Jahr das weltweit größte Schützenfest statt, das von einem einzigen Verein organisiert wurde und zu dem keine Gastzüge aus den Nachbarstädten kamen. Und da sollte es jetzt einen zweiten Verein geben, der bei der Organisation mitmischen wollte? Oder hatte Frau Fischer das falsch formuliert, und es ging um ein neues Korps? Auch das wäre eine bedeutende Änderung gewesen. Wenn Anna sich recht erinnerte, standen auf den Fahnen der heutigen Korps durchgehend Jahreszahlen, die mit einer 18 begannen. Nur die Scheibenschützen, die auf die Sebastianusbruderschaft zurückgingen, führten eine Jahreszahl aus dem 15. Jahrhundert in ihrem Namen. Eine 20 am Anfang hätte sicherlich für Aufsehen gesorgt. Weshalb hatte sie davon in der Zeitung nichts gelesen?

Vielleicht, weil Lanski auch bei diesem Artikel wenig Wert auf journalistisches Ethos gelegt hatte, dachte sie. Zu Hause angekommen, setzte Anna sich an ihren Laptop und gab in die Suchmaschine die Begriffe Neuss, Schützenfest und neues Korps ein. Die Ergebnisliste begann mit den üblichen allgemeinen Artikeln, die sie rasch überflog. In der Liste der Korps standen die üblichen zehn Namen in der üblichen Zugreihenfolge, kein neues Korps tauchte hier auf.

Anna begrenzte den Suchzeitraum auf das letzte Jahr. Ein paar Berichte über den aktuellen Schützenkönig, Ankündigungen und Nachberichte des letzten Schützenfestes, das wie üblich am letzten Augustwochenende stattgefunden hatte. Auch hier nichts Besonderes.

Erst als sie zusätzlich nach dem Namen Lanski suchte, gelangte sie zu einem Neusser Forum, in dem eine hitzige Diskussion geführt worden war – und immer noch geführt wurde, wie ihr beim Betrachten des Datums des letzten Eintrags auffiel –, die sich auf einen Artikel im Lokalkurier bezog. Der Link zu diesem Artikel funktionierte nicht mehr – hatte Marsch die Reißleine gezogen und ihn aus dem Netz genommen? Und weshalb war niemand von den Diskussionsteilnehmern mal auf die Idee gekommen, ihn vorher zu speichern oder aus der Zeitung in Papierform abzufotografieren, um hier zumindest die wichtigsten Passagen zu zitieren? So blieb Anna nur, sich alle Kommentare durchzulesen und daraus Rückschlüsse zu ziehen auf das, was möglicherweise in Lanskis Artikel gestanden hatte ... und zu beurteilen, ob sich daraus irgendein Mordmotiv ergab.

‚Was soll denn dieser Scheiß?‘, begann der erste Kommentar, gefolgt von dem nicht mehr funktionierenden Link. ‚Wie kommt der Reporter auf diesen Schwachsinn?‘

Anna warf einen Blick auf das Datum – das dürfte kurz nach Karneval gewesen sein, nicht direkt vor oder nach dem Neusser Schützenfest. Verwundert schüttelte sie den Kopf und las weiter.

Erst nach einigen Seiten kristallisierte sich langsam heraus, worum es ging. Offensichtlich hatte sich eine Gruppe junger Leute, darunter auch einige Frauen, bei einem der Karnevalsumzüge in Neuss oder einem der Vororte in Uniformen mit Holzgewehren präsentiert. Daraus schien Lanski abgeleitet zu haben, dass diese Gruppe ein neues Korps beim diesjährigen Schützenfest bilden wolle. Und wenn man den Kommentaren in diesem Forum Glauben schenkte, dann hatte Lanski diese Idee, die sowieso schon jeder sinnvollen Grundlage entbehrte, zu einigen machohaften Bemerkungen über Frauen in Uniform genutzt.

Unter den Mitgliedern des Forums gab es, offensichtlich ausgelöst durch Lanskis Artikel, nun seit fast einem Dreivierteljahr Streit darüber, ob Frauen zumindest in einem Tambourkorps erlaubt sein sollten, wie in anderen Städten und Gemeinden längst üblich, oder ob sie gar in die Schützenvereine aufgenommen werden sollten. Seit einigen Wochen schien es auch eine Initiative „Schützen ROCKen" zu geben, was Anna zwar für ein halbwegs gelungenes Wortspiel, inhaltlich aber für völlig kontraproduktiv hielt. Zum einen trugen auch Männer Waffenröcke, zum anderen erschien ihr die Identifikation von Frauen mit Röcken als genauso hinterwäldlerisch wie die Selbstverständlichkeit, mit der Schützenvereine Frauen von der Mitgliedschaft ausschlossen. Die letzte Nachricht aber elektrisierte sie: ‚Denkt morgen an die wöchentliche Demo mit Brunch!' Der Kommentar war von gestern Abend. Hatte sie gerade die Gelegenheit verpasst, mit den Mitgliedern dieser Initiative zu sprechen?

Anna sah auf die Uhr. Kurz vor Mittag. So lange konnte ein Brunch durchaus gehen. Vor allem, wenn man vorher noch demonstrieren wollte. Um diese Zeit? Sie runzelte die Stirn. Hatten die Damen dieser Gruppe unter der Woche nichts Besseres zu tun? Aber vor allem – wo fand diese Aktion statt?

Hektisch durchsuchte sie die anderen Seiten nach dem Wort ‚Demo'. ‚Wie immer um zwölf am Markt', fand sie endlich, sah noch einmal auf die

Uhr, verschob alle Überlegungen zur Bedeutung des Wortes ‚Brunch' auf später, schnappte sich ihre Tasche und lief zum Bus.

Als sie um zehn nach zwölf keuchend den Markt erreichte, falteten gerade ein paar Frauen und zu ihrem Erstaunen auch einige Männer sorgsam ihre Transparente zusammen und schienen über etwas zu diskutieren. Die neuesten Schlachtpläne, um in eines der etablierten Schützenkorps aufgenommen zu werden? Anna hatte die letzten Einträge in dem Forum nur noch überflogen und daher keine Vorstellung, wie der Stand der Dinge war. Es half nichts, sie musste ins kalte Wasser springen.

Rasch ging sie auf die Gruppe zu. „Hey, ich war leider zu spät für eure Demo", sagte sie, als die Ersten sie interessiert anschauten. „Aber ich habe im Forum viel über eure Sache gelesen und finde es richtig gut, was ihr macht." Anna konnte nur hoffen, dass niemand sich erkundigen würde, was genau sie denn gut fand. Schließlich hatte sie keine Ahnung, was die Gruppe nun wirklich machte.

„Hey, super", eine weißhaarige Frau im Parka mit Lodenhut schlug ihr auf die Schulter. „Das finde ich mal gut, dass du dich einbringen willst. Fangen wir mit der wichtigsten Frage an, die wir gerade zu klären versuchen: Pizza oder Gyros?"

„Nudeln?", antwortete Anna verdutzt.

„Die sind beim Italiener besser", warf einer der Männer ein. „Also los, ich muss heute pünktlich wieder im Büro sein."

156

Während Anna der Gruppe schweigend folgte, fiel ihr auf, wie unterschiedlich diese Menschen waren. Zwei Mütter mit Kinderwagen, aber auch mehrere Frauen in Geschäftskleidung und zwei ältere Damen, darunter die mit dem Lodenhut und eine mit bläulich schimmernden Haaren, in Kostüm und Stöckelschuhen. Einer der Männer schien gerade von der Baustelle zu kommen, vielleicht war er auch Heimwerker; die anderen wirkten eher so, als kämen sie gerade aus dem Büro. Ganz offensichtlich bestand diese Gruppe nicht nur aus gelangweilten Hausfrauen, wie Anna zuerst aufgrund der Uhrzeit ihrer Demo gedacht hatte. Aber worum ging es dann? Und hatte einer dieser Menschen einen Grund gehabt, Lanski zu töten?

Wider Erwarten bekamen sie auch mit ihrer relativ großen Gruppe – Anna zählte mit ihr zusammen genau ein Dutzend Leute – problemlos einen Tisch beim nächsten Italiener, nicht weit entfernt vom Markt. Aus der freundlichen Begrüßung schloss sie, dass die Gruppe hier nicht unbekannt war. Vermutlich trafen sie sich regelmäßig nach ihren Demos hier. Für einen Moment beschlich Anna der Verdacht, dass die sogenannte Demo sowieso nur ein Alibi war und es in Wahrheit darum ging, sich regelmäßig in einer ausgedehnten Mittagspause zum Essen zu treffen.

„Und du machst jetzt bei uns mit?", erkundigte sich der jüngste der drei Männer in der Runde bei Anna.

Die zuckte mit den Schultern. „Ich finde eure Ideen sehr interessant", wiederholte sie, was sie eben schon behauptet hatte, „und wollte euch gerne mal kennenlernen. Ich bin mir noch nicht ganz sicher, ob ich hier richtig aufgehoben bin ..."

„Was machst du denn beruflich?", erkundigte sich eine der beiden Mütter mit Kinderwagen.

„Ich bin Malerin", sagte Anna. Das klang, fand sie, besser als „arbeitslose Restauratorin". Und momentan verbrachte sie ja auch tatsächlich den Großteil ihrer Zeit mit dem Malen. Wenn sie nicht gerade der Polizei ihre Arbeit abnahm.

„Das ist cool", antwortete die Junge mit unverhohlenem Neid. „Ich würde ja auch gerne was Künstlerisches machen ... aber ich bin leider völlig unbegabt."

„Ach, man kann vieles auch lernen", warf Anna ein. Dann besann sie sich auf den Grund ihrer Anwesenheit hier. „Und ihr trefft euch wirklich wöchentlich, um zu demonstrieren?"

„Und um beim anschließenden Essen unsere Ideen auszutauschen", warf die blauhaarige Dame ein. Sie schien die ganze Sache recht ernst zu nehmen. „Schließlich sind wir schon lange im 21. Jahrhundert angekommen, da darf es solche Ungleichbehandlungen nicht mehr geben."

„Das finde ich ja auch", bemerkte Anna, „aber haben Sie denn schon viel erreichen können?"

Einer der Anzugträger schmunzelte. „Nee, natürlich nicht. Schützen und Frauen, da prallen zwei Welten aufeinander. Aber wenn in anderen

Städten zumindest in den Musikkorps auch Frauen mitziehen dürfen, sollten wir uns dem nicht verschließen. Das ist auch wichtig fürs Stadtmarketing, dass wir zeigen, dass wir eine moderne Stadt sind. Es muss uns gelingen, Brauchtum und Moderne unter einen Hut zu bringen."

Anna nickte zaghaft. Stadtmarketing? Sie hatte hier ursprünglich eine Gruppe von Feministinnen erwartet. Dass es zumindest einem in der Runde stattdessen um die Außendarstellung der Stadt ging, warf ein ganz neues Licht auf diese Geschichte.

„Außerdem sehe ich nicht ein, dass mein Mann sich in Uniform präsentieren darf und ich zu Schützenfest plötzlich nur noch für den Nachschub an Bier und das Frühstück für den ganzen Zug zuständig bin", warf eine der Frauen in Hosenanzug ein. „Den Rest des Jahres bin ich Abteilungsleiterin in einer großen Versicherung, und dann nur noch das Heimchen am Herd?" Sie schüttelte den Kopf. „Das geht mal gar nicht. Wenn er sich diesen ganzen Schützenquatsch nicht ausreden lässt, dann habe ich das gleiche Recht dazu."

Anna nickte verstehend, auch wenn ihr diese Argumentation nicht ganz einleuchtete. Was sollte so toll daran sein, bei Wind und Wetter kilometerweit im Gleichschritt durch die Neusser Straßen zu laufen? Und weshalb sollte man sich als Frau in eine Uniform zwängen? Es mochte ja Frauen geben, die auf Männer in Uniform standen, aber umgekehrt?

Die Diskussion wurde durch die Bedienung unterbrochen, die nach ihren Wünschen fragte. Anna bestellte sich ein Wasser und Spaghetti all'arrabbiata, in der Hoffnung, ihre hellgraue Jacke damit nicht allzu sehr zu bekleckern.

„Und was unternehmt ihr so, um eure Ziele zu erreichen?", erkundigte sie sich, nachdem die Getränke gebracht worden waren.

„Na ja, wir demonstrieren eben", antwortete die ältere Frau mit den weißen Haaren, die den Lodenhut inzwischen abgenommen hatte. „Und informieren die Bevölkerung über diese ungerechte Ungleichbehandlung."

„Was meinst du, sollten wir Flyer drucken lassen?", erkundigte sich eine Frau in mittlerem Alter, die ein Herrenjackett zur Jeans trug. „Wir diskutieren schon eine ganze Weile darüber …"

„Das bringt doch nichts", meldete sich der Mann in Arbeitskleidung zu Wort. „Erst mal müssten wir die verteilen, dazu haben wir keine Zeit. Und dann werden die meisten sowieso weggeworfen. Nein, wir brauchen mehr Präsenz in der Presse, nur so erreichen wir genügend andere Leute."

Anna horchte auf. „Habt ihr denn schon viel Pressearbeit gemacht?", erkundigte sie sich. Vielleicht gab einer aus der Runde ja zu, mit Lanski Kontakt gehabt zu haben.

„Na klar", antworteten gleich mehrere. „Ich stehe in regelmäßigem Kontakt mit der Lokalpresse", ergänzte eine der Damen im Business-Outfit. „Aber natürlich müssen wir darauf achten, dass auch korrekt über unser Anliegen berichtet wird. Qualität statt Quantität, sage ich immer."

„Ich habe da mal einen Artikel gelesen", bemerkte Anna vorsichtig, „das war im Frühjahr, glaube ich ..."

„Ach, *der* war nicht autorisiert", entgegnete die Presse-Kontaktdame sofort. „Da ist der gute Herr Lanski ein wenig über das Ziel hinausgeschossen. Aber nun gut, damals waren wir auch noch nicht so gut organisiert wie jetzt."

„Damals gab es uns noch gar nicht", warf die zweite Mutter mit Kinderwagen ein, die bisher noch nichts gesagt hatte. „Dieser komische Artikel hat uns ja überhaupt erst auf die Idee gebracht, uns ernsthaft diesem Thema zu widmen."

Anna nickte verstehend. Genauso hatte sie die Entwicklung der Gruppe anhand der Beiträge in diesem Forum auch eingeschätzt. „Aber nichtsdestotrotz war dieser erste Artikel von Herrn Lanski ja nicht ganz zutreffend", hakte sie nach. „Und ich hatte das Gefühl, dass Sie damit nicht hundertprozentig einverstanden waren."

„Natürlich nicht", antwortete einer der Anzugträger und stellte sein alkoholfreies Bier mit Schwung auf dem Bierdeckel ab. „Haben Sie gelesen, was der für einen Blödsinn verzapft hat? Von wegen, da wolle eine Karnevalsgruppe auch beim Schützenfest mitgehen ... Zufällig kenne ich einen von dieser Karnevalsgruppe aus dem Ruderverein, und der meinte, nie im Leben wären sie auf diese Idee gekommen. Die fanden das jedenfalls sehr komisch, was sich dieser Reporter da zusammengesponnen hatte."

„Aber Sie …", begann Anna verwirrt.

„Wir haben ja nichts mit dieser Karnevalsgruppe zu tun", erklärte die weißhaarige Dame und wirkte dabei fast ein wenig pikiert. „Karneval kann jeder. Wir wollen das großartige Brauchtum unserer schönen Stadt in die heutige Zeit überführen."

„Aber Sie haben sich doch sicherlich über den damaligen Artikel geärgert", hakte Anna nach. Irgendwie passte das alles nicht zusammen. Und das vermeintliche Motiv der Gruppe geriet immer mehr ins Schwimmen.

„Natürlich", nickte sie. „Der war ja auch völlig an den Haaren herbeigezogen. Aber so etwas passiert uns heutzutage nicht mehr. Heute haben wir sehr gute Kontakte zur Presse. Und sobald wir der Meinung sind, dass die richtige Zeit gekommen ist, die Bürger über unser Anliegen zu informieren, werden wir diese Kontakte nutzen, um korrekte Berichte zu lancieren, die in unserem Sinne verfasst sind."

Anna nickte. Das klang nach langjähriger Planung ohne große Substanz. Vermutlich ging es diesen Leuten hier mehr um die regelmäßigen Treffen als um ein greifbares Resultat.

„Verstehe", sagte sie. „Sie bereiten lieber alles gründlich vor, als noch mal so eine Katastrophe zu erleben wie mit dem damaligen Artikel …"

„Ach, also Katastrophe würde ich das nicht nennen", widersprach der Mann, der sich für Stadtmarketing interessierte. „Natürlich war der Bericht für die Außendarstellung unserer schönen Stadt eher suboptimal. Aber wenn wir ehrlich sind – außerhalb von Neuss liest doch sowieso niemand diese kleineren Blätter. Und davon abgesehen hat dieser Reporter uns genau genommen einen Gefallen getan – ohne diese völlig an den Haaren herbeigezogene Idee gäbe es unsere Gruppe heute nicht. Nein, solche verrückten Ideen muss man aufgreifen und das Beste daraus machen. Dieser Reporter hat offensichtlich einfach ein Gespür dafür, welche Themen gerade in der Luft liegen."

„Hatte", korrigierte Anna, ohne nachzudenken. Erst als mehrere der anderen sie irritiert ansahen, begriff sie, was sie gerade gesagt hatte.

„Jetzt sag nicht, er hat den Job gewechselt", warf die Presse-Kontaktfrau ein. „Das wäre jetzt aber echt blöd, schließlich ist er mein treuester Kontakt, hört immer zu, wenn ich ihm die neuesten vorläufigen Ergebnisse schildere …"

Das wiederum konnte Anna sich nicht vorstellen. Aber Lanski war offensichtlich gut darin gewesen, anderen Menschen etwas vorzumachen. Weshalb sollte diese Frau nicht auch glauben, dass er begierig auf die nächsten ‚vorläufigen Ergebnisse' von ihr wartete?

„Genau genommen ist er tot", erklärte sie trocken. „Hat wohl etwas geschrieben, was jemandem nicht gefallen hat …"

Auch wenn Anna die anderen nach dieser Eröffnung genau beobachtete – aus deren Gesichtern las sie nur Ratlosigkeit oder Unverständnis. Niemand schien sich darüber zu freuen.

„Scheiße", murmelte die Presse-Kontaktfrau. „Das ist jetzt aber extrem ungünstig. Ich wollte ihn nächste Woche über die neuesten vorläufigen Ergebnisse unserer Sitzungen informieren ..."

„Wenden Sie sich doch an Frau Fischer oder Herrn Marsch", schlug Anna vor. „Die schreiben doch auch für den Lokalkurier."

„Aber keiner hat unser Anliegen so gut verstanden wie Lanski", antwortete die Geschäftsfrau und wirkte dabei ernsthaft traurig. „Furchtbar, einen Mitstreiter für unsere Sache so unerwartet zu verlieren ..."

„Dafür haben wir jetzt ja eine neue Mitstreiterin, nicht wahr?", der Stadtmarketing-Spezialist nickte Anna wohlwollend zu. Er schien das Ganze pragmatischer zu sehen. „Und wenn du diese anderen Journalisten sowieso schon kennst, kannst du auch den Kontakt zu ihnen übernehmen, nicht wahr? Dann können wir nächste Woche einmal überlegen, wie wir jetzt weiter vorgehen. So ein Presseartikel wäre schon nicht schlecht, vor allem jetzt in der Winterpause ..."

Den Rest des Essens verbrachte die Runde mit Planungen – oder, wie Anna insgeheim feststellte, mit Planungen von Planungen. Die Gruppe schien alles zu tun, um jede handfeste Aktion zu vermeiden. Und genau deshalb konnte sich Anna auch keinen dieser Menschen als Mörder vorstellen. Zumal sie kein wirkliches Motiv hatten. Und wenn die ursprüngliche Karnevalsgruppe das Ganze tatsächlich ebenso entspannt sah, dann hatte sich gerade das nächste mögliche Motiv für den Mord an Lanski in Luft aufgelöst.

Immerhin ein Gutes hatte diese Recherche, bemerkte Anna, als sie ihr Besteck auf den Teller legte und sich den Mund abwischte: So gute Spaghetti all'arrabbiata hatte sie schon lange nicht mehr gegessen.

## Kapitel Neun

Wenn Anna insgeheim gehofft hatte, ihren Wagen heute Nachmittag endlich wiederzubekommen, so hatte sie sich geirrt. Zumindest hatte niemand auf ihren Anrufbeantworter gesprochen, dass sie ihr Auto abholen konnte, und von sich aus die Polizei anrufen würde sie sicherlich nicht. Wie lange brauchte die Spurensicherung für die Erkenntnis, dass es darin keine Spuren zu sichern gab? Andererseits – wer wusste schon, wie diese Oberkommissarin tickte? Vielleicht gehörte das zu ihrer Zermürbungstaktik dazu. Oder sie wollte einfach verhindern, dass die Künstlerin sich aus dem Staub machte. Dann hätte Frau Richards ja womöglich auch mal in eine andere Richtung ermitteln müssen.

Und vielleicht wäre irgendwann einer ihrer Kollegen auf die Idee gekommen, dass die Oberkommissarin selbst auch einen Grund gehabt hatte, Lanski zu hassen. Dieser Gedanke ging Anna nicht mehr aus dem Kopf. Alle anderen Verdächtigen waren inzwischen ausgeschieden. Dass Anna selbst nichts mit Lanskis Tod zu tun hatte, war selbstverständlich. Frau Fischer – ja, sie schien etwas zu verschweigen, aber war sie deshalb gleich eine Mörderin? Das konnte Anna sich nicht vorstellen. Zumal ein paar Übergriffe von Lanski auf ihre Lieblingsthemen auch kein wirkliches Motiv darstellten. Auch die Naturschützerin, deren Leserbrief er sicherlich ohne ihr Einverständnis etwas aufgepeppt hatte, hatte sich als falsche Fährte erwiesen. Die Frau war ihm offensichtlich dankbar. Vermutlich recherchierte Marsch also ebenfalls in die falsche Richtung, falls es nicht doch noch eine wirklich große Story zu wildem Müll gegeben hatte, an der Lanski dran gewesen war – aber das konnte Anna nicht herausfinden. In dieser Hinsicht musste sie sich auf den unfreundlichen Chef des Lokalkuriers verlassen.

Und Lanskis private Beziehungen – die Exfrau, die ihn für seine beruflichen Erfolge sogar bewunderte; der Sohn, der nicht wirklich um seinen Vater trauerte, ihn aber auch sicher nicht wegen der Aussicht auf eine vermeintliche Erbschaft erschlagen hatte; die angebliche Geliebte, die in Wahrheit eine Nichte war ... wo sollte es da ein Motiv geben?

In Annas Augen verdichtete sich immer stärker, was sie von Anfang an befürchtet hatte – Oberkommissarin Richards hing in der ganzen Sache mit drin. Entweder hatte sie selbst Lanski erschlagen, oder sie wusste etwas und deckte den Täter. Sonst hätten sie und ihre Leute doch längst auch andere Spuren verfolgt und nicht immer noch Anna im Visier.

Es half nichts, Anna musste versuchen, mehr über die Oberkommissarin herauszufinden. Und das, ohne sich dabei erwischen zu lassen, sonst drohte ihr richtiger Ärger – noch mehr, als sie ohnehin schon hatte. Insbesondere, wenn Gabriele Richards wirklich etwas zu verbergen hatte. Die Oberkommissarin saß eindeutig am längeren Hebel.

Zum Glück waren die Gedanken bekanntlich frei – und das Internet ebenso, auch wenn Anna sich in dieser Hinsicht weniger sicher war. Aber eine Online-Recherche erschien ihr immer noch am ungefährlichsten, ungefährlicher jedenfalls als jede Frage, die sie an irgendeine Person richtete. Selbst Franzi Sander gegenüber ihren Verdacht in Hinblick auf die Oberkommissarin zu äußern, erschien ihr im Nachhinein viel zu gewagt. Die junge Volontärin hatte so unsicher gewirkt – wer wusste schon, was sie womöglich ausplauderte, wenn die Polizei sie zu Lanski befragte?

Das Risiko einer Internet-Recherche musste sie jedenfalls eingehen. Anna hatte sich nie damit beschäftigt, welche Möglichkeiten es gab, die Spuren einer anderen Person im Internet zu verfolgen – oder umgekehrt die eigenen Spuren zu verwischen. Wer interessierte sich schon dafür, was eine nicht sonderlich erfolgreiche Malerin in eine Suchmaschine eintippte?

Jetzt hätte sie einiges dafür gegeben, ein paar Tricks zu kennen, wie man anonym surfte. Die einzige Möglichkeit, die ihr einfiel, war ein Internetcafé, in dem man sie nicht kannte. Aber wer sagte ihr, dass sie nicht auf Schritt und Tritt von

168

der Polizei verfolgt wurde? War die Gefahr nicht viel größer, an einem solchen öffentlichen Ort beobachtet oder mit einer Überwachungskamera gefilmt zu werden? Schließlich sah man im Fernsehen doch immer, wie gut solche Kameras heutzutage waren und dass man mit ihrer Hilfe noch Tage später herausfinden konnte, was jemand wo getan hatte. Und selbst wenn niemand mitbekam, was genau sie im Internet suchte – war es nicht schon verdächtig genug, dass sie dazu überhaupt ihre Wohnung verließ?

Es half nichts, sie musste einfach hoffen, dass ihr Computer nicht überwacht wurde. Immerhin war dazu ein richterlicher Beschluss nötig, soweit sie wusste. Und den würde auch eine Oberkommissarin nicht bekommen, wenn sie ihren Verdacht nicht ausreichend begründen konnte.

Kurzerhand schaltete Anna ihren Laptop ein und gab Gabriele Richards' Namen in die Suchmaschine ein. Eine halbe Million Treffer, darunter eine Dermatologin, eine Zahnarzthelferin, eine amerikanische Basketballspielerin, die sich allerdings etwas anders schrieb. Der Nachteil einer fehlertoleranten Suche. Sie begrenzte ihre Suche auf das letzte Jahr und deutschsprachige Seiten. Ein Handarbeitsstübchen ... und endlich die richtige Gabriele Richards. Der Artikel von Lanski, den sie schon kannte. Aber da musste es doch mehr geben, wenn sie sich an Franzi Sanders Bemerkung erinnerte, wonach Lanski die Oberkommissarin schon länger auf dem Kieker gehabt hatte ...

allerdings hatte die Volontärin nicht erwähnt, wann die anderen Artikel erschienen waren.

Anna schaltete den zeitlichen Filter wieder aus und gab stattdessen zusätzlich „Neuss" ein. Nichts Neues. Das konnte doch nicht wahr sein – weshalb waren die anderen Artikel alle nicht online zu finden? Hatte die Polizistin dafür gesorgt? Und warum gab es sonst keinerlei Hinweise auf sie im Netz? War es normal, dass jemand so wenige Spuren hinterließ?

Zum Vergleich gab sie den Namen ihres Kollegen ein, nachdem sie sich wieder an seinen Vornamen erinnert hatte. Bernd Brenner, Neuss. Irgendein Geschäftsführer, Sportler, ein Reporter ... und tatsächlich der Bernd Brenner, den sie kannte. Unerwartet viele Fotos von ihm, auf denen er durchgehend nett aussah und entspannt in die Kamera lächelte. Eines, auf dem er noch viel jünger war und eine hübsche junge Frau im Arm hielt, und zu Annas Überraschung immer wieder Bilder von ihm mit einer Gitarre, meist einem akustischen Instrument, auf dem sie einen Tonabnehmer zu erkennen glaubte, ein paar Mal auch mit einer E-Gitarre. Bei vielen Fotos hatte sie das Gefühl, dass er nicht alleine spielte, auch wenn nur er auf dem Bild zu sehen war. Oft waren andere Musiker mit abgebildet, häufig ein Pianist, ein Cellist, eine kleine, kräftige Sängerin mit raspelkurzen schwarzen Haaren. Der Mann hatte definitiv auch ein Privatleben. Vielleicht nahm er sie deshalb ernst, weil er selbst auch mit Kunst zu tun hatte? Vermutlich spielte er Jazz, überlegte Anna, während sie die Bilder durchklickte. Für einen Vergleich, wie häufig man einen normalen Durchschnittsmenschen im Internet finden sollte, war er jedenfalls nicht geeignet. Dennoch klickte Anna sich weiter durch die einzelnen Treffer. Ein interessanter Mann ... wenn sie sich momentan für Männer interessieren würde und nicht schon genügend andere Probleme hätte, natürlich. Aber so, wie die Dinge jetzt lagen, kam er für sie überhaupt nicht in Frage. Und umgekehrt sicherlich ebenso wenig. Ein Polizist durfte mit einer Verdächtigen nichts anfangen. Auch wenn die Kommissare im Fernsehen dieses Prinzip gerne schon mal außer Acht ließen.

Weshalb hatte er eigentlich mindestens drei verschiedene Gitarren? Genügten nicht eine elektrische und eine elektrisch verstärkte akustische? Und warum hatte das eine Instrument f-förmige Schalllöcher, so wie man es eher von Geigen her kannte?

Anna schüttelte den Kopf und schloss den Browser. Das brachte sie nicht weiter. Sie musste mehr über Oberkommissarin Richards erfahren, nicht über ihren Assistenten. Der hatte keinen Grund gehabt, Lanski etwas anzutun. Aber sie konnte die Kommissarin schließlich nicht verfolgen, um mehr über sie zu erfahren. Bisher wusste sie nicht mal, wo Frau Richards wohnte; die Polizistin stand nicht im Telefonbuch. Und überhaupt wäre das ein Job für einen Privatdetektiv, nicht für sie. Sie konnte sich nur zu gut vorstellen, wie eine solche Beschattung ausgehen würde – am Ende säße sie im Gefängnis, überwältigt von einem Spezialkommando, weil sie eine Polizistin gestalkt hatte. Und wenn die Oberkommissarin begreifen würde, dass Anna sie verdächtigte, würde sie den Spieß umdrehen und erst recht Beweise gegen die Malerin finden. Vielleicht auch *er*finden, je nachdem, wie viel sie wirklich mit Lanskis Tod zu tun hatte.

Anna schüttelte ratlos den Kopf. So kam sie nicht weiter. Was auch immer sie tun konnte, um mehr über Gabriele Richards, ihr mögliches Motiv und darüber herauszufinden, ob sie die Gelegenheit zu dem Mord hatte – im Endeffekt würde alles nur dazu führen, dass sie selbst noch mehr Probleme bekam, als sie sowieso schon hatte. Am besten ließ sie das Detektivspielen sein und widmete sich wieder dem, was sie wirklich konnte – der Vorbereitung ihrer nächsten Bilder.

Auch wenn ihr der übliche neue Schwung nach einer Vernissage diesmal völlig fehlte – für die unkreativen Tätigkeiten, ehe sie zu malen beginnen konnte, brauchte sie keinen besonderen inneren Antrieb. Und irgendwann, wenn sie diese ganze Geschichte hinter sich gebracht hätte, wäre sie dankbar dafür, gleich mit dem ersten Bild beginnen zu können. Außerdem wusste sie nicht, was sie sonst mit den restlichen Stunden des Tages anfangen sollte, ehe sie guten Gewissens ins Bett fallen konnte – zum Lesen oder Fernsehen war sie noch immer viel zu aufgewühlt, einkaufen brauchte sie nicht, und spazieren gegangen war sie in den letzten Tagen mehr als genug. Vor allem zur falschen Zeit am falschen Ort.

Die ersten vier Leinwände hatte Anna schon am vergangenen Wochenende aufgespannt, als sie sich von der üblichen Unruhe kurz vor einer Ausstellung hatte ablenken wollen. Jetzt öffnete sie den Eimer mit dem Acrylbinder, den sie in letzter Zeit gerne für die Grundierung nutzte, weil er angenehm flexibel blieb und nicht riss, rührte ihn sorgfältig um und holte dann einen breiten Pinsel, mit dem sie die erste dünne Schicht auf eine Leinwand aufzutragen begann. Sie arbeitete immer kreisförmig von innen nach außen, um zu verhindern, dass sich die Leinwand verzog, wenn sie sich durch die Feuchtigkeit der Farbe zu spannen begann.

Es dauerte nicht lange, bis alle vier Leinwände die erste Schicht Grundierung trugen. Jetzt hieß es warten, bis sie mit der nächsten Schicht fortfahren konnte – erst mussten die Leinwände wieder komplett getrocknet sein.

Anna zog sich den Barhocker, den sie gerne zum Malen nutzte, zum Dachfenster und blickte hinaus. Normalerweise genoss sie es, den Menschen auf den Straßen ringsumher von hier oben zuzusehen, wie sie eilig von hier nach dort eilten, manchmal auch stehen blieben und ein Pläuschchen hielten, auf den Bus warteten oder in ihren Wagen stiegen ... aber heute ließen die Gedanken an die Ereignisse der letzten Tage sie nicht los. Und mit einem Mal war sie sich nicht mehr sicher, ob die Oberkommissarin wirklich etwas mit der ganzen Geschichte zu tun hatte. Natürlich hatte Frau Richards einen Grund gehabt, den ermordeten Reporter zu hassen. Und natürlich benahm sie sich mehr als verdächtig. Aber sie hatte unmöglich wissen können, dass Anna an dem Abend des Mordes noch zur Ölgangsinsel fahren und dort spazieren gehen würde. War das nur ein Zufall gewesen? War Anna lediglich eine willkommene Verdächtige, und der Plan hatte ursprünglich gar nicht vorgesehen, dass die Leiche so schnell gefunden wurde?

Oder war umgekehrt Oberkommissarin Richards nur durch einen Zufall ausgerechnet an den Kriminalfall gekommen, bei dem sie eine persönliche Fehde mit dem Opfer hatte?

Beides erschien Anna gleich unwahrscheinlich – oder gleich wahrscheinlich. Aber wenn die Polizistin nichts mit dem Mord zu tun hatte, wer hätte dann wissen können, dass Anna in dieser Nacht noch über die Ölgangsinsel spazieren würde?

Die Antwort darauf war leicht: Da war diese Frau, mit der sie sich auf der Vernissage über die Ölgangsinsel unterhalten hatte. Anna schloss die Augen und versuchte sich zu erinnern. Als Malerin hatte sie eigentlich ein gutes Gedächtnis für Gesichter, aber an diesem Abend waren so viele Menschen bei der Vernissage gewesen, und die darauffolgenden Ereignisse hatten wohl auch schon einige Erinnerungen ausgelöscht ... Da war ein Geruch gewesen, erinnerte sie sich. Vielleicht ein Parfüm? Nein, eher ein Hustenbonbon oder etwas Ähnliches. Wonach genau hatte diese Frau gerochen ...

Nach einer Weile gab sie es auf. So hatte das keinen Zweck.

Kurzerhand wusch sie den Pinsel, den sie vorhin benutzt hatte, gründlich aus, zog den Malkittel aus, den sie zum Grundieren übergestreift hatte, und ließ die Leinwände Leinwände sein. Vielleicht würde die Erinnerung wiederkommen, wenn sie vor Ort, in der Galerie, an den Abend der Vernissage zurückdachte.

Anna packte einen Zeichenblock und Bleistifte ein, ehe sie sich auf den Weg zur Bushaltestelle machte. Sie musste nicht lange warten, bis der erste Bus kam, der in Richtung Innenstadt fuhr. Als sie das letzte Stück zu Fuß in Richtung Rheinwallstraße ging, fiel ihr wieder einmal auf, wie wenig ihr diese Gegend nahe dem Hafen gefiel. Neuss hatte viele schöne Ecken, der Hafen gehörte in Annas Augen nicht dazu. Aber sie hatte keine große Wahl – solange die großen, noblen Galerien kein gesteigertes Interesse an ihren Werken zeigten, konnte sie froh sein, wenn sie in einer neuen Galerie wie dem BlickPunkt ausstellen durfte. Zumal der Besitzer wirklich etwas aus dem alten Haus gemacht hatte, und die Besucher waren ja ebenfalls in großer Zahl erschienen, obwohl die lokalen Zeitungen im Vorhinein nur winzige Hinweise auf die Vernissage abgedruckt hatten ...

In den großen Schaufenstern des BlickPunkt entdeckte sie schon von weitem zwei ihrer Gemälde. Anna versuchte, sich der Galerie wie ein neutraler Betrachter zu nähern – was sah jemand, der sie nicht kannte, in diesen Bildern?

Das linke Gemälde wirkte noch immer harmlos auf sie. Die Erzengelwurzpflanzen empfand sie eigentlich als beruhigend, bis auf den Versatz natürlich, der schräg über das Bild ging – jetzt, aus der Entfernung, erkannte sie sofort, was die Kritiker daran auszusetzen gehabt hatten. Ja, mit etwas gutem Willen konnte man hier wirklich eine Art Schnitt erkennen – und irgendwie war die Trennung von Frank ja auch ein Einschnitt in ihrem Leben gewesen. Und natürlich konnte man Wut herauslesen, das ließ sich nicht leugnen. Aber gegen wen sich diese Wut richtete, das blieb dem Betrachter überlassen.

Das andere Bild dagegen konnte man vielleicht, wenn man es darauf anlegte, wirklich so deuten, überlegte sie weiter. Eigentlich zeigte es eine Hand mit einem großen Pinsel darin, der einen Mann malte ... aber der Pinsel konnte, in dieser stark abstrahierten Darstellung, auch als Stichwaffe missverstanden werden. Hatten die Besucher ihrer Vernissage das Bild so interpretiert? Und was hatte sie selbst gedacht, als sie es gemalt hatte?

Wenn sie ehrlich war, wusste sie nicht, wie viel von ihrer unbewussten Wut, ihrer Trauer, von diesem entsetzlichen Gefühl der Leere und Zerrissenheit den Weg auf die Leinwände gefunden hatte. Zumindest konnte sie nicht mit Gewissheit ausschließen, dass die hässlichsten Deutungen ihrer Gemälde tatsächlich einen Funken Wahrheit enthielten. Aber das war nun gar nicht mehr ihr größtes Problem.

Entschlossen stieß Anna die Tür zu der Galerie auf. „Hallo, Sascha, ich bin's!", rief sie in Richtung der Tür zum Büro, hinter der der Galerist sich tagsüber meist verkroch, solange keine Kunden im Laden waren. Und momentan herrschte hier gähnende Leere. Dieser scheußliche Artikel schien nicht einmal absatzfördernd zu sein.

Das Bild schräg links gegenüber dem Eingang musste das sein, vor dem sie gestanden und sich mit der Frau unterhalten hatte, die sie auf die Ölgangsinsel hingewiesen hatte, überlegte Anna. Ja, das Gemälde mit den Erzengelwurz-Stauden hatte links daneben gehangen, ehe Sascha es ins Schaufenster verfrachtet hatte. Wie war das noch gewesen … sie versuchte sich zu erinnern. Anna hatte mit Blick auf das Gemälde gestanden, absichtlich, um ihrem Gegenüber nicht länger als nötig die Gelegenheit zu geben, darin etwas zu erkennen, was sie niemals gemalt hatte. Nun – zumindest nicht willentlich. Das Meer von Stimmen um sie herum, aus dem immer wieder einzelne Worte, Satzteile hervorstachen … das leicht gedämpfte Licht, die Gemälde durch die Spot-Beleuchtung umso stärker hervorgehoben … ab und an eine Berührung, wenn jemand vorbeiging und dabei an ihre Umhängetasche stieß ... nur gut, dass sie Schlüssel und Handy herausgenommen hatte, ehe sie die Tasche achtlos in den Kofferraum ihres Wagens geworfen hatte, wo sie jetzt immer noch lag, fiel ihr unvermittelt ein ...

Schwarzhaarig war die Frau gewesen, ein Schwarz fast so tief wie das in Annas Bildern, nur der Glanz der Bilder-Spots malte helle Flecken hinein. Ein schmales Gesicht, hübsch, wenn auch seltsam unauffällig ... ein Allerweltsgesicht, das man schon im Umdrehen wieder vergessen hatte, ungefähr in Annas Alter. Also wieder die Haare ... halblang, offen, an den Spitzen leicht nach außen gedreht ... nur dezenter Lippenstift, kein Make-up, keine Brille ... Ohrringe? Darauf hatte sie nicht geachtet, ebenso wenig wie auf eine Kette. Also sicherlich nichts Auffälliges. Der Geruch war das einzig Markante an dieser Frau gewesen. Kein Parfüm, vielleicht wirklich ein Bonbon oder Kaugummi ...

„Hast du die roten Punkte unter deinen Bildern schon bemerkt?", unterbrach die Stimme des Galeristen ihre Gedanken. „Oder bist du noch in deine Meditation versunken?"

Er grinste gutmütig, als Anna die Augen irritiert wieder öffnete. Fast hätte sie den Gedanken greifen können, der gerade durch ihren Kopf waberte ... „Rote Punkte?", fragte sie schließlich nach.

„Drei verkaufte Bilder", konstatierte Sascha. „Nicht schlecht für den Anfang, oder?"

Anna nickte langsam. Ja, das war wirklich nicht schlecht. Das war sogar ziemlich gut, wenn sie ehrlich war. „Wann denn?", erkundigte sie sich.

„Gestern und heute Morgen. Keine Gäste der Vernissage", fügte der Galerist hinzu. „Vermutlich Geschäftsleute auf dem Weg zur Arbeit, die gerade einen Blick in die Zeitung geworfen hatten …"

„Fragt sich nur, in welche", schnaubte Anna. Also doch – der angebliche Skandal lockte Kunden an. Na toll. War es das wert? „Hör mal", fuhr sie fort, „hast du eigentlich einen Überblick, wer während der Vernissage hier war? Ich meine, wenn ich eine bestimmte Frau suche, die nicht zu meinen Bekannten gehörte – könntest du mir sagen, ob du sie vielleicht eingeladen hast?"

„Interessiert?" Er zwinkerte ihr zu.

Anna verdrehte die Augen. „Nun tu mal nicht so. Wenn du mir in den letzten Wochen auch nur ab und an zugehört hast, dann weißt du, dass ich ebenso hetero bin wie du."

„Was du hoffentlich für dich behalten wirst", er drohte ihr scherzhaft mit dem Zeigefinger. Sascha war sehr besorgt um sein Image – und dazu gehörte in seinen Augen auch das Klischee, ein Galerist dürfe abends nicht nach Hause zu seiner Frau in sein Reihenhäuschen in Neuss-Holzheim fahren.

„Ich möchte dieser Frau einige Fragen stellen", fuhr Anna unbeirrt fort. „Zu einem Thema, über das wir uns bei der Vernissage unterhalten haben."

„Komm mal mit." Er winkte mit dem Zeigefinger und ging dann voraus in sein Büro, wo er eine Mappe vom Schreibtisch nahm und öffnete. „Hier, das sind die Fotos der Vernissage, die ich zwischendurch aufgenommen habe, wenn ich nicht gerade mit den Gästen gesprochen habe. Siehst du irgendwo die Frau, die du meinst?"

„Das ist ja perfekt", staunte Anna. Natürlich, auf einem Foto könnte sie die Unbekannte sicherlich identifizieren – sie musste sie nur finden. Und das war nicht so einfach, wie sie bald feststellte. „Das hier könnte sie sein", die Malerin deutete vage auf einen schmalen Frauenrücken in beigefarbenem Jackett unter halblangen schwarzen Haaren. Hatte ihre Gesprächspartnerin ein Jackett getragen? Oder doch eine Strickjacke?

Sascha zog die Augenbrauen hoch. „Na du bist mir ja eine Optimistin", bemerkte er. „Such mal schön weiter, ich mache uns solange einen Tee."

Auch wenn Anna den Stapel Fotos mehrfach durchsah – das Gesicht der Frau, an das sie sich nun immer besser zu erinnern glaubte, entdeckte sie nicht. War diese Person, die sie zur Ölgangsinsel gelotst hatte, ständig dem Fotoapparat ausgewichen, um später eine Identifizierung zu vermeiden? Oder war das Bild, das die Malerin immer klarer vor Augen hatte, falsch? Erinnerte sie sich vielleicht an eine andere Frau, eine Schauspielerin oder Sängerin, die ihr zufällig in den Kopf gekommen war und nun durch Annas Wunsch, sich zu erinnern, in eine Rolle gepresst wurde, in die sie überhaupt nicht passte?

Sie seufzte leise, als Sascha mit zwei dampfenden Tassen zurückkehrte. „Ich finde sie nicht", gestand sie und legte die Fotos auf den Schreibtisch. „Es könnte die schlanke schwarzhaarige Frau mit dem Jackett sein, aber vielleicht trug sie auch etwas ganz anderes. Wenn ich mich nur besser an sie erinnern könnte ..." Den Hinweis auf ihr normalerweise gutes Gedächtnis verkniff sie sich. Sascha wusste sicherlich nichts davon, dass Anna in den Fall des Toten auf der Ölgangsinsel verwickelt war – falls er von dem Mordfall überhaupt schon erfahren hatte –, und dabei wollte sie es auch so lange wie möglich belassen.

Anna nahm die Teetasse vom Tisch und pustete auf die dampfende Oberfläche. Pfefferminztee offensichtlich – den mochte sie gerne, wenn auch lieber mit frischen Blättern aus dem Garten als aus dem Teebeutel. Dennoch ... Sie stutzte. Natürlich, da war doch noch dieser Geruch gewesen, den sie nicht zuordnen konnte. Tee? Nein, es wäre ihr aufgefallen, wenn jemand zwischen all den Sektgläsern eine Teetasse in der Hand gehalten hätte. Außerdem hatte sie mit der Unbekannten angestoßen, sie musste also ebenfalls einen Sekt getrunken haben. „Was riecht denn nach Hustenbonbon, ist aber keines?", fragte sie nachdenklich.

Wenn Sascha durch diese Frage irritiert war, ließ er sich das nicht anmerken. „Vielleicht ein

Kaugummi mit dem entsprechenden Aroma", schlug er stattdessen vor.

Darauf war Anna auch schon gekommen. „Das passt leider auch nicht, die Frau hat nichts gekaut", entgegnete sie.

Jetzt nickte der Galerist verstehend. „Menthol-Zigaretten meinst du vielleicht", schlug er vor. „Zumindest erinnere ich mich an eine junge Frau, der ich auf der Veranda Feuer gegeben habe – die rauchte so etwas."

Anna atmete erleichtert aus. „Natürlich, das ist es!", sagte sie aufgeregt. „Diese Frau, der du Feuer gegeben hast – wie sah die aus?"

„Schlank, etwa eins fünfundsechzig, schwarze Haare, Kontaktlinsen, silberne Sternchen als Ohrringe, eine silberne Kette, deren Anhänger unter der Bluse versteckt war", antwortete er sofort. „Beigefarbener, edler Hosenanzug, teure Pumps ... eine mögliche Kundin", fügte er erklärend hinzu, als er Annas Augen immer größer werden sah.

„Trotzdem – beeindruckend, was du dir merkst", sagte sie anerkennend und griff nach dem Stapel Bilder auf dem Schreibtisch. Nachdem sie ihre Teetasse achtlos abgestellt hatte, durchsuchte sie die Fotos und zeigte ihm schließlich wieder das mit der Frau im beigefarbenen Jackett. „Ist dies hier die Frau, von der wir sprechen?"

Er warf einen Blick auf das Bild und nickte sofort. „Ja, das Jackett würde ich überall wiedererkennen. Maßanfertigung. Und siehst du, wie diese spezielle Form der Nähte ihre Taille betont? Obwohl sie das natürlich gar nicht nötig hätte ...“

Anna zog die Augenbrauen hoch. Neben solchen perfekten Frauen fühlte sie sich schon aus Prinzip unterlegen. Da musste ihr Galerist nicht noch ständig betonen, dass diese Frau nicht nur reich, sondern auch noch gutaussehend war. Auch wenn ihr Gesicht wirklich nichtssagend gewesen war, tröstete Anna sich. Vorsichtshalber fotografierte sie das Bild mit ihrem Handy ab; vielleicht erkannte ja jemand die Jacke darauf wieder.

„Pass auf, ich versuche die Frau mal zu zeichnen, und du siehst dir nachher das Bild an und sagst mir, ob es mit deiner Erinnerung übereinstimmt“, schlug sie vor und kramte ihre Zeichenutensilien hervor.

Sascha nickte mit leicht amüsiertem Lächeln und sprang auf, als die Türglocke dezent erklang. „Das scheint ja eine ziemlich wichtige Frage zu sein, die du ihr stellen willst“, bemerkte er grinsend, ehe er nach vorne in den Ausstellungsraum ging.

Anna hörte, wie er jemanden begrüßte, dann konzentrierte sie sich auf die Zeichnung der Unbekannten. Ja, diese Frage war in der Tat sehr wichtig, dachte sie: Weshalb hatte die Unbekannte sie so geschickt manipuliert, dass Anna zur Ölgangsinsel gefahren war? Hatte die andere Frau geplant, dass Anna den Toten fand? Oder sollte nur ihr Wagen, der dank der Werbeaufkleber alles andere als unauffällig war, in der Nähe des Tatortes gesehen werden?

Sie schüttelte den Kopf und zeichnete weiter, schloss dabei immer wieder die Augen, um sich das Gesicht der Frau ins Gedächtnis zu rufen. Jetzt, wo auch Sascha sich an diese Person erinnert hatte, konnte sie sicher sein, dass ihre Erinnerung sie nicht völlig trog.

Die Haare fielen ihr leicht, für die Augen brauchte sie länger. Weshalb hatte Sascha behauptet, die Fremde trage Kontaktlinsen?, überlegte sie. Egal. Erst weiterzeichnen.

Anna bemerkte nicht, dass Sascha das Verkaufsgespräch nach einer knappen halben Stunde erfolgreich abschloss. Erst als er grinsend ins Büro kam und sich auf seinen Schreibtischstuhl fallen ließ, sah sie auf. „Nummer vier", erklärte er zufrieden. „Den nächsten Zyklus solltest du noch drastischer gestalten. Du könntest erwähnen, dass du in die rote Farbe Blut mischst – dann werden alle überlegen, ob es wohl dein eigenes ist oder das eines Liebhabers, den du dir nur zu diesem Zweck hältst ..." Er lachte, als er Annas entsetzten Gesichtsausdruck sah. „Schon gut, ich weiß, das ist nicht dein Stil. Aber komm mir bei der nächsten Ausstellung nicht plötzlich mit langweilig-biederen Gemälden an, die interessieren niemanden. Auch wenn sie noch so gut sind."

„Ich gebe mir Mühe", seufzte Anna. „Aber vor der nächsten Trennung muss ich erst wieder einen neuen Mann kennenlernen. Davon abgesehen", sie legte den Skizzenblock auf den Tisch und drehte ihn so, dass Sascha das Gesicht darauf erkennen konnte, „was meinst du – sah unsere Unbekannte so aus?"

Der Galerist nahm den Block in die Hand, nickte langsam. „Im Wesentlichen passt das", sagte er schließlich. „Die Augen kamen mir noch ein wenig größer vor, der Hals etwas schlanker, aber das mag auch männliches Wunschdenken sein." Er legte die Zeichnung zurück auf den Schreibtisch. „Und wie hilft dir das Bild nun, die Frau zu finden?", erkundigte er sich.

Anna zuckte mit den Schultern. „Wenn ich das wüsste", entgegnete sie. „Auf alle Fälle ist es besser als nichts. Übrigens – Kontaktlinsen?" Sie sah ihn fragend an.

„Sie blinzelte häufig, so als hätte sie die Linsen schon zu lange drin", erklärte er. „Das passiert mir auch schon mal, wenn ich nicht darauf achte. Vermutlich war sie den ganzen Tag im Büro und hatte zwischendurch keine Zeit, nach Hause zu fahren und zur Brille zu wechseln, die sie sonst abends trägt."

Anna nickte. „Worauf du so achtest", murmelte sie. Sie lehnte sich zurück und musterte die Zeichnung, so als könne die ihre Fragen beantworten. „Du hast diese Frau sicher vorher noch nie gesehen", sagte sie schließlich. „Sonst hättest du es mir längst gesagt."

„Genau." Er musterte sie interessiert. „Sicher, dass es dich nicht doch ein kleines bisschen erwischt hat? Bei dieser Frau würde es mich nicht wundern …"

Ärgerlich schüttelte Anna den Kopf. „Quatsch, ich interessiere mich immer noch nicht für Frauen", entgegnete sie barsch. „Ich muss einfach wissen … was sie mit der Ölgangsinsel zu tun hat."

Sascha zog die Augenbrauen hoch und nickte langsam. „Das ist allerdings wirklich eine essenzielle Frage", sagte er schließlich. „Nun – vermutlich ist sie Naturschützerin und wollte herausfinden, ob für deine Gemälde auch keine Erzengelwurz-Pflanzen gequält wurden oder gar zu Tode gekommen sind."

Anna schnaubte leise. „Ich meine es ernst", entgegnete sie. „Was hat diese Frau mit mir und der Ölgangsinsel zu tun?"

Der Galerist atmete tief durch. „Gut, also im Ernst. Die Verbindung zwischen dir und der Ölgangsinsel ist das Bild *Engel ohne Flügel*, das die Erzengelwurz-Stauden zeigt. Wenn es also eine Verbindung zwischen dir, der Ölgangsinsel und dieser Frau geben soll, dann muss das etwas mit diesem Bild zu tun haben."

Anna nickte langsam. „Wir haben uns auch über dieses Bild unterhalten", sagte sie, „aber das Gemälde kann sie erst hier bei der Vernissage gesehen haben, deine Galerie war ja ab mittags geschlossen, weil wir die Bilder aufgehängt haben … und ins Schaufenster hast du die beiden Gemälde auch erst danach gehängt. Es sei denn, sie hätte eine Einladung bekommen – was nicht sein kann.

Denn bei der Presse ist eine Frau mit maßgefertigter Kleidung sicherlich nicht."

„Und was stört dich daran, dass sie das Bild während der Vernissage zum ersten Mal gesehen hat?", fragte Sascha nach.

Sie wiegte den Kopf nachdenklich hin und her. Wie schnell konnte man einen Mordplan schmieden? Wie lange hätte die Frau gebraucht, um Lanski ebenfalls dorthin zu locken? Hatte der Mörder – oder die Mörderin – das alles so geplant? Aber die Tatwaffe war, wenn Frau Fischer recht hatte, ein Stein, was gegen eine geplante Tat sprach. Dennoch, vom Gefühl her würde sie vermuten, dass dieser Plan nicht erst während der Vernissage entstanden war. Aber konnte sie in einem Mordfall auf ihr Gefühl vertrauen, ohne die geringste Erfahrung mit solchen Dingen?

„Sie muss doch eine Einladung bekommen haben", sagte Anna schließlich, auch wenn sie von dieser Idee in Wahrheit noch nicht völlig überzeugt war. „Ich glaube, sie kannte das Bild schon vorher – weil du ihr eine Einladung geschickt hast."

Aber Sascha schüttelte energisch den Kopf. „Nein, ich lade niemanden ein, den ich nicht kenne", entgegnete er. „Und ich habe sie die ganze Zeit nicht mit jemandem zusammen gesehen. Sie schien eher zu versuchen, sich unsichtbar zu machen – was ihr ja auch meist gelungen ist", er deutete auf den Stapel Fotos auf dem Schreibtisch.

„Dann ist sie mit jemandem gekommen, der schon bald wieder gegangen ist", beharrte Anna.

„Oder eine Freundin hat ihr die Einladung gegeben, weil sie selbst keine Zeit hatte. Lass uns doch einmal durchgehen, wem du eine Karte geschickt hast."

Sascha zog diesmal nur die linke Augenbraue hoch, verkniff sich aber jeden Kommentar. Stattdessen schaltete er den Monitor ein, gab das Passwort ein und öffnete dann ein Programm, das Anna von ihrem Platz aus nicht erkennen konnte. „Hier – die üblichen Verdächtigen", sagte er. „Der Bürgermeister von Neuss, alle Bürgermeister der anderen Städte und Gemeinden im Rhein-Kreis Neuss. Die kommen zwar nie, erwarten das aber."

„Vielleicht hat einer seine Sekretärin geschickt", warf Anna ein.

„Vielleicht. Vielleicht auch nicht." Sascha scrollte die Liste weiter herunter. „Die Tageszeitungen, Wochenblätter, NE-WS 89.4 und die benachbarten Radiosender. Ein paar Kunstsammler – Bergmanns Tochter ist blond, die anderen haben keine Ehefrauen oder Töchter im richtigen Alter. Der Rest – Freunde und Bekannte von mir. Auch dabei ist niemand, der passen würde."

„Aber vielleicht könntest du unter deinen Freunden und Bekannten mal nachfragen ..." Auch wenn es Anna immer schwerer fiel, ihn um einen Gefallen nach dem anderen zu bitten, ohne ihm zu erklären, weshalb diese Unbekannte so wichtig für sie war – es war die einzige Chance.

Sascha sah sie lange prüfend an. „Ich mache mir eine Kopie von der Zeichnung", sagte er schließlich, „und gebe dir Bescheid, wenn jemand diese Frau erkennt. Aber ich kann dir jetzt schon sagen, weder meine Freunde und Bekannten noch die Sekretärinnen der Bürgermeister tragen maßgeschneiderte Hosenanzüge. Du suchst an der falschen Stelle."

Als Anna wenige Minuten später die Galerie verließ, hatte sie zwar einerseits das Gefühl, einen entscheidenden Schritt weitergekommen zu sein, andererseits zog sich ihr Magen immer noch zusammen. Sie war es nicht gewohnt, andere Menschen um einen Gefallen zu bitten – oder besser, einen Gefallen von ihnen einzufordern. Denn eine wirkliche Wahl hatte sie Sascha nicht gelassen. Und das, ohne ihm den eigentlichen Grund dafür zu verraten, dass sie die unbekannte Frau unbedingt finden wollte.

Und nun?

Auf dem Weg zur nächsten Bushaltestelle grübelte Anna immer noch darüber nach, was sie nun selbst mit der Phantomzeichnung machen sollte. Wenn Sascha sich so sicher war, dass die Frau von ihm keine Einladung erhalten hatte, dann bestand ja durchaus die Möglichkeit, dass er damit richtig lag. Von ihr selbst war die Unbekannte auch nicht eingeladen worden, ihre Freunde und Bekannten hatten entweder abgesagt oder waren selbst zur Vernissage gekommen. Außer Frank natürlich. Aber bei dem hätte sie auch keine Reaktion erwartet, sich höchstens einen winzigen Funken Hoffnung gegönnt ... Dann blieb aber immer noch die Möglichkeit, dass die Frau zufällig vorbeigekommen war, weil sie im Vorbeigehen mitbekommen hatte, dass gerade eine Vernissage stattfand, oder weil sie die Ankündigung in der Zeitung gelesen hatte. Und damit waren eigentlich alle Neusser verdächtig – eine definitiv zu große Gruppe an Menschen, als dass sie selbst diese alle hätte überprüfen können. Es half nichts – sie musste mit der Zeichnung zur Polizei gehen. Auch wenn sie Oberkommissarin Richards nicht über den Weg traute und jede Faser ihres Körpers sich dagegen zu wehren schien.

Anna bog nach rechts in die Batteriestraße ab, die entlang dem Zollhafen zum Hessentordamm führte. Keine schöne Gegend, immer noch nicht. Am liebsten wäre sie in den nächsten Bus gestiegen. Aber Busse fuhren überallhin, auch nach Grimlinghausen, zu ihrem Häuschen, wo sie sich verkriechen und den Rest des Abends in Selbstmitleid versinken könnte. So leicht durfte sie es sich nicht machen, sonst würde sie vielleicht dieser Versuchung erliegen. Sie bog nach rechts in die Zollstraße ein, die sie endlich fort von der Hafengegend mit ihren Gerüchen und Geräuschen führte.

Eigentlich, überlegte Anna, gab es nur zwei Möglichkeiten – entweder war Frau Richards tatsächlich in den Fall verwickelt, dann würde sie doch wohl die Möglichkeit nutzen, eine weitere Verdächtige hinzuzubekommen, um auch auf diese Weise von sich abzulenken. Oder die Ober-kommissarin hatte mit dem Mord nichts zu tun und war nur von Natur aus misstrauisch und un-freundlich – dann sollte sie erst recht froh über einen weiteren Verdächtigen sein. Denn in diesem Fall musste sie irgendwann begreifen, dass Anna wirklich nichts mit dem Mord zu tun hatte, son-dern nur zufällig zur falschen Zeit am falschen Ort gewesen war. Dass vermutlich jemand diesen Zu-fall sehr geplant herbeigeführt hatte, war ja nicht Annas Schuld.

Als sie die Oberstraße kreuzte, warf sie einen sehnsüchtigen Blick zur Haltestelle Landestheater und ging dann doch stur geradeaus weiter. Sie überquerte die Promenadenstraße und den Erft-mühlengraben, dann ließ sie den schmalen Grün-streifen hinter sich und folgte weiter der Friedrich-straße. Hinter dem Nordkanal erreichte sie endlich die Jülicher Straße, dann die Jülicher Landstraße – und dann stand sie vor dem Polizeipräsidium und war sich immer noch nicht sicher, ob sie es wirklich betreten sollte. Andererseits – welche Wahl hatte sie denn? Wenn sie die bisher beste Spur für sich behielt, nur weil sie die Konfrontati-on mit der Oberkommissarin fürchtete, brauchte sie sich nicht zu wundern, wenn die sie weiter für verdächtig hielt.

Anna warf einen Blick auf die Uhr. Von der Ga-lerie aus hatte sie eine Dreiviertelstunde hierher gebraucht, die ihr viel kürzer erschienen war, so-lange sie in Gedanken versunken war. Bald war es

Abendbrotzeit – sobald sie dieses Gespräch mit Frau Richards überstanden hatte, würde sie sich in der Nähe etwas Fettes, Ungesundes zum Abendessen holen. Wieder einmal, ergänzte sie in Gedanken, als sie sich an die letzte Pizza erinnerte. Also vielleicht doch lieber einen Salat.

Mit diesen Gedanken konnte sie sich tatsächlich ablenken, bis sie vor dem Büro der Oberkommissarin stand. Dass die Tür einen Spaltbreit geöffnet war, sah Anna als Zeichen an. Sie klopfte, ehe sie es sich anders überlegen konnte, und drückte die Tür auf.

„Das trifft sich", begrüßte Frau Richards sie nach einem Moment des überraschten Schweigens. „Ich wollte Sie sowieso anrufen. Setzen Sie sich doch."

Anna runzelte die Stirn, als sie auf dem Besucherstuhl vor dem Schreibtisch der Polizistin Platz nahm. Die Begrüßung war für ihren Geschmack zu freundlich gewesen – was wollte die Frau von ihr?

„Aber Sie sind sicherlich nicht ohne Grund hier", fuhr Frau Richards fort. „Erzählen Sie doch erst einmal."

Und was würde danach kommen? Aber davon durfte Anna sich jetzt nicht irritieren lassen. „Wenn wir mal für einen Augenblick davon ausgehen, dass ich mit dem Mord nichts zu tun habe, sondern mir jemand eine Falle gestellt hat und wollte, dass ich in der Nähe des Tatorts gesehen werde", begann sie und zog den Zeichenblock aus ihrer Tasche, „dann wäre es nur logisch anzunehmen, dass die Frau, die mich auf der Vernissage auf die Ölgangsinsel angesprochen und mir vorgeschwärmt hat, wie friedlich es dort nachts sei, damit etwas zu tun hat. Hier habe ich eine Skizze ihres Gesichts erstellt, die auch mit dem Galeristen abgesprochen ist, der sich ebenfalls an sie erinnert."

Die Oberkommissarin nahm den Block und nickte schließlich. „Eine Besucherin Ihrer Vernissage also ... Das würde dazu passen, dass einer der Besucher Ihrer Vernissage sich an einen Streit zwischen Lanski und einer jungen Frau zu erinnern glaubt", sagte sie langsam. „Allerdings konnte er sich beim besten Willen nicht mehr an diese Frau erinnern. Jung, unauffällig, schlank, nicht hässlich, aber auch keine Schönheit – so hat er sie beschrieben. Alles andere – Fehlanzeige."

„Das passt doch", warf Anna ein. „Wenn er sich mit dieser Frau gestritten hat, könnte sie daraufhin den Plan gefasst haben, ihn zu ermorden. Sie hat ihn ebenso wie mich zur Ölgangsinsel gelockt – und ihn dort getötet."

„Zeitlich wird das allerdings ziemlich schwierig", bemerkte Frau Richards. „Sie konnte nicht wissen, wie lange die Vernissage dauern würde und wann Sie dort auftauchen würden."

„Lanski ist doch schon früh wieder gegangen, und wann ich mit ihr gesprochen habe, weiß ich wirklich nicht mehr – vermutlich auch eher zu Beginn der Veranstaltung. Wenn sie gleich danach aufgebrochen und zur Ölgangsinsel gefahren ist, passt es wieder gut."

Die Oberkommissarin nickte bedächtig. „Das ist auf jeden Fall eine Spur, der wir nachgehen müssen. Ich werde das Bild dem Zeugen zeigen lassen. Habe ich Sie richtig verstanden, dass weder Sie noch der Galerist diese Frau kennen?"

„Genau." Anna erklärte, dass Sascha nichtsdestotrotz unter seinen Gästen nachfragen wollte, ob jemand die Frau auf dem Phantombild kenne.

„Also entweder jemand, der auf Umwegen eine Einladung erhalten hat, oder jemand, der aus der Zeitung von der Vernissage erfahren hat", überlegte die Oberkommissarin.

„Aber die Tat war doch sicher geplant", warf Anna ein. „Und dann müsste der Täter – oder die Täterin – eine Einladung bekommen haben, um im Vorhinein eine Verbindung mit der Ölgangsinsel herstellen zu können. In den Zeitungsankündigungen war das Gemälde mit den Erzengelwurz-Pflanzen nicht abgebildet."

Frau Richards schüttelte entschieden den Kopf. „Der Mann ist mit einem Stein erschlagen worden, wie es sie auf der Ölgangsinsel überall gibt. Der Rechtsmediziner hat Spuren von Erde und Gras in der Wunde gefunden. Auch wenn wir den Stein nicht gefunden haben – vermutlich liegt er irgendwo im Rhein –, können wir davon ausgehen, dass die Tat nicht geplant war. Wahrscheinlich ist einfach ein Streit eskaliert. Schließlich gab es mehr

als genug Menschen, mit denen sich Lanski angelegt hatte."

Diesmal hielt Anna ihrem Blick stand. Sie war
schließlich nicht die Einzige in diesem Raum gewesen, die auf Lanskis Abschussliste gestanden
hatte – und je länger der Blickwechsel dauerte,
desto mehr schien die Oberkommissarin zu begreifen, dass Anna das ebenfalls wusste. Vermutlich hatte sie auch deshalb noch kein Wort zu Annas gestriger Begegnung mit Brenner und den
peinlichen Umständen dieser Aktion gesagt. Oder
hatte der Kommissar ihr noch gar nichts davon
erzählt? Auch wenn er immer diesen leicht spöttischen Gesichtsausdruck aufsetzte, sobald er Anna
sah – er schien ihr nichts Böses zu wollen. Vielleicht hielt er es einfach nicht für nötig, seine Chefin in diese Geschichte einzuweihen. Solidarität
unter Künstlern, sozusagen.

„Aber zu einem ganz anderen Thema", unterbrach Frau Richards ihre Gedanken und griff unvermittelt nach dem Telefonhörer, „ich habe noch
etwas für Sie."

Unwillkürlich atmete Anna erleichtert ein. Es
wurde auch wirklich Zeit, dass sie ihren Wagen
zurückbekam.

„Das klingt erfreut", bemerkte die Oberkommissarin und konzentrierte sich dann auf das Telefon.
„Ja, Frau Berg ist gerade hier. Sind Sie so lieb und
bringen uns ... ja, genau." Sie legte auf. „Meine
Kollegen waren merkwürdigerweise anderer Meinung, aber ich habe ihnen gleich gesagt, Sie wür-

den sich freuen, wenn Sie Ihren ... Besitz zurück-
bekämen."

Etwas an diesem Satz irritierte Anna, ohne dass
sie hätte sagen können, was es war. Vielleicht die
Vorstellung, dass ausgerechnet Oberkommissarin
Richards ihr etwas Gutes tun wollte. Vielleicht
auch die kurze Pause – die nicht nötig gewesen
wäre. Was hatte die Spurensicherung mit ihrem
Wagen angestellt?

Aber der junge Mann in Uniform, der kurz darauf ohne zu klopfen das Büro betrat, brachte
keinesfalls ihren Autoschlüssel. Stattdessen trug
er einen mit Decken ausgelegten Korb, in dem ein
Kätzchen lag – *das* Kätzchen, begriff Anna, als er
ihr den Korb in die Hand drückte. Die kleine Katze
maunzte und stupste Annas Hand mit der Pfote
an.

„Sehen Sie, ich wusste doch, dass Sie sich freu-
en – und dieser kleine Wirbelwind natürlich auch",
bemerkte Frau Richards, und Anna glaubte eine
Spur von Hohn in ihrem zufriedenen Lächeln zu
erkennen. „Und jetzt will ich Sie nicht länger auf-
halten – Sie haben sicherlich noch viel zu tun. Sie
wollen bestimmt mit dem kleinen Racker erst mal
zum Tierarzt ..."

„Bestimmt", murmelte Anna. Das wohlvertraute
Kribbeln stieg in ihre Nase. Sie und eine Katze?
Das ging gar nicht. Aber hier, bei dieser Ober-
kommissarin, die so offensichtlich froh war, das
Kätzchen loszuwerden, konnte sie das Tier auch
nicht lassen. Und ins Tierheim konnte sie es spä-

ter immer noch bringen. Vielleicht fand sie ja einen Bekannten, der nicht gegen Katzen allergisch war und dem Kleinen ein gutes Zuhause bieten konnte ...

Sie verabschiedete sich, ohne nach ihrem Wagen zu fragen. Diese Blöße wollte sie sich nicht geben. Wie hatte sie auch nur auf die Idee kommen können, die Oberkommissarin wolle ihr etwas Gutes tun?

Auf dem Rückweg stieg sie eine Station früher aus dem Bus, um noch Katzenfutter und ein Katzenklo samt Streu zu kaufen; fressen und trinken konnte das Tierchen sicher auch aus normalen tiefen Tellern. Spezielle Näpfe lohnten sich nicht für die kurze Zeit, die das Kätzchen bei ihr verbringen würde. Außerdem wurde ihr beim Gedanken an die Kosten für den Tierarzt und die anderen Posten, die sicherlich auf sie zukommen würden und von denen sie noch nichts ahnte, ganz anders. So gut verdiente sie nun auch wieder nicht. Selbst wenn Sascha inzwischen schon vier ihrer Bilder verkauft hatte.

Aber das hatte Zeit bis morgen. Jetzt musste sie erst einmal die Katze füttern – und dann schauen, wo sie die kleine Allergen-Schleuder unterbrachte, um möglichst große Teile ihres Hauses weiterhin katzenhaarfrei zu halten.

## Kapitel Zehn

Anna erwachte von einem Maunzen neben ihrem Ohr. Sie rieb sich die müden Augen, räusperte sich und musste husten. „Das gibt's doch nicht", murmelte sie und hustete wieder. „Geh weg ..."

Aber die Katze, die sie sicher im Gästezimmer verstaut geglaubt hatte, beharrte darauf, auf der Bettdecke liegen zu bleiben, und begann nun mit ihren Pfötchen nach Annas T-Shirt zu haschen.

Anna nieste, richtete sich auf, wobei die kleine Katze geschickt aufs Fußende des Bettes sprang und sie von dort aus weiter beobachtete, und schnäuzte sich erst einmal gründlich die Nase. Ihre Augen tränten, die Nase war dicht, der Hals kratzte – so ging das wirklich nicht. Ein Blick zur Tür zeigte ihr, dass diese einen Spaltbreit offen war. Wie um alles in der Welt hatte diese winzige Katze es geschafft, bis zur Klinke zu springen und diese so herunterzudrücken, dass die Tür aufging? Und das nicht nur hier, sondern auch im Gästezimmer? Eigentlich fand Anna Rätsel inspirierend – aber nur, solange sie gegen das Rätsel nicht allergisch war.

„Komm mal mit, du Racker", knurrte sie, nahm in der Küche zwei Schüsseln aus dem Schrank, die sie mit Wasser und Katzenfutter füllte, und brachte sie auf den Balkon. Das Kätzchen folgte ihr die ganze Zeit auf dem Fuße, so als wüsste es, dass es jetzt etwas zu essen gab. Oder so, als sei Anna sein Frauchen – was nicht für die Intelligenz des Tieres gesprochen hätte. Andererseits schien es immerhin auf Anhieb begriffen zu haben, wozu das Katzenklo diente – vielleicht hatte es ja doch einen Vorbesitzer gehabt und war stubenrein.

Sie holte noch zwei alte Umzugsdecken aus der Truhe unter der Treppe, brachte sie ebenfalls auf den Balkon und schloss dann die Balkontür von innen. Die würde nicht einmal diese Katze öffnen können.

Nach einer heißen Dusche ging es Anna langsam wieder etwas besser. Zumindest tränten ihre Augen nicht mehr, und auch die Nase lief nicht mehr ununterbrochen. Dennoch war damit klar, was heute als Erstes anstand.

Sie suchte aus dem Telefonbuch den nächstgelegenen Tierarzt heraus – ihr Auto hatte sie schließlich immer noch nicht zur Verfügung, und im Bus wollte sie diesen kleinen Rabauken ganz bestimmt nicht transportieren – und machte einen Termin für halb zehn. Bis dahin konnte das Kätzchen wohl draußen auf dem Balkon bleiben, ohne sich allzu sehr eingesperrt zu fühlen und dadurch einen Knacks fürs Leben zu bekommen.

Beim Tierheim ging niemand ans Telefon, dort würde sie im Zweifelsfalle einfach nach dem Tierarzt vorbeigehen. Auch wenn sie sich irgendwie für diese Katze verantwortlich fühlte und sich die Tierarztrechnungen momentan leisten könnte – irgendwann war es auch mal gut mit der Verantwortung. Nach dem Arztbesuch konnte sie die Katze guten Gewissens abgeben.

Aber das war längst nicht alles, was sie heute vorhatte, wurde ihr beim Frühstück bewusst. Solange die Oberkommissarin so wenig Elan bei der Suche nach weiteren Verdächtigen zeigte, blieb Anna nichts anderes übrig, als sich selbst auf die Suche nach der Frau zu machen, mit der sie auf der Vernissage gesprochen hatte. Und die an dem ganzen Schlamassel schuld war. Nur – wie sollte sie diese Suche angehen? Außer dem Phantombild und dem Geruch nach Menthol-Zigaretten wusste sie nichts über die Fremde. Andererseits ... Sascha hatte behauptet, ihr Hosenanzug sei maßgeschneidert gewesen – das war sicherlich ein Ansatzpunkt. Wie viele Maßschneider mochte es in Neuss geben?

Von den dreien, die sie im Internet fand, schien einer nicht mehr zu existieren, zumindest gab es die Website nicht mehr. Der zweite war auf modische Schnitte und ausgefallene Stoffe spezialisiert – das erschien Anna nicht passend. Ein besonders modischer Hosenanzug wäre sicherlich selbst ihr aufgefallen, obwohl ihre Begeisterung für Mode normalerweise bei Hüten begann und bei Schals endete.

Auf der Website des dritten Maßschneiders stand nur eine Adresse in geschwungener Schrift auf hellbraun gemustertem Hintergrund. „Der hat es nicht nötig", murmele Anna und strich Butter auf die nächste Brötchenhälfte. Andererseits – vielleicht war er gerade deshalb genau derjenige, den sie ansprechen sollte. Die Frau, die sie suchte, schien nicht arm zu sein, wenn sie Saschas Beschreibung vertraute. Und wenn er für die oberen Zehntausend schneiderte, dann konnte er sich vermutlich auf Mundpropaganda beschränken und hatte wirklich keine Website nötig. Nur – wie kam sie an diesen Damenschneider heran? Er würde ihr auf den ersten Blick ansehen, dass sie sich seine Dienste überhaupt nicht leisten konnte. Vorausgesetzt natürlich, dieses Geschäft war wirklich so edel, wie es aufgrund der minimalistischen Website wirkte.

Anna warf einen Blick auf die Uhr und verschluckte sich fast an ihrem Kaffee. In einer Viertelstunde musste sie sich schon auf den Weg zum Tierarzt machen, und sie hatte noch nicht einmal fertig gefrühstückt, geschweige denn den Katzenkorb gepackt, ihr Portemonnaie gesucht, vorsichtshalber einen zusätzlichen Geldschein aus ihrem Notgroschen-Kästchen eingesteckt ...

Rasch beendete sie ihr Frühstück, räumte das Geschirr in die Spülmaschine, suchte alles zusammen, was sie mitnehmen wollte, und holte schließlich die Katze vom Balkon, die zum Glück sofort in den Tragekorb sprang, ohne dass Anna sie anfassen musste. Sie konnte nur hoffen, dass sie an der frischen Luft nicht gleich wieder so allergisch auf das Tier reagieren würde.

Als sie die Tierarztpraxis erreichte, schmerzten ihre Arme vom ungewohnten Tragen des Korbes, den sie immer etwas vom Körper fernhalten musste, um ihn nicht versehentlich mit den Beinen anzustoßen. Vermutlich wäre es einfacher gewesen, ihn mit beiden Armen vor dem Bauch zu halten, aber so nah wollte sie der Katze lieber nicht kommen, solange es nicht nötig war.

„Anna Berg", meldete sie sich an der Rezeption an. „Meine Katze – also – *diese* Katze hier braucht vermutlich alles, was kleine Katzen so brauchen."

Die junge Frau ihr gegenüber sah sie mit hochgezogenen Augenbrauen an. „Sie wissen nicht sehr viel über Ihre Katze", bemerkte sie spitz.

„Es ist ja auch nicht *meine* Katze", entgegnete Anna. „Sie ist mir zugelaufen, und bevor ich sie ins Tierheim bringe, soll sie eben alles bekommen, was man als kleine Katze so braucht." Das leise Seufzen und fast unmerkliche Kopfschütteln der Sprechstundenhilfe ignorierte sie. Was war denn daran so schwer zu verstehen, dass sie sich für dieses Fellbündel verantwortlich fühlte, auch wenn sie es beim besten Willen nicht behalten konnte?

Im Wartezimmer, das zum Glück fast leer war, stellte sie den Korb zunächst in der Ecke hinten links unter dem Fenster ab und setzte sich selbst vorne rechts. Die Katze sah das als Aufforderung, den Korb zu verlassen, zu Anna zu laufen und geradewegs auf ihren Schoß zu springen.

Anna verkniff sich einen Fluch, griff die Katze vorsichtig, trug sie wieder zurück zu ihrem Korb und setzte sich auf den Stuhl daneben. Mit dieser Lösung schien das Kätzchen einverstanden zu sein. Es rollte sich in seiner Decke zusammen und haschte nur ab und an nach unsichtbaren Fliegen.

„Die Kleene is noch zu kleen, um alleinjelassen zu werden", bemerkte eine ältere Dame mit einem Wellensittichkäfig wohlwollend.

„Die Kleene verursacht bei mir leider eine heftige Allergie", entgegnete Anna und musste wie zur Bestätigung niesen.

„Das hätten Sie sich aber auch mal vorher überlegen können", antwortete die Dame nun deutlich weniger freundlich und schüttelte den Kopf.

Anna verkniff sich jede Erklärung. Darauf hatte sie nun wirklich keine Lust. Außerdem spürte sie schon wieder das Kribbeln in ihrer Nase, und begannen ihre Augen nicht auch bereits zu jucken?

Als sie nach einer knappen halben Stunde endlich ins Sprechzimmer durfte, hatte sie gerade das erste Päckchen Taschentücher verbraucht und konnte sich gut vorstellen, wie rot ihre Augen bereits waren. „Ah, Sie sind sicher die Ferienbetreuung für die Kleine", begrüßte sie der Tierarzt. „Da hat Ihnen der eigentliche Besitzer aber keinen Gefallen getan ..."

„Ich *bin* momentan die Besitzerin", entgegnete Anna scharf und musste dann doch wieder niesen. „Zumindest, bis die Kleine so weit versorgt ist, dass ich sie guten Gewissens ins Tierheim bringen kann."

„Guten Gewissens?", wiederholte der Arzt und runzelte die Stirn. „Aber gut, ich sehe natürlich, dass Sie dieses Tier unmöglich behalten können. Dann wollen wir doch mal schauen ..."

Der Arzt untersuchte das Kätzchen, das zum Glück brav alles über sich ergehen ließ, selbst die Impfung gegen Katzenschnupfen und Katzenseuche. „Eine Wurmkur ist nicht notwendig", bemerkte er. „Aber das wird ja regelmäßig kontrolliert werden. In vier Wochen muss das Tierheim dann die Wiederholungsimpfung durchführen lassen. In einem halben Jahr kann die Kleine sterilisiert werden. Und eine Tollwutimpfung wäre nicht schlecht ..."

„Können wir irgendetwas davon jetzt schon machen?", unterbrach Anna ihn. Bei dieser Aufzählung fühlte sie sich mit einem Mal völlig überfordert, obwohl das alles ja überhaupt nicht mehr ihre Pflicht war.

Er schüttelte den Kopf. „Das Tier dürfte jetzt in der neunten, zehnten, vielleicht elften Lebenswoche sein", antwortete er. „Die Impfungen, die wir jetzt durchgeführt haben, kommen genau zum richtigen Zeitpunkt. Für Tollwut ist es zu früh, damit würde ich mindestens drei, vorsichtshalber lieber vier Wochen warten. Die können Sie – beziehungsweise die Mitarbeiter des Tierheims – dann gleichzeitig mit der Nachimpfung durchführen lassen. Sie sind sicher froh, wenn Sie das Tier abgeben können."

„Natürlich", bestätigte Anna. Alles andere wäre auch dumm gewesen.

Beim Bezahlen kam sie ohne den zusätzlich eingesteckten Notgroschen aus, die Untersuchung und die Impfungen hatten weniger gekostet als befürchtet. Finanziell könnte sie sich ein solches Tier vermutlich sogar leisten, wenn die Allergie nicht wäre. Aber die ließ sich nun mal nicht wegdiskutieren.

An der nächsten Bushaltestelle suchte Anna sich eine Linie aus, die sie zum Tierheim nach Bettikum bringen würde. Zu Fuß – und vor allem mit dem schweren und unhandlichen Korb in der Hand – war ihr dieser Weg doch zu weit. Und die Katze würde wohl auch weiterhin ruhig liegen bleiben.

Tatsächlich hatte die Kleine offensichtlich keine Lust, die Umgebung zu erkunden, als sie den Bus bestiegen hatten. Ab und an haschte sie nach unsichtbaren Insekten, und als Anna sie unvorsichtigerweise mit dem Finger unter dem Kinn kraulte, betrachtete das Kätzchen ihre Hand offensichtlich als neues Spielzeug und begann, diese zu betasten, die Finger anzunagen und abzulecken.

„Na super", murmelte sie. „Sorg du nur dafür, dass ich gleich erst mal neue Taschentücher kaufen darf ..." Aber genau genommen reichte ja auch die Nähe zu der Kleinen schon, um ihre Nase wieder zum Laufen zu bringen. Viel schlimmer konnte es auch durch das Spiel mit ihrer Hand nicht mehr werden.

Von der Bushaltestelle aus musste sie noch ein Stück laufen, bis sie endlich das Tierheim erreichte – das allerdings noch geschlossen war. Anna schüttelte den Kopf und seufzte leise. Das konnte doch alles nicht wahr sein … Jetzt durfte sie heute Nachmittag noch mal hierherkommen. Und was machte sie jetzt so lange mit der Katze? Die konnte sie ja schlecht mitnehmen, wenn sie den Damenschneider besuchte …

Es dauerte wieder eine halbe Ewigkeit – zumindest kam es Anna so vor –, bis sie mit dem schweren Korb zurück zur Haltestelle gelaufen war, endlich der richtige Bus kam und sie schließlich den Korb zurück zu ihrer Wohnung geschleppt hatte. Dort allerdings gab es für die kleine Katze kein Halten mehr. Sie hüpfte aus dem Korb, lief ins Wohnzimmer und begann dieses gründlich zu erforschen.

Anna schüttelte resigniert den Kopf. Sie konnte sowieso nichts dagegen unternehmen. Schließlich konnte sie das Tier nicht den Rest des Tages auf den Balkon sperren. Nur ihre Schlafzimmertür schloss sie ab. Zumindest darin wollte sie keine neuen Katzenhaare haben. „So, Kurze, ich muss mal wieder los", sagte sie schließlich. „Einen Mord aufklären – woran die Polizei offenbar wenig Interesse hat." Die Katze begann, die Lehne des Fernsehsessels zu zerkauen.

„Lass mir noch ein paar Möbel übrig", seufzte Anna und machte sich auf den Weg, nachdem sie die Wohnungstür zweimal abgeschlossen hatte. Das sollte genügen, um das Tier an der Flucht zu hindern.

Zum Glück beruhigte sich ihre Nase draußen bald wieder, und auch ihre Augen hörten nach wenigen katzenlosen Minuten auf zu tränen. Der Damenschneider würde sie sowieso schon kritisch beäugen, fürchtete sie – da musste sie nicht noch aussehen, als verbreite sie gerade alle möglichen interessanten Viren oder Bakterien.

Eigentlich hatte Anna die Busfahrt nutzen wollen, um sich einen Plan zu überlegen, wie sie dem Schneidermeister eine Information über seine potenzielle Kundin entlocken könnte. In der Realität war sie froh, dass sie gerade noch rechtzeitig die richtige Haltestelle mitbekam, so sehr wirbelten ihre Gedanken mit einem Mal wieder um die Befragungen der letzten Tage. Jetzt, wo sie sich nicht mehr mit dem Kätzchen befassen musste, kehrte die Angst zurück, und mit ihr auch die Magenschmerzen. Aber sie war schließlich gerade dabei, etwas zu unternehmen, aktiv zu werden, um der Polizei mit ihrer Scheuklappen-Ermittlungstaktik nicht länger so ausgeliefert zu sein. Mehr konnte sie nicht tun. Sie würde den Damenschneider jetzt so lange ausquetschen, bis er ihr den Namen der Verdächtigen verriet …

Erst als sie mit diesem Gedanken im Kopf die schwere Holztür des kleinen Geschäftes in der Niederstraße aufdrückte, fiel ihr auf, dass sie sich noch immer keinen Plan zurechtgelegt hatte. Geschweige denn einen wirklich überzeugenden Plan.

„Womit kann ich dienen?" Der kleine, schmächtige Mann hinter dem Tisch mit der altmodischen Kasse passte sich optisch so gut an das hölzerne, ebenso altmodische Mobiliar an, dass Anna ihn im ersten Moment völlig übersehen hatte. Immerhin wirkte er nicht irritiert über die Tatsache, dass sie als normale Kaufhauskleidungsträgerin sich in seinen Laden verirrt hatte.

„Guten Morgen, Anna Berg mein Name", begann sie.

Zu ihrem Erstaunen nickte der Schneider. „Natürlich ist mir Ihr Gesicht aus der Zeitung bekannt. Ich darf Ihnen zu Ihrer gelungenen neuen Ausstellung gratulieren." Er nickte ihr freundlich zu, ohne ihr dabei eine Hand zu geben – stattdessen sortierte er weiter Knöpfe, nach welchem System auch immer, in ein gutes Dutzend kleiner Kästchen.

„Vielen Dank", antwortete sie und platzte dann mit der erstbesten Geschichte heraus, die ihr einfiel: „Damit sind wir auch gleich beim Thema. Bei meiner Vernissage hat eine Dame einen Ohrring verloren, den ich ihr gerne zuschicken möchte. Da sie einen maßgeschneiderten Hosenanzug trug, dachte ich, Sie könnten mir vielleicht weiterhelfen

..." Damit zog sie die Phantomzeichnung aus ihrer Tasche und legte sie vor dem Mann auf den Tisch.

Der putzte sich umständlich die Brille mit einem Stofftaschentuch, setzte sie wieder auf, musterte das Bild und schaltete dann eine der nostalgischen Schreibtischlampen ein, ehe er die Zeichnung noch einmal eingehend betrachtete. Schließlich schüttelte er bedauernd den Kopf. „Nein, tut mir leid", sagte er. „Ich fürchte, da kann ich Ihnen nicht helfen. Vermutlich hat die junge Dame in einer der umliegenden Städte arbeiten lassen. Wenn Sie ein Bild der Kleidung gezeichnet hätten ..."

„Da habe ich etwas noch viel Besseres", entgegnete Anna rasch und zog ihr Handy aus der Tasche. Das Bild, auf dem die junge Frau von hinten zu sehen war, hatte sie schließlich genau aus diesem Grund abfotografiert.

Sie reichte dem Mann ihr Mobiltelefon, der das Bild betrachtete, einen Ausschnitt vergrößerte und dann offensichtlich einzelne Bereiche nacheinander betrachtete. Schließlich schüttelte er noch einmal den Kopf. „Nein, das kann ich keinem meiner Kollegen zuordnen", sagte er und reichte ihr das Handy zurück. „Aber wollen Sie mir nicht Ihre Geschäftskarte hierlassen, dann kann ich Sie informieren, falls diese junge Dame demnächst zufällig zu mir kommt."

„Gerne", stimmte Anna dem Vorschlag zu und reichte ihm eine Visitenkarte, die sie zum Glück in der Jackentasche entdeckte – normalerweise bewahrte sie die Karten in einem eleganten Etui in ihrer Lieblings-Umhängetasche auf, aber die war ja noch immer bei der Spurensicherung. Zusammen mit ihrem Wagen übrigens. Aber irgendwie wurde Anna, nachdem sie sich von dem Schneidermeister verabschiedet hatte, das Gefühl nicht los, dass es keine allzu gute Idee wäre, sich deshalb freiwillig bei Frau Richards zu melden. Damit würde sie die Oberkommissarin nur auf die Idee bringen, sich noch ein paar neue Schikanen auszudenken.

Nichtsdestotrotz musste sie etwas unternehmen. Nach Hause fahren und abwarten, was geschehen würde – das war nichts für sie. Ob die Geschichte mit dem verlorenen Ohrring auch an anderen Stellen funktionieren würde?

Anna warf einen Blick auf die Uhr. Kurz nach elf, jetzt war sicher noch niemand in der Mittagspause. Kurzerhand ging sie die paar Meter über den Büchel zum Rathaus, doch dort gelang es ihr nicht, den Bürgermeister zu sprechen – eigentlich kein Wunder, fiel ihr auf, nachdem sie sich zu seinem Sekretariat durchgefragt hatte. Vermutlich war der Mann ständig in Sitzungen und aus anderen Gründen unterwegs. Immerhin fand sie eine Mitarbeiterin, die sich das Phantombild und das Foto der gesuchten Frau von hinten ansah und schließlich bedauernd den Kopf schüttelte. „Nein, tut mir leid", sagte sie. „Das ist weder eine Kollegin noch jemand aus der Familie unseres Bürgermeisters. Aber vielleicht kommt die junge Frau ja aus einer der anderen Städte und Gemeinden des Rhein-Kreises, da kenne ich die Mitarbeiterinnen größtenteils nicht."

„Dann werde ich es mal dort versuchen", verabschiedete sich Anna. Zu jedem Rathaus hinzufahren erschien ihr ohne Wagen dann allerdings doch zu kompliziert. Schließlich entschied sie sich dafür, die weiteren Nachforschungen von zu Hause aus durchzuführen. Das Phantombild konnte sie einfach einscannen und dann, ebenso wie das Foto der Frau von hinten, per E-Mail verschicken – natürlich erst, nachdem sie vorher in den jeweiligen Rathäusern angerufen hatte.

Zu Hause machte Anna sich erst einmal einen Tee, holte sich eine Tafel Schokolade aus dem Küchenschrank, die sie sich, wie sie fand, spätestens nach den anstehenden Telefonaten wirklich verdient hatte, und suchte dann die Telefonnummern der Bürgermeister der einzelnen Städte heraus.

Zumindest schien ihre Geschichte zu funktionieren. Die Frauen, die sie in Dormagen, Meerbusch und Korschenbroich erreichte, erklärten sich gerne bereit, einen Blick auf die Bilder zu werfen, die Anna ihnen daraufhin zumailte – doch vergeblich. In Rommerskirchen glaubte sich eine Mitarbeiterin an eine ähnliche Jacke zu erinnern, das stellte sich aber nach einigen weiteren Telefonaten quer durch das Rommerskirchener Rathaus als nutzlose Spur heraus; die Jackenbesitzerin war weit über fünfzig und definitiv nicht bei der Vernissage gewesen. In Grevenbroich und Jüchen glaubten die Gesprächspartnerinnen jeweils, die Frau auf dem Phantombild zu erkennen; leider handelte es sich einmal um die in den USA lebende Nichte einer Mitarbeiterin, die auch in den letzten Tagen nicht in Europa gewesen war, und das andere Mal um eine vage Ähnlichkeit mit einer Schauspielerin, deren Name der Sekretärin nicht einfiel.

Als Nächstes probierte Anna es bei den lokalen Zeitungen – abgesehen vom Neusser Lokalanzeiger natürlich, um nicht wieder an Herrn Marsch zu geraten, zumal sie hier ja wusste, dass Lanski selbst auf der Vernissage gewesen und seine Einladung nicht weitergegeben hatte – sowie bei NEWS 89.4 und den benachbarten Lokalradios. Auch hier gab es ein paar vage Hinweise, nichts Konkretes – der eine oder andere glaubte, diese Frau schon einmal gesehen zu haben, eine ähnliche Jacke hatte doch neulich auch diese Herzogin getragen ... und der Cousine einer Redakteurin war die Frau wie aus dem Gesicht geschnitten. Abgesehen von den geschätzten zwanzig Jahren Altersunterschied natürlich.

Schließlich öffnete Anna ihre eigene Liste von Personen, an die Sascha Einladungen verschickt hatte. Die meisten hatte sie bei der Vernissage gesehen, diese Namen markierte sie. Barbara und Otto waren im Urlaub gewesen, aber ihre Söhne kannte Anna ebenso wie ihre Putzfrau. Susanne und Boris hätten ihre Einladung nicht an andere Leute weitergegeben, ohne ihr Bescheid zu sagen.

Jessica war vor zwei Wochen spontan nach München gezogen und hatte sicherlich auch anderes zu tun gehabt, als die Einladung zur Vernissage jemandem zu geben, der in der Region blieb ... dennoch war das einen Versuch wert. Kurzerhand wählte Anna Jessicas Handynummer, da sie die neue Festnetznummer noch nicht kannte.

„Hallo Jessi, hier spricht deine Lieblingsmalerin", begrüßte sie ihre Freundin, als die sich gemeldet hatte.

„Ach Mensch, Anna, das ist toll, dass du anrufst", im Hintergrund waren Geräusche zu hören, die Anna nicht deuten konnte, „wart mal einen Moment, ich bin gleich wieder da ..." Es dauerte bestimmt zwei Minuten, bis Jessica sich wieder meldete. „So, jetzt steht der Schrank richtig rum. Das ist vielleicht ein Mist, alleine lauter Möbel zusammenzubauen, auf deren Aufbauanleitungen ganz deutlich zwei Personen abgebildet sind ..."

„Hast du denn keine Nachbarn, die dir helfen könnten?", erkundigte sich Anna. „Oder die neuen Arbeitskollegen?"

„Designer bauen keine Schränke auf", entgegnete Jessica nüchtern. „Die haben mir zwar gleich am ersten Tag erklärt, in welcher Farbe ich welche Wand am besten streichen sollte, aber wenn ich einem von denen Werkzeug in die Hand geben würde, wäre ich mir nicht sicher, ob die Hand nachher noch dran ist. Nee, dann doch lieber selbst."

„Aber wenn du als Designerin das kannst …", gab Anna zu bedenken, doch Jessica fiel ihr sofort ins Wort: „Vergiss es – ich habe vor dem Design-Studium schließlich eine Maler-Lehre gemacht, das härtet ab für den Rest des Lebens. Die neuen Kolleginnen und Kollegen sind allesamt nicht wirklich praktisch veranlagt. Aber du wolltest sicherlich nicht mit mir über meinen neuen Kleiderschrank sprechen …"

Sie plauderten eine Weile über den Umzug, Jessicas neuen Job, der trotz der wenig praktisch veranlagten Kollegen sehr gut anlief, und kamen schließlich auf die Vernissage zu Annas Ausstellung zu sprechen. „Dazu wollte ich dich sowieso noch etwas fragen", bemerkte Anna möglichst beiläufig. „Und zwar habe ich dort eine Frau getroffen, schwarze Haare, etwa mein Alter, maßgeschneiderter beigefarbener Hosenanzug, die vermutlich einen Ohrring verloren hat – zumindest glaube ich mich zu erinnern, dass diese Frau ähnliche Ohrringe getragen hat wie den, den ich nach der Vernissage gefunden habe. Hast du eventuell, weil du ja selbst nicht kommen konntest, deine Einladung jemandem weitergegeben, auf den diese Beschreibung passt?"

Jessica schwieg einen Moment. Gerade als Anna nachfragen wollte, ob ihre Freundin noch am Apparat sei oder schon mal mit dem Zusammenbau des nächsten Schrankes begonnen habe, kam doch noch eine zögernde Antwort: „Weißt du … also mit dem Umzug hatte ich ja so viel zu tun, und da wollte ich die Gelegenheit nutzen, etwas Ballast abzuwerfen … jedenfalls habe ich einen ganzen Karton Bücher zum Offenen Bücherschrank im Foyer des Willi-Graf-Hauses gebracht. Und ich fürchte, deine Einladung habe ich als Lesezeichen in eines der letzten Bücher gelegt …"

Anna musste lachen. „Ach, das ist doch kein Problem", beruhigte sie Jessica. „Dann kann jedenfalls jetzt keine Freundin von dir ihre Ohrringe vermissen."

„Zumindest kann ich dir nicht weiterhelfen, was diese unbekannte Frau angeht", antwortete die Designerin. „Sieht der Ohrring denn wertvoll aus? Ich meine – ist es überhaupt die Mühe wert, seine Besitzerin zu suchen?"

„Ach, ich rufe ja nur ein paar Leute an", entgegnete Anna nicht ganz wahrheitsgemäß. „Das kostet nicht viel Geld und auch kaum Zeit." Ein Blick auf die Uhr verriet ihr, dass es entgegen dieser Behauptung inzwischen kurz vor drei war. „Apropos Zeit – musst du gar nicht arbeiten?"

„Wir haben die letzte Nacht mehr oder weniger durchgearbeitet", seufzte Jessica, „ein wichtiger Auftrag. Aber das kenne ich ja schon aus dem letzten Job. Dafür habe ich heute frei und kann in Ruhe weiter die Möbel aufbauen."

„Dann will ich dich mal nicht weiter vom Arbeiten abhalten", grinste Anna und verabschiedete sich, nicht ohne ihrer Freundin noch weiterhin viel Erfolg beim Kampf mit den Schränken, Regalen und dem Werkzeug zu wünschen.

Anschließend brach sie sich erst einmal ein Stück Schokolade vom spärlichen Rest der Tafel ab. Eine Einladung im Bücherschrank – die konnte überallhin gelangt sein. Ebenso wie, wenn sie ehrlich war, auch viele der anderen Einladungen. Eine der Sekretärinnen der Bürgermeister mochte sie in der Kantine vergessen oder sie ebenfalls als Lesezeichen benutzt und dann das Buch verliehen haben ... es gab zig Möglichkeiten, und eigentlich konnte sie keine davon ausschließen. Sie hatte nicht einmal die Chance, jede Einladung einem bestimmten Personenkreis zuzuordnen. Auch Menschen, die überhaupt nichts direkt mit Annas oder Saschas Bekannten, den eingeladenen Politikern oder der Lokalpresse zu tun hatten, konnten zufällig auf das Bild der Erzengelwurz gestoßen sein, vielleicht auf der Straße, wo jemand eine Einladung unabsichtlich hatte fallen lassen, vielleicht in einem Papierkorb oder eben auch einem Buch. Auf alle Fälle brachte es nichts, befand sie, nun zum Offenen Bücherschrank zu fahren und darin alle Bücher zu durchsuchen. Egal, ob sie dort noch eine Einladung finden würde oder nicht – es würde nichts ändern.

Anna blickte sich um, als sie das Kätzchen ins Zimmer tapsen hörte, und im gleichen Moment fiel ihr auf, dass sie sich während der Telefonaktion kaum die Nase hatte putzen müssen. Trotzdem wäre jetzt eigentlich der richtige Zeitpunkt, die Katze ins Tierheim zu bringen. Aber momentan sträubte sich alles in ihr gegen die Vorstellung, noch einmal mit dem Stubentiger in seinem unhandlichen Korb in den Bus zu steigen, zumal es sowieso inzwischen ziemlich spät war. Morgen Nachmittag konnte sie das ebenso gut noch erledigen.

„Na, hast du Hunger?", fragte sie das kleine Fellknäuel friedlich. „Pass auf, gleich machen wir uns was zu essen. Ich muss nur noch ..." Sie blickte auf die Liste auf ihrem Monitor und runzelte die Stirn. „Nur noch ein Telefonat führen. Aber das mache ich später", beschloss sie kurzerhand. Den einzigen noch offenen Namen würde sie erst abends anrufen. Vor sechs brauchte sie es bei Frank nicht zu versuchen. Und alle anderen Namen hatte sie inzwischen tatsächlich durchgestrichen. Außerdem musste sie sich auf dieses spezielle Telefonat erst einmal vorbereiten. Oder sich dafür entscheiden, es einfach abzuhaken. Wenn Frank schon nicht selbst kommen konnte, hätte er sicherlich nicht die Frechheit besessen, die Einladung einer – seiner? – Freundin weiterzugeben. Das zumindest war sicher. Auch wenn sie sonst von seinem Leben kaum noch etwas wusste, seit er damals aus ihrer Wohnung ausgezogen war.

Eigentlich war jetzt auch wirklich der denkbar ungünstigste Moment, um den Kontakt mit ihm zu suchen. Sie hatte ganz andere Probleme. Viel schlimmere eigentlich – auch wenn das, was sie bisher in dem Mordfall erlebt hatte, sie wütend machte. Nicht traurig. Und Wut erschien ihr momentan einfacher zu ertragen.

Erst als die kleine Katze wieder fragend maunzte und mit ihren Hauslatschen zu spielen begann, riss Anna sich zusammen. Für eine seelische Nabelschau war nun wirklich keine Zeit. Fressen für die Katze, verfrühtes Abendessen zur Stärkung vor dem nächsten Telefonat, einen Text für den Anruf bei Frank zurechtlegen, danach zur Not eine weitere Tafel Schokolade. Das klang nach einem vernünftigen Plan, fand sie. Und den würde sie jetzt durchziehen.

Nachdem beim Kochen allerdings ihre Augen schon wieder zu tränen begannen und sie wiederum ein Taschentuch nach dem anderen verbrauchte, nahm sie die Spaghetti mit Tomatensauce schließlich kurzerhand mit auf den Balkon und aß dort. Zum Glück war es trocken und relativ mild, im tiefsten Winter wäre das keine Lösung. Aber bis dahin war die Katze ja längst weg.

Als hätte es ihre Gedanken gelesen, kam das Fellbündel nach draußen getapst. „Bleib bloß weg", warnte Anna das Kätzchen, das dies als Aufforderung anzusehen schien, weiter an Annas Hausschuhen herumzunagen und ab und an nach ihren Hosenbeinen zu schlagen. Immerhin versuchte es nicht wieder, ihr auf den Schoß zu springen.

Nachdem sie ihr Essen beendet hatte, zum Glück relativ ungestört von weiteren Allergieschüben, kam Anna auf die Idee, das Fell des Kätzchens mit einem feuchten Waschlappen abzureiben – vielleicht würden dann weniger Haare von der Kleinen in der Wohnung verteilt werden. Und weniger Staub. Oder worauf auch immer Anna so allergisch reagierte. Danach war es immer noch erst kurz nach fünf und damit zu früh, Frank anzurufen. Also holte Anna ihren Laptop auf den Balkon und informierte sich im Internet über Katzenallergien und was man dagegen tun konnte. Putzen schien ein wichtiger Punkt zu sein – nicht unbedingt ihre Lieblingsbeschäftigung. Aber eigentlich eine gute Möglichkeit, um die Zeit bis zu dem Telefonat mit Frank sinnvoll zu überbrücken.

Das Kätzchen setzte sich brav in den Fernsehsessel und kaute nur ganz selten auf der Lehne herum, während es Anna interessiert beim Wischen zusah. Als sie anschließend die Küche putzte, sprang es auf die Arbeitsplatte zwischen Spüle und Herd und schaute weiter interessiert, bis Anna sich an der Spüle die Hände waschen wollte. Der Wasserstrahl war offensichtlich noch interessanter, jedenfalls begann die Katze jetzt, damit zu spielen, bis die Arbeitsplatte und der Fußboden davor unter Wasser standen. Aber da Anna sowieso gerade den Boden feucht gewischt hatte, kam es darauf auch nicht mehr an.

Und dann war es endlich sechs Uhr, und ihr fiel keine Ausrede mehr ein, weshalb sie Frank nicht anrufen sollte. Genau genommen konnte sie es kaum erwarten, seine Nummer zu wählen – auch wenn sie sich gleichzeitig vor diesem Moment fürchtete. Aber die Trennung war lange genug her,

Anna hatte sie in einem ganzen Bilderzyklus verarbeitet. Außerdem war sie eine erwachsene Frau, kein junges Mädchen. Und so schwer konnte es nicht sein, ihn anzurufen und ihm eine einzige Frage zu stellen.

Ehe sie es sich wieder überlegen konnte, hatte sie schon seine Nummer gewählt. Das Kätzchen lief auf den Balkon und rollte sich dort in einer Decke zusammen, während Anna sich im Wohnzimmer in den Fernsehsessel setzte, der früher einmal Franks Lieblingsplatz gewesen war.

„Drews hier", meldete er sich. Nüchtern, ohne den leisen Spott, den sie so gerne gemocht hatte. Vielleicht ein wenig müde sogar.

„Hallo Frank, Anna hier." Ihre Stimme klang mit einem Mal rau, vermutlich wegen der nervigen Allergie. „Ich habe nur eine kurze Frage", sie warf einen Blick auf ihren Spickzettel, um sich nicht zu verheddern, „hast du die Einladung zu meiner Vernissage vielleicht an eine Freundin weitergegeben? Ich habe dort nämlich eine Frau kennengelernt, mittellange schwarze Haare, etwa unser Alter, beigefarbener maßgeschneiderter Hosenanzug … die einen Ohrring verloren hat, und den würde ich ihr natürlich gerne wieder zurückgeben."

„Hallo Anna." Frank schwieg einen Moment, schien zu überlegen. „Nein, die Einladung habe ich … beiseitegelegt, da ich leider gleichzeitig einen geschäftlichen Termin hatte. Aber warte mal bitte …" Sie hörte ihn etwas murmeln, dann folgte eine gedämpfte Diskussion, vermutlich hielt er mit einer Hand die Sprechmuschel zu. Schließlich ein Knacksen, ein Räuspern. Dann eine Frauenstimme, die sie sofort wiedererkannte:

„Frau Berg, ich denke, wir sollten uns unterhalten. Wann und wo können wir uns treffen?"

## Kapitel Elf

Anna war noch immer perplex, als sie schließlich den Hörer wieder auflegte. Franks neue Freundin – darauf wäre sie niemals gekommen. Wie kam ausgerechnet ihr Ex zu einer so kultivierten, offensichtlich nicht ganz armen und dabei anscheinend auch noch netten Frau? Wobei – das mit dem „nett" wurde natürlich durch die Tatsache relativiert, dass diese Frau nun die Hauptverdächtige in einem Mordfall war. Andererseits hatte auch Anna diese Phase durchgemacht und musste daher zugeben, dass eine Verdächtige nicht notwendigerweise auch die Täterin sein musste.

Sabrina hieß sie, Sabrina von Werth. Ob es etwas zu bedeuten hatte, dass ihre Familie denselben Namen trug wie der berühmte Reitergeneral aus Büttgen? Auf alle Fälle hatte sie am Telefon so ruhig und selbstsicher gewirkt, dass Anna jetzt schon an ihrer Schuld zweifelte. Dennoch hatte die Malerin vorsichtshalber darauf bestanden, sich an einem neutralen Ort mitten in der Neusser Innenstadt mit Franks neuer Freundin zu treffen.

Anna warf einen Blick auf die Uhr. In ein paar Minuten musste sie los, wenn sie den Bus nicht verpassen wollte. Rasch packte sie ihre Umhängetasche, warf noch einen Blick auf die Katze, die sich zwischen den Blumen auf der Wohnzimmer-fensterbank zusammengerollt hatte und nun mit den Blättern der Wasserlilie Fangen spielte, und machte sich dann auf den Weg.

Sabrina von Werth wartete bereits vor dem Café Extrablatt am Markt, das Anna ausgesucht hatte. Beim zweiten Mal war es Tradition, beim dritten Mal Brauchtum, wie man im benachbarten Köln zu sagen pflegte – vielleicht würde sich hier auch das Gespräch mit der zweiten Verdächtigen so entwickeln, dass Anna am Ende etwas mehr wuss-te als vorher.

„Danke, dass Sie gekommen sind", begrüßte Frau von Werth sie. „Ich hätte nicht gedacht, dass Sie mich ausfindig machen würden … aber die Idee mit dem Ohrring war gut." Wie zum Beweis, dass Anna geflunkert hatte, trug sie dieselben Sternchen-Ohrringe wie bei der Vernissage.

Anna zuckte mit den Schultern. „Etwas Besse-res fiel mir nicht ein", gab sie zu. „Gehen wir rein?"

Sie warteten schweigend, bis sie beide ihren Kaffee serviert bekommen hatten, dann sah Anna ihr Gegenüber nachdenklich an. „Worum geht es nun wirklich? Weshalb waren Sie bei meiner Ver-nissage? Doch wohl nicht nur, weil Sie ein Fan sind und unbedingt meine Gemälde sehen woll-ten."

Frau von Werth lächelte leicht. „Natürlich nicht. Ich wollte Sie kennenlernen, Anna – darf ich Sie Anna nennen?"

Die Malerin nickte, ehe sie darüber nachzudenken begann, ob das schon zu viel Nähe bedeuten könnte.

„Ich bin erst seit einigen Wochen mit Frank zusammen", fuhr Sabrina fort. „Und ich muss gestehen, es ist nicht leicht, in eine Wohnung zu kommen, in der so viel an meine Vorgängerin erinnert – obwohl diese nicht einmal dort gewohnt hat."

Anna runzelte die Stirn und schüttelte fragend den Kopf. „Was meinen Sie?", erkundigte sie sich.

Ihr Gegenüber zuckte mit den Achseln. „Kleinigkeiten. Die Bilder natürlich – auf den ersten Blick Porträts des Mannes, mit dem ich zusammen sein möchte, auf den zweiten Blick gemalt von seiner früheren Partnerin. Die Bücher, die sie ihm geschenkt hat. Die Kerzenleuchter, die Tischdecke, selbst das Porzellan, das sie gekauft hat. Die Urlaubsfotos in der Schublade mit Ihnen und ihm. Das ...", sie zögerte einen Moment, „das zermürbt auf Dauer. Und dann noch die Einladung zu Ihrer Vernissage ..."

„Aber das ist Franks und Ihr Problem", entgegnete Anna langsam. „Was hat das mit mir zu tun? Ich kann nichts daran ändern, dass wir viele Jahre gemeinsam verbracht haben – und ein Teil seines Lebens daher noch immer irgendwie mit den Erinnerungen an mich verbunden ist." Und umgekehrt, dachte sie. Aber das brauchte sie dieser so unschuldig wirkenden jungen Frau nicht auf die Nase zu binden.

„Ich weiß auch nicht ..." Sabrina rührte in ihrem Kaffee. „Einen wirklichen Plan hatte ich nicht, ehrlich gesagt. Ich dachte, wenn wir uns unterhalten, kann ich danach besser verstehen, was Frank an Ihnen fand und weshalb er immer noch so viele Erinnerungsstücke an Sie besitzt ..."

„Und, war das so?", fragte Anna nach. Sie konnte nicht verhindern, dass ihre Stimme barscher klang als geplant. Diese Sabrina war sicherlich kaum jünger als sie, wirkte dabei aber so kindlich-naiv, dass Anna sich mit jedem Satz mehr über sie ärgerte, ohne genau sagen zu können weshalb. Vielleicht, weil die andere ihr Frank weggenommen hatte. Wobei das, wenn sie ehrlich war, nicht stimmte. Die beiden hatten sich, wenn man Sabrinas Worten Glauben schenkte, erst einige Zeit nach Franks Trennung von Anna kennengelernt.

„Nein, natürlich nicht." Sabrina rührte wieder in ihrem Kaffee. Übersprunghandlung, dachte Anna. „Wir sind einfach ... völlig verschieden."

„Das stimmt allerdings", bestätigte Anna. „Unabhängig davon würde mich interessieren, weshalb Sie mich zur Ölgangsinsel gelotst haben." Langsam wurde es Zeit, zur Sache zu kommen. Es brachte niemandem etwas, wenn sie hier weiter geistige Nabelschau hielten und sich womöglich noch gegenseitig bedauerten.

„Weil ich in Ruhe mit Ihnen reden wollte", entgegnete Sabrina prompt. „Auf der Vernissage ... zwischen all den Leuten ... das erschien mir irgendwie – unpassend."

„Und auf der Ölgangsinsel wäre es Ihnen passender erschienen?", fragte Anna mit hochgezogenen Augenbrauen nach. Was war denn das für eine Logik?

„Dort wären wir eben ungestört gewesen", entgegnete Sabrina. „Ich dachte, wenn wir in Ruhe miteinander sprechen ..."

„Dass ich Frank anrufe und ihm sage, er soll alles wegwerfen, was irgendwie mit mir zu tun haben könnte? Also bitte ..." Verärgert schüttelte Anna den Kopf und nahm jetzt auch einen Schluck Kaffee. Ein Bier wäre ihr gerade lieber gewesen. Andererseits musste sie einen klaren Kopf behalten, schließlich ging es hier nicht um ein Eifersuchtsdrama, sondern um einen Mord. Und in diese Richtung musste sie langsam das Gespräch lenken.

Sabrina schüttelte den Kopf. „Nein, natürlich nicht. Ich weiß ja selbst nicht, was genau ich erwartet habe – ich hatte einfach das Gefühl, mit Ihnen reden zu müssen, um nicht irgendwann zu platzen in diesem Anna-Museum."

Die Malerin seufzte leise. „Frank ist ein Mann", sagte sie möglichst ruhig. „Ihm wird überhaupt nicht bewusst sein, wie manche Dinge in seiner Wohnung auf Sie wirken. *Er* ist derjenige, mit dem Sie reden müssen, nicht ich." Sie atmete tief durch, als ihr bewusst wurde, was sie hier gerade tat. Weshalb versuchte sie, ihrer Nachfolgerin Ratschläge zu geben, wenn jeder Gedanke an Frank noch immer schmerzte? Und vor allem, wenn sie eigentlich eine ganz andere Frage zu klären hatte. „Und was haben Sie gemacht, nachdem Sie sicher sein konnten, dass ich zur Ölgangsinsel fahren würde?", erkundigte sie sich.

Sabrina blickte wieder angestrengt in ihre Kaffeetasse, rührte aber zumindest nicht mehr darin. „Ich habe dort auf Sie gewartet", sagte sie. „Ich hatte etwas abseits geparkt, vorsichtshalber, obwohl Sie meinen Wagen eigentlich nicht kennen konnten ... und dann habe ich Ihr Auto kommen sehen, das ist ja leicht zu erkennen, und beobachtet, wie Sie ausstiegen und auf die Ölgangsinsel gingen."

„Und dann sind Sie mir gefolgt", warf Anna ein. Das hätte zumindest zu Sabrinas bisheriger Geschichte gepasst – allerdings nicht zu Annas Idee, dass die andere Frau sie in den Mord verstricken wollte. Denn dann wäre es sinnvoll gewesen, wenn nur Anna selbst von einem zufälligen Beobachter in der Nähe der Ölgangsinsel gesehen worden wäre.

„Nein." Sabrina sah sie endlich direkt an, wenn auch nur für ein paar Sekunden, ehe sie den Blick wieder senkte. „Ich kam mir in diesem Moment so albern vor ... Ich bin stattdessen in meinen Wagen gestiegen und nach Hause gefahren."

„Und sonst nichts?" Anna schüttelte irritiert den Kopf. Das „Nein" war ihr absolut ehrlich vorgekommen. Sabrina war ihr nicht gefolgt. Aber stimmte der Rest auch?

„Sonst nichts, natürlich nicht." Sabrina sah nicht auf. Das mochte Schüchternheit sein, aber ebenso gut konnte es darauf hindeuten, dass sie log. Was hatte ihr Gegenüber zu verbergen?

„Was sagt Ihnen denn der Name Lanski?", wechselte Anna das Thema.

Sabrina schüttelte fragend den Kopf. „Nichts, wer soll das sein?"

„Der Mann, mit dem Sie auf der Vernissage gestritten haben", gab Anna einen Schuss ins Blaue ab. Wenn sie selbst nur diesen Streit mitbekommen hätte! Dann wüsste sie jetzt, ob Sabrina wirklich die Hauptverdächtige war … oder vielleicht noch eine andere Frau im Spiel war.

Jetzt sah Sabrina wieder auf und schüttelte, eindeutig verwirrt, den Kopf. „Ich habe mich nicht gestritten, weder auf der Vernissage noch sonst an diesem Abend. Ich streite mich nicht mit anderen Menschen."

„Wenn das stimmt, haben Sie sicher nichts gegen eine Gegenüberstellung mit dem Zeugen dieses Streites", warf Anna ein.

Zu ihrem Erstaunen nickte Sabrina sofort. „Kein Problem, ich weiß ja, dass ich mich mit niemandem gestritten habe. Aber wie stellen Sie sich das vor? Und worum geht es hier überhaupt? Doch nicht um meine Beziehung zu Frank, oder?"

„Um einen Mord, der nach der Vernissage geschehen ist", entgegnete Anna. „Wir gehen zusammen zur Polizei, Sie erzählen Ihre Geschichte, und die holen den Zeugen dazu." Zumindest stellte sie sich dieses Vorgehen als am sinnvollsten vor.

Sabrina warf einen Blick auf die Uhr und schüttelte den Kopf. „Es ist schon spät, wir wissen nicht einmal, ob die Polizisten noch arbeiten. Und wenn wir dann noch darauf warten müssen, dass dieser Zeuge auftaucht … ich habe heute noch etwas anderes vor." Mit einem Mal war ihre ruhige Selbstsicherheit zurückgekehrt. Jetzt, wo sie wusste, worum es ging, schien sie sich keine Sorgen mehr zu machen. Ob sie mit dem Streit – und dem Mord an Lanski – wirklich nichts zu tun hatte? Aber Anna wurde das Gefühl nicht los, dass da noch mehr war, dass Sabrina nicht die ganze Wahrheit gesagt hatte. Hatte sie nahe der Ölgangsinsel etwas gesehen, das sie verschwieg?

„Dann rufen wir jetzt die Oberkommissarin Richards an und fragen, ob sie noch im Büro ist und den Zeugen zügig dorthin bringen lassen kann", schlug Anna vor und zog ihr Handy aus der Tasche.

Sabrina nickte. „Das ist eine gute Idee. Wenn es heute nicht mehr geht, können Sie ja einen Termin für morgen vereinbaren – möglichst am Nachmittag, ich arbeite bis halb zwei."

Anna fragte nicht nach, wo ihr Gegenüber arbeitete. Vermutlich in einer Bank, dachte sie – aber eigentlich war ihr das egal. Sie legte keinen Wert darauf, Franks Neue näher kennenzulernen. Das einzig Interessante an dieser Frau war die Frage, welche Rolle sie in dem Mordfall spielte – und ob sie Anna zur Ölgangsinsel gelotst hatte, um sie in den Fall zu verwickeln, oder ob jemand anders diese Situation zufällig mitbekommen und ausgenutzt hatte.

Sie ließ sich zu Oberkommissarin Richards durchstellen, die erwartungsgemäß noch im Büro war – und genauso unfreundlich klang wie in den bisherigen Gesprächen. „Ich sitze hier gerade mit Sabrina von Werth, die ebenfalls auf der Vernissage war", erklärte Anna ihr. „Und danach genau wie ich zur Ölgangsinsel gefahren ist." Sie hörte, wie die Polizistin scharf einatmete. „Außerdem gibt sie an, sich auf der Vernissage nicht mit Lanski gestritten zu haben, und möchte das gerne durch eine Gegenüberstellung beweisen."

Einen Moment lang schwieg Frau Richards. „Wir haben den Zeugen gerade nach Hause geschickt, nachdem er ziemlich lange mit dem Zeichner an einem Phantombild gesessen hat – er fand die Frau wohl zu unauffällig, um sich genau an sie zu erinnern", sagte sie dann.

„Kommt mir bekannt vor", murmelte Anna mit einem raschen Seitenblick auf Sabrina. Ja, ‚unauffällig' traf es genau. „Können Sie ihn denn noch einmal zurückholen, oder sollen wir lieber morgen Nachmittag zu Ihnen kommen?"

„Ich erwarte Sie beide in einer halben Stunde hier", entgegnete die Oberkommissarin hastig. „Seien Sie pünktlich, wir wollen auch mal Feierabend machen."

Anna warf einen Blick auf die Uhr, nachdem sie aufgelegt hatte. „In einer halben Stunde im Polizeipräsidium", sagte sie und steckte das Handy wieder in die Tasche. „Die Leiterin der Ermittlungen lässt den Zeugen holen."

„Dann können wir noch in Ruhe unseren Kaffee austrinken", bemerkte Sabrina und nahm einen kleinen Schluck. Mit einem Mal schien sie wieder die Ruhe selbst zu sein. Nein, diese Frau hatte sich nicht mit Lanski gestritten. Und ihn vermutlich auch nicht ermordet. Aber was hatte sie dann zu verbergen? Anna konnte nur hoffen, dass die Oberkommissarin das herausfand. Auch wenn sie Frau Richards eigentlich nicht über den Weg traute.

Als sie in Sabrinas Wagen stiegen, nahm Anna wieder den Geruch nach Menthol-Zigaretten wahr. Sie konnte nicht verhindern, dass ihr ein Schauer über den Rücken lief – was, wenn diese höfliche, ein wenig schüchterne Frau neben ihr in Wahrheit doch eine Killerin war? Anna hatte nichts dabei, um sich zu schützen; selbst ihr Taschenmesser und natürlich das Pfefferspray waren in der anderen Tasche, die sie noch immer nicht von der Polizei zurückbekommen hatte. Und von den meisten Kampfsportarten kannte sie nicht einmal den Namen, geschweige denn die eine oder andere sinnvolle Technik zur Selbstverteidigung. Eine wirklich durchdachte Strategie, dachte Anna und legte unauffällig die rechte Hand auf den Türöffner, sah anders aus.

Aber trotz des Grummelns in ihrem Magen geschah nichts. Sabrina fuhr auf dem schnellsten Weg – soweit es mitten in Neuss, zwischen Feierabendverkehr und Aufbruch zu den abendlichen Feiern, in Restaurants und Kinos möglich war – zum Polizeipräsidium, stellte den Wagen dort vorschriftsgemäß ab und folgte Anna ohne zu zögern zu Oberkommissarin Richards.

Die knurrte missmutig „Herein!", als die Malerin klopfte. „Ach, Sie sind's. Zwei Minuten zu spät."

„Wenn Sie mir endlich meinen Wagen zurückgeben würden, könnte ich auch pünktlicher kommen!", entgegnete Anna. Diese Polizistin sollte lieber mal ein bisschen Dankbarkeit dafür zeigen, dass sie ihr die Arbeit abnahm und ihr eine Verdächtige auf dem Silbertablett präsentierte, anstatt sich zu beschweren, dass sie nun zwei Minuten später Feierabend machen konnte. „Ist der Zeuge überhaupt schon wieder hier?"

„Der wartet bereits." Frau Richards stand auf. „Kommen Sie mal mit. Beide."

Während Anna ein paar Zimmer weiter auf dem Flur warten musste, nahm Kommissar Brenner Sabrinas Personalien auf, soweit Anna das mitbekam. Er verkniff sich bei Annas Anblick jedes anzügliche Grinsen, was sie ihm hoch anrechnete. Vielleicht würde Oberkommissarin Richards ja wirklich nichts von Annas peinlicher Begegnung mit Lanskis Nachbarin erfahren.

Dann ging es weiter zum nächsten Raum, in dem offensichtlich die Gegenüberstellung stattfinden sollte. Anna wollte Frau Richards folgen, wurde aber von Brenner in die andere Richtung gelotst. Sie schluckte, als ihr bewusst wurde, was das bedeutete. Auch sie würde diesem Zeugen präsentiert werden. Hoffentlich erinnerte sich der Mann wirklich noch, was er gesehen hatte, und nicht nur daran, dass er Annas rote Haare schon einmal bemerkt hatte!

Die Gegenüberstellung verlief genau wie in einem Fernsehkrimi. Anna bekam die Nummer 1, zwischen ihr und Sabrina standen zwei weitere Frauen, die ihnen beiden nicht wirklich ähnlich sahen, ebenso wenig wie die fünfte und sechste Frau. Obwohl auch sie als ‚unauffällig' durchgehen konnten. Ganz normale junge Frauen eben, nicht sonderlich dick oder dünn, weder besonders groß noch ungewöhnlich klein, mittellange Haare … Vielleicht, gestand sich Anna schließlich ein, passte die Zusammensetzung der Gruppe ja doch irgendwie. Möglicherweise wusste zumindest einer der Polizisten hier, was er tat, und versuchte nicht nur alles, um Anna zu belasten.

Dennoch war sie froh, als es vorbei war. „Frau Berg, er hat Sie eindeutig als ‚diese merkwürdige Malerin' identifiziert", erklärte die Oberkommissarin und konnte nicht verhindern, dass ein süffisantes Lächeln dabei ihre Mundwinkel umspielte,

„aber Sie hatten auf der Vernissage zumindest in seinem Beisein keinen Streit mit Lanski. Frau von Werth, auch Sie hat der Zeuge nicht als die Frau erkannt, die mit dem Mordopfer gestritten hat."

„Gibt es nicht ein Phantombild?", fragte Sabrina nach. „Vielleicht können Sie uns das einmal zeigen, schließlich kennen wir einige der Besucher der Vernissage ..."

Frau Richards lachte kurz auf. „Das wäre ja noch schöner. Damit Sie womöglich Ihre Bekannten vorwarnen können ... Danke, aber wir werden uns nach der Gesuchten lieber bei Personen erkundigen, die weniger stark in diesen Fall involviert sind. Apropos", sie nickte Anna zu, „Ihren Wagen können Sie nachher wieder mitnehmen. Der ist ... *sauber.*" Sie betonte das Wort so merkwürdig und gestattete sich dabei einen Moment lang ein breites Grinsen, dass Anna irritiert aufsah.

„Heißt das, ich kann jetzt gehen?", fragte die Malerin nach.

„Das heißt, Sie können *nachher* gehen, wenn Sie unsere Fragen beantwortet haben", entgegnete die Oberkommissarin. „Brenner, kümmern Sie sich doch um Frau Berg, ich gehe mit Frau von Werth nach nebenan."

Anna atmete tief durch. Das war doch reine Schikane – was sollte sie denn jetzt noch beantworten, was die Polizisten nicht längst schon gefragt hatten? Bei dem Gespräch im Nachbarraum hätte sie allerdings nur zu gerne Mäuschen gespielt. Bestimmt wurde Sabrina mit Samthandschuhen angefasst, nur weil sie einen interessanten Namen trug und offensichtlich alles andere als arm war.

„Setzen Sie sich bitte", Brenner zog einen Stuhl vom Tisch zurück und deutete darauf, ehe er sich selbst auf den gegenüberliegenden Platz setzte. Welch ein Klischee!

Anna versuchte, dennoch gute Miene zum bösen Spiel zu machen. Es brachte nichts, den Mann zu verärgern. Der saß am längeren Hebel. Und bisher hatte er es nicht darauf angelegt, ihr zu schaden. Eigentlich machte er einen ganz netten Eindruck … aber davon durfte sie sich nicht täuschen lassen. Wenn er es darauf anlegte, würde sie die Nacht hier im Verhörzimmer oder schlimmstenfalls in einer Zelle verbringen. Und das alles nur, weil sie zufällig – oder auch sehr geplant, wie die Oberkommissarin jetzt wohl gerade von Sabrina erfuhr – zur falschen Zeit am falschen Ort gewesen war.

„Ich hoffe, es dauert nicht zu lange", bemerkte sie dennoch. „Meine Katze braucht bald wieder etwas zu fressen."

„Ihre Katze kann sicher noch eine Weile ohne Sie auskommen", bemerkte Brenner. Dass er dabei schmunzelte, ließ ihn sympathischer wirken als erwartet, im Gegensatz zu Frau Richards, bei der Anna jedes Lächeln spöttisch, manchmal fast höhnisch erschien. Aber dass der Mann eigentlich nett wirkte, war Anna ja schon mehrfach aufgefallen. Schade nur, dass er keinen normalen Job hatte, sondern ausgerechnet hier bei der Mordkommission arbeiten musste. Und damit automatisch ihr Gegner war, solange die Polizei noch immer nicht überzeugt war, dass Anna nichts mit dem Mord zu tun hatte.

„Vielleicht können wir dennoch zügig die Fragen durchgehen", entgegnete sie. „Schließlich wollen Sie auch mal Feierabend machen."

Er nickte und konnte sich einen Seufzer nicht verkneifen. „Feierabende sind während Mordermittlungen Luxus", antwortete er. „Aber kommen wir mal zu den offenen Fragen ..."

Je mehr Fragen er stellte, desto stärker hatte Anna das Gefühl, dass er sie nur hinhielt. Die Geschehnisse in der Mordnacht – das hatte sie alles schon beantwortet. Die Vernissage – auch hier gab es keine neuen Fragen. Endlich kam er darauf zu sprechen, wie sie Sabrina von Werth gefunden hatte und in welcher Beziehung Anna zu der anderen Frau stand.

„In gar keiner", antworte sie. „Wie ich Ihnen gerade bereits erklärt habe, habe ich Sabrina auf der Vernissage kennengelernt."

„Sie haben aber nicht Ihre Kontaktdaten ausgetauscht", hakte Brenner nach.

Anna berichtete daraufhin noch einmal genau, wie sie die andere ausfindig gemacht hatte – und dass ihr vorher selbstverständlich nicht klar gewesen sei, dass Sabrina Franks neue Freundin war.

„Ein merkwürdiger Zufall, finden Sie nicht?",
bemerkte Brenner.

Anna schüttelte entschieden den Kopf. „Nein,
weder merkwürdig noch Zufall. Sabrina von Werth
hat es ja darauf angelegt, mich kennenzulernen.
Und mich zur Ölgangsinsel zu lotsen – angeblich,
um dort in Ruhe mit mir zu sprechen. Ich glaube
ihr sogar, dass sie mit dem Mord an Lanski nichts
zu tun hat – aber das heißt nicht, dass ich allem
anderen glauben würde, was sie mir gegenüber
behauptet hat."

„Was Sie glauben, ist leider wenig hilfreich für
unsere Ermittlungen", bemerkte er. Sein leises
Lächeln nahm den Worten die Spitze. „Nichtsdestotrotz könnten Sie recht haben. Ich habe jedenfalls schon eine Idee, was sie Ihnen verschwiegen
haben könnte. Aber das wird Frau von Werth
Ihnen sicherlich gleich selbst sagen wollen."

„Ist sie schwanger?", platzte Anna heraus. Das
war auf Anhieb das Schlimmste, was ihr einfiel.
Wobei – weshalb eigentlich? Sie hatte nie Kinder
gewollt, die Rolle als Hausfrau und Mutter lag ihr
nicht – vermutete sie zumindest. Warum sollte
Franks Neue nicht schwanger werden dürfen?

Jetzt war es an Brenner, verblüfft auszusehen.
„Nicht, dass ich wüsste", antwortete er. „Haben Sie
denn Anlass zu dieser Vermutung?"

Anna schüttelte den Kopf. „Nein, das nicht. Ich
hatte nur Ihre Bemerkung so verstanden …"

Der Kommissar grinste jetzt breit. „Dann haben
Sie mich völlig falsch verstanden. Aber davon ab-

gesehen", er warf einen Blick auf die Uhr, „lassen Sie uns doch noch mal auf Ihre bisherigen Kontakte mit Lanski kommen ..."

Anna wusste nicht einmal, ob sie sich ärgern sollte, dass er sie so offensichtlich hinhielt, oder Genugtuung empfinden, dass auch er als Polizist so leicht zu durchschauen war. Auf alle Fälle erklärte sie ihm bereitwillig, dass sie mit Lanski früher nichts zu tun gehabt hatte, er höchstens vor vielen Jahren mal einen Bericht über eine ihrer Ausstellungen geschrieben habe, aber so genau könne sie sich daran nicht mehr erinnern. Bei der Gelegenheit fiel ihr wieder ein, dass sie auch bei der Volontärin, Franzi Sander, das Gefühl gehabt hatte, schon mal mit ihr gesprochen zu haben – eigentlich müsste sie mal in ihren Unterlagen nachsehen, ob die junge Frau sie irgendwann interviewt hatte. Es wäre mehr als peinlich, wenn Frau Sander sich daran noch erinnerte und Anna nicht. Und so lange konnte es schließlich noch nicht her sein, so jung, wie die Volontärin noch war.

Auf alle Fälle wirkte Brenner ebenso erleichtert wie Anna, als die Tür aufging und Frau Richards mit Sabrina im Schlepptau hereinkam. Franks Neue wirkte alles andere als glücklich – hatte sie etwa doch etwas mit dem Mord zu tun? Unwillkürlich versteifte sich Anna. Wenn sie daran dachte, dass sie zu dieser Frau in den Wagen gestiegen war, ohne sich vorher wirklich Gedanken darüber zu machen ...

„Frau Berg, Frau von Werth hat Ihnen etwas zu erklären", bemerkte die Oberkommissarin, setzte sich neben Brenner, warf eine Mappe auf den Tisch und lehnte sich zurück, die Arme erwartungsvoll überkreuzt.

„Ich muss mich bei Ihnen entschuldigen." Sabrina blieb stehen, warf einen Blick auf den Stuhl, zog ihn dann hastig zurück und setzte sich auf die Kante, halb zu Anna gedreht. „Eben habe ich Ihnen nicht die ganze Wahrheit gesagt."

„Das habe ich gemerkt", entgegnete die Malerin barscher als beabsichtigt. „Dann ist es jetzt wohl an der Zeit, das zu ergänzen, was Sie mir vorhin verschwiegen haben."

Hilfesuchend warf Sabrina einen Blick zu Frau Richards, die die Augenbrauen hochzog, ein Foto aus der Pappmappe fischte und es vor Anna auf den Tisch warf. „Ihr Wagen", erklärte die Oberkommissarin überflüssigerweise.

„Das sehe ich selbst", entgegnete Anna schnippisch, ehe sie begriff, was sie dort eigentlich sah. Natürlich war das ihr Wagen, mit den Werbe-Aufklebern war er unschwer zu erkennen. Aber als sie ihn am Abend des Mordes in der Nähe der Ölgangsinsel abgestellt hatte, war er ansonsten nicht weiter auffällig gewesen. Jetzt prangte auf den Seitenfenstern und dem schwarzen Lack der Türen in riesigen roten Lettern das Wort „Schlampe". Einen Moment lang glaubte sie, nicht mehr atmen zu können. Wer ... Dann begriff sie.

„Du verdammte ...", fauchte sie Sabrina an. „Wie kannst du es nur wagen ..." Sie warf sich, noch immer fassungslos, in ihrem Stuhl zurück, dessen Lehne verdächtig knackte. „Sag mal, hast du sie eigentlich noch alle? Deine Probleme mit Frank auf diese Weise auszuleben?" Kopfschüttelnd sah sie ihre Nachfolgerin an. „Da wirst du aber verdammt lange dran zu schrubben haben, bis du den Lippenstift – oder was auch immer das ist – wieder abgewaschen hast!"

„Sprühlack", flüsterte Sabrina. Ihr Blick fixierte den Boden zwischen ihren Füßen.

In diesem Moment sah Anna das nächste Gemälde klar vor sich, und es war kein Stück friedlicher als die Bilder, die gerade in Saschas Galerie hingen. Sie stieß ihren Stuhl zurück. „Ich verlange, dass Sie mich nach Hause bringen, und zwar sofort! Sie sehen doch wohl, dass ich hier das Opfer bin und nicht die Täterin!"

„Sie können natürlich Anzeige erstatten." Frau Richards lehnte wieder lässig in ihrem Stuhl. „Allerdings hat Frau von Werth bereits erklärt, dass sie für die Reinigung und Neulackierung Ihres Wagens aufkäme. In Anbetracht des Alters Ihres Autos klingt das für mich nach einem guten Geschäft." Sie holte Annas Autoschlüssel aus der Mappe und legte ihn vor der Malerin auf den Tisch. „Im Übrigen können Sie den Wagen jetzt zurückhaben, die Spurensicherung ist fertig damit."

Anna spürte, wie sich ihre Wut in Ohnmacht verwandelte. Was machten diese Leute hier mit ihr? „Was soll ich denn bitte sehr mit einem Wagen, der so aussieht? Damit kann ich doch nicht durch Neuss fahren!", entgegnete sie dennoch scharf. Sie durfte ihre Wut nicht zügeln, sonst würde sie jeden Moment in Tränen ausbrechen.

„Gib mir den Schlüssel", sagte Sabrina leise. „Ich kümmere mich darum. Spätestens übermorgen bekommst du den Wagen zurück, und ich verspreche dir, er sieht mindestens so gut aus wie vorher. Und jetzt fahre ich dich nach Hause."

„Es gibt Busse, danke", entgegnete Anna scharf und stand auf. „Ich denke, ich kann jetzt gehen?"

Ohne sich noch einmal umzudrehen, griff sie nach ihrer Umhängetasche, verließ den Raum und schlug die Tür hinter sich zu. Auf dem Flur entschied sie sich kurzerhand, nach links zu gehen, und merkte erst im nächsten Treppenhaus, dass sie vorher aus der anderen Richtung gekommen war. Aber egal. Sie musste keinen bestimmten Ort ansteuern, Bushaltestellen würde sie überall finden. Das war das Schöne an einer größeren Stadt wie Neuss – man kam auch ohne Wagen von hier nach dort. Zumindest, solange man ohne Katze unterwegs war.

Ob die Kleine Hunger hatte?, überlegte sie, während sie die Treppen hinunterlief. Jetzt würde sie das Kätzchen morgen Nachmittag doch wieder mit dem Bus transportieren müssen. Oder sie wartete bis Samstag, wenn sie hoffentlich tatsächlich ihren Wagen zurückbekam, und fuhr dann erst zum Tierheim. Dann durfte sie aber heute Nacht nicht wieder vergessen, ihre Schlafzimmertür von innen abzuschließen, um nicht wieder von diesem Fellbündel geweckt zu werden …

Erst als sie die Tür nach draußen aufstieß und begriff, dass es schon dunkel geworden war, kamen die Gedanken an ihren Wagen wieder zurück. Wie konnte diese Sabrina nur …

„Einen Moment bitte noch, Frau Berg." Aus der Dunkelheit trat Brenner auf sie zu. Offensichtlich hatte er einen kürzeren Weg gewählt. Aber wie sollte man sich in diesem riesigen Gebäude auch nicht verlaufen, wenn man nicht jeden Tag hier war?

„Ich denke, ich kann gehen", entgegnete sie. Mit einem Mal spürte Anna, wie die Wut wieder der Angst wich, dass die Polizei noch einen letzten Trumpf im Ärmel hatte. Hatte Sabrina Frau Richards etwa eine andere Geschichte erzählt als ihr? War sie nun doch wieder verdächtig, nachdem sie alles getan hatte, um aufzuklären, weshalb sie nach dem Mord am Tatort gewesen war?

„Natürlich können Sie das", antwortete er ruhig. „Ich denke nur, es wird Sie interessieren zu erfahren, dass Frau von Werth eine befriedigende Erklärung für Ihre Anwesenheit auf der Ölgangsinsel liefern konnte. In gewisser Weise bestätigt sie Ihr Alibi – laut Frau von Werths Aussage haben Sie erst gegen Viertel vor zwölf Ihren Wagen dort in der Nähe abgestellt. Das passt zur Aussage Ihres

Galeristen, dass Sie die Vernissage gegen Viertel nach elf, halb zwölf verlassen haben. Zu dem Zeitpunkt war Lanski vermutlich bereits tot."

„Wann ist der Mord denn geschehen?", erkundigte sich Anna und wunderte sich erst danach, weshalb sie das überhaupt interessierte.

„Das darf ich Ihnen nicht sagen ...", begann Brenner.

„Aus ermittlungstaktischen Gründen", warf Anna ein.

Er nickte. „Ich sehe, wir verstehen uns. Außerdem sind Sie nun sowieso nicht mehr involviert. Ich denke, und das sieht meine Chefin genauso, dass kein Bedarf mehr bestehen wird, Sie noch einmal zu befragen – und falls uns doch noch etwas einfällt, können wir das sicherlich telefonisch klären. Ich gehe davon aus, dass Ihnen das lieber ist, als sich noch einmal hierher bemühen zu müssen."

„Immerhin könnte ich das ja ab nächster Woche wieder mit dem Wagen – und nicht nur mit dem Bus", entgegnete Anna mit unverhohlenem Sarkasmus. Jetzt fühlte sie sich plötzlich wieder wie ein Mensch behandelt, nicht wie eine Verdächtige, die kaum eine Möglichkeit hatte, ihre Unschuld zu beweisen. Aber die letzten Tage hatten ihr deutlich gezeigt, wie schmal der Grat zwischen dem Status einer Zeugin und dem einer Verdächtigen war. Sie konnte nur hoffen, dass dieser Mord bald aufgeklärt und sie für den Rest ihres Lebens nie wieder in die Nähe einer Leiche kommen würde.

„Vermutlich hat einfach jemand die Gelegenheit genutzt, dass Sie dort hinfahren wollten", sagte Brenner und reichte ihr zum Abschied die Hand, die angenehm warm ihre Finger umfasste. „Ihr Wagen ist auffällig, Ihre Haare und der rote Schal ebenso – vielleicht waren Sie einfach eine willkommene Verdächtige."

Genau das hatte sie ja von Anfang an vermutet, dachte Anna, als sie sich auf den Weg zur nächsten Bushaltestelle machte. Dennoch hatte Brenner sie auf einen neuen Gedanken gebracht. Wer, außer Sabrina, konnte geahnt haben, dass sie an diesem Abend zu Ölgangsinsel fahren würde? Die Antwort war einfach – nur jemand, der auch auf der Vernissage gewesen war. Und das wiederum bedeutete, dass sie noch einmal Saschas Fotos durchgehen musste – und danach mit Franzi Sander sprechen, um an Lanskis Aufnahmen von der Vernissage zu kommen.

Anna schluckte. Wenn sie die Bürgermeister und deren Sekretärinnen sowie die Lokalreporter ausschloss, dann blieben außer den wenigen zufälligen Besuchern der Vernissage nur Saschas und ihre eigenen Bekannten übrig. Und das war wahrhaftig kein angenehmer Gedanke.

## Kapitel Zwölf

Am nächsten Morgen erwachte Anna wider Erwarten gut ausgeruht – und ohne die befürchtete Schnupfennase, nachdem sie ihre Zimmertür über Nacht von innen verschlossen hatte. Wenn sie diesem Fellbündel jetzt noch beibringen könnte, sich ausschließlich auf dem Balkon oder in dem Mini-Gärtchen hinter dem Haus aufzuhalten ... Aber nein, das wäre höchstens eine Lösung für den Sommer. Und der war wirklich eindeutig vorüber, ohne Jacke konnte sie schon seit Wochen nicht mehr das Haus verlassen. Heute Nachmittag würde sie die Kleine im Tierheim abgeben, und fertig.

Kurz entschlossen stand sie auf, brachte der Katze Essen und Trinken, machte sich selbst Frühstück auf dem Balkon, wo es sich in Bademantel und dicker Wolljacke zum Glück heute aushalten ließ, und stellte sich danach unter die Dusche, nur für den Fall, dass sie doch irgendwo mit Katzenhaaren in Berührung gekommen sein sollte. Als sie sich angezogen und von dem Fellknäuel verabschiedet hatte, das sich natürlich im letzten Moment noch an ihren Hosenbeinen reiben musste, lief ihre Nase immer noch nicht. Aber zur Not hatte sie auch genügend Taschentücher dabei.

Erst auf dem Weg zur Bushaltestelle überlegte Anna, wohin sie zuerst fahren sollte. Ob Sascha schon in der Galerie war? Oder sollte sie zuerst zum Neusser Lokalkurier gehen und versuchen, über Franzi Sander an Lanskis Fotos zu kommen? Auch wenn Anna einen Anflug von schlechtem Gewissen verspürte, die junge Volontärin so in diese Geschichte hineinzuziehen – es diente schließlich einer guten Sache. Und solange die Polizei ihre Zeit auf falschen Fährten vertrödelte, blieb Anna gar nichts anderes übrig, als sich darum zu kümmern, dass keine wichtigen Spuren außer Acht gelassen wurden. Zumal sie noch immer nicht hundertprozentig davon überzeugt war, dass Oberkommissarin Richards wirklich nichts mit dem Mord zu tun hatte. Und Brenner – der machte zwar einen deutlich sympathischeren Eindruck, war und blieb aber der Assistent, der sicherlich nichts gegen den Willen seiner Chefin tun würde. Nein, wenn Anna sich ein für alle Mal von diesem Verdacht freiwaschen wollte, musste sie sich selbst darum kümmern.

Zuerst wählte sie die Nummer der Galerie, doch Sascha war, wie befürchtet, noch nicht dort. Dafür ging Franzi Sander schon beim zweiten Klingeln ans Telefon.

„Guten Morgen, Frau Sander, Anna Berg hier", meldete sich Anna. „Sagen Sie, hätten Sie Zeit für ein Gespräch? Wenn Sie mögen, bringe ich Bröt-

chen mit ..." Auch wenn sie eigentlich schon gefrühstückt hatte, war ein gemeinsames Essen immer eine gute Basis für eine vertrauensvolle Zu-
sammenarbeit. Und die brauchte sie, wenn die
junge Frau ihr mal eben die Unterlagen oder die
Kamera des Mordopfers überlassen sollte – und
das möglichst, ohne dass die Polizei davon erfuhr.

„Ach, das ist eine gute Idee", stimmte die Volontärin erfreut zu. „Lassen Sie mich mal sehen ...
Marsch hat um zehn eine Sitzung im Rathaus, da
wird er vorher nicht mehr ins Büro kommen. Frau
Fischer interviewt laut ihrem Kalender ein Ehepaar zur Goldenen Hochzeit, danach den neuen
Café-Inhaber ... das dürfte auch noch dauern, bis
sie wieder hier ist. Wenn Sie jetzt Zeit hätten ..."

„Ich bin schon auf dem Weg", antwortete Anna
rasch. „In einer Viertelstunde könnte ich bei Ihnen
sein."

„Wenn Sie wirklich Brötchen holen wollen ...",
die junge Frau zögerte, „für mich vielleicht lieber
etwas Süßes? Ich habe eben schon gefrühstückt."

„Schon überzeugt", stimmte Anna ihr grinsend
zu. Franzi Sander hatte offensichtlich verstanden,
welchen eigentlichen Sinn das vorgeschlagene
Frühstück hatte. Und vielleicht hatte auch die
Volontärin einen eigenen Hintergedanken dabei –
wollte sie von ihr Informationen bekommen, um
einen eigenen großen Artikel über den Fall zu
schreiben? Andererseits – was sprach gegen ein
wenig Ehrgeiz? Gerade dieser schüchternen, un-
scheinbaren Franzi Sander konnte das nichts

schaden. Wenn der Fall erst gelöst war, würde Anna ihr gerne alles ganz genau erzählen. Nur momentan war das noch nicht ganz so leicht. Erst recht nicht vor dem Hintergrund, dass vielleicht – vermutlich – einer von Saschas oder ihren eigenen Bekannten in den Mordfall verwickelt war.

Anna spürte wieder, wie ihr Magen sich bei diesem Gedanken zusammenzog. Sie konnte sich beim besten Willen nicht vorstellen, dass einer der Menschen, mit denen sie bei der Vernissage geplaudert hatte, etwas mit diesem Verbrechen zu tun hatte. Zumindest keiner von ihren eigenen Bekannten. Andererseits war sie sich sicher, dass Sascha genau dasselbe über die Personen auf seiner Einladungsliste sagen würde. Und doch – wenn es sich nicht um einen absolut unwahrscheinlichen Zufall handelte, musste der Mörder bei der Vernissage gewesen sein. Vielleicht hatte er – oder sie – mit Anna gesprochen, ihr vielleicht die Hand gereicht, mit der er später den Stein hielt, um Lanski zu erschlagen ... Sie konnte nicht länger darüber nachdenken.

Bei der nächsten Bäckerei, die in Sicht kam, kaufte sie eine Auswahl an süßen Kleinigkeiten, die man auch nach einem ausreichenden Frühstück noch gut naschen konnte; vermutlich viel zu viel, doch irgendwie hatte sie das Gefühl, dass sie für den heutigen Tag gar nicht genug süße Nervennahrung bereithalten konnte.

Die Volontärin winkte ihr schon aus dem Fenster zu, als Anna auf das Gebäude zuging, in dem der Neusser Lokalkurier untergebracht war. „Kräftig drücken", rief sie. „Die Tür hakt manchmal ein bisschen."

Nachdem Anna mit mehr Schwung als nötig die Haustür aufgedrückt hatte, stieg sie in den ersten Stock, wo Franzi Sander schon die Tür zur Redaktion offenhielt. „Schön, dass Sie es so schnell einrichten konnten", sagte die junge Frau und warf einen neugierigen Blick in Richtung des eingepackten Kuchentabletts, auf dem die Bäckereiverkäuferin Annas Auswahl platziert hatte. „Ich habe schon Kaffee gemacht ..." In der Teeküche, zu der sie die Malerin dirigierte, war kaum genug Platz für den Tisch und die drei Stühle, von denen Franzi Sander nun zwei zurückschob. „Setzen Sie sich doch. Wie trinken Sie Ihren Kaffee?"

„Schwarz, danke", antwortete Anna. Sie sah sich in dem schmalen Raum um, während die Volontärin die Kaffeekanne holte. Nichts Persönliches war an den Wänden oder auf den Fensterbänken zu sehen, nicht einmal eine Pflanze – das hier schien tatsächlich ein Raum zu sein, in dem sich niemand lange aufhielt. Wofür auch die Anzahl der Stühle sprach – schließlich hatten bis vor Kurzem noch vier Menschen hier gearbeitet. Oder hatte Marsch nach Lanskis Tod den nun überflüssig gewordenen Sitzplatz entfernen lassen?

Aber deshalb war sie nicht hier. Während sie schweigend Kaffee tranken, Nussecken und Schokokringel aßen, überlegte Anna, wie sie am geschicktesten das Gespräch auf Lanskis Fotos aus der Mordnacht bringen könnte. Doch das erwies sich als einfacher als erwartet.

„Hat die Polizei denn inzwischen neue Spuren?", erkundigte sich Frau Sander im Plauderton, während sie die zweite Makrone sichtlich genoss.

„Es gab eine Verdächtige", antwortete Anna. „Aber die ist inzwischen schon fast nicht mehr aktuell. Sie war zwar zur richtigen Zeit am richtigen Ort, hatte aber kein Motiv." Dass diese Beschreibung sowohl auf Sabrina als auch auf sie selbst zutraf, fiel Anna erst danach auf.

„Das klingt noch nicht wirklich vielversprechend", bemerkte die Volontärin. „Schade, ich hatte gehofft, dass es vielleicht schon mehr zu berichten gäbe ... wissen Sie ... sonst schreibe ich hier ja immer nur über Taubenzüchtervereine und vielleicht mal einen Verkehrsunfall. Dabei geschehen hier so viele interessante Dinge – man muss sie nur entdecken."

„Nun, *interessant* würde ich einen Mord nicht nennen", entgegnete Anna und merkte im selben Moment, wie oberlehrerhaft sie klang. „Aber natürlich haben Sie recht", fügte sie rasch hinzu. „Wir beide lassen uns ja in unserer Arbeit von der Realität inspirieren, nur dass ich etwas hinzuerfinden darf, wo es im wirklichen Leben keine Antworten gibt oder diese Antworten zu langweilig sind, während Sie sich natürlich an die Realität halten sollten."

„Natürlich", nickte Frau Sander ernst. „Das ist das A und O des Journalismus – wir schreiben ja keine Romane, sondern über Fakten."

„Manchmal stelle ich mir das gar nicht so uninteressant vor", fuhr Anna fort. „Sie nehmen beispielsweise die Antworten Ihrer Gesprächspartner, das Protokoll einer Taubenzüchtervereinssitzung … oder die Fotoserie über ein bestimmtes Ereignis und lesen daraus die Wahrheit heraus, die hinter den eigentlichen Daten steht …"

Jetzt sah die Volontärin sie neugierig an. „Ich hätte eine Fotoserie nicht für etwas gehalten, woraus man etwas deuten kann", sagte sie. „Natürlich können Fotos eine Geschichte erzählen, aber die ist doch meist recht offensichtlich und wenig interpretierbar."

„Oh, ich weiß nicht", Anna wiegte den Kopf nachdenklich hin und her, „nehmen wir beispielsweise ein kulturelles Ereignis wie meine Vernissage. Wenn wir die Fotos davon genauer betrachten würden, könnten wir sicherlich mehr herauslesen, als auf den ersten Blick ersichtlich ist …"

„Da bin ich aber mal gespannt", grinste die junge Frau und sprang auf. „Warten Sie, ich hole Lanskis Kamera, dann schauen wir weiter …"

„Machen Sie das", antwortete Anna und griff zu einem weiteren Nusshörnchen, obwohl sie eigentlich längst satt war. Dass es so einfach wäre, hätte sie nicht erwartet. Sie konnte nur hoffen, dass Franzi Sander ihr die Erleichterung nicht ansah.

Als die Volontärin ein paar Minuten später zurückkam, hatte sie statt eines Fotoapparates einen dünnen Stapel von Ausdrucken dabei. „Die Kamera finde ich nicht", sagte sie und setzte sich wieder. „Aber hier, das sind die Bilder, die er nach Ihrer Vernissage in die Redaktion gemailt hat. Ich weiß nicht einmal, ob das alle Fotos sind oder er nur eine Auswahl geschickt hat."

„Hm, schade", murmelte Anna. Verdammt. Da hatte sie sich ihrem Ziel schon so nahe geglaubt ... Ob die Kamera noch in der Rechtsmedizin war? So energisch, wie der Redaktionsleiter am Telefon geklungen hatte, hätte es Anna nicht gewundert, wenn er den Fotoapparat längst dort abgeholt hätte. Der ließ sich von Oberkommissarin Richards bestimmt nicht so leicht abwimmeln.

Dennoch – auch eine Auswahl an Bildern war besser als nichts. Zuerst sortierte Anna die Fotos aus, auf denen nur sie selbst, manchmal zusammen mit Sascha, zu sehen war. „Das hier", erklärte sie beim nächsten Bild, „ist eine Bekannte von mir mit ihrem Mann – auf dem Bild ist allerdings wirklich nichts Spannendes zu erkennen." Die beiden diskutierten offensichtlich angeregt, ob über das Gemälde, vor dem sie fotografiert worden waren, oder über etwas ganz anderes, war nicht auszumachen.

Aber schon auf dem nächsten Ausdruck entdeckte sie eine Frau, die ihr auf Saschas Bildern noch nicht aufgefallen war. Insgeheim wunderte sich Anna wieder einmal, wie gut ihr Gedächtnis diesen furchtbaren Abend offensichtlich schon ausgeblendet hatte. Ohne dieses Foto gesehen zu haben, wäre sie nie auf die Idee gekommen, dass diese Frau in dem grünen Kostüm auf der Vernissage gewesen sein könnte. „Diese Dame kenne ich nicht", sagte sie. „Aber sehen Sie hier, der Herr im Hintergrund scheint irgendwie zu ihr zu gehören – er betrachtet versonnen den Rücken der Dame statt des Gemäldes neben ihnen, so als überlege er, ob er eine Fluse von ihrer Jacke entfernen solle oder dies zu auffällig sei ..."

Franzi Sander nickte eifrig. „Gut erkannt", stimmte sie Anna zu. „Der Mann sitzt im Grevenbroicher Stadtrat, ich habe ihn mal bei einer Sitzung gesehen ... und soweit ich weiß, ist das seine Frau. Zumindest glaube ich mich an ein Foto zu erinnern, auf dem die beiden Hand in Hand zu sehen waren."

Das klang nicht sehr vielversprechend. „Hat Lanski auch mal etwas über diesen Politiker geschrieben?", erkundigte sie sich dennoch.

Die Volontärin schüttelte den Kopf. „Nicht, dass ich wüsste. Der Mann ist nicht interessant genug, um ihm einen größeren Artikel zu widmen. Lanski hätte sich eher mit dem Bürgermeister angelegt als mit einem Ratsmitglied."

Auf diese Weise gingen sie alle Bilder durch, die Lanski vor seinem Tod in die Redaktion geschickt hatte. Frau Sander wirkte so interessiert, dass Anna sich bemühte, die Gesten und die Mimik der Abgelichteten wirklich ernsthaft zu deuten, auch wenn die meisten Bilder wenig hergaben. Hier ein vorangegangener Streit zwischen Ehepartnern, die deutlich voneinander abgewandt standen; dort ein gelangweilter Gatte, der mehr Interesse an dem Sekt in seiner Hand als an den Ausführungen seiner Gattin zu einem Bild zeigte ... Nichts deutete darauf hin, dass einer der Fotografierten etwas gegen den Reporter gehabt hätte. Wer von diesen Menschen mochte der Zeuge des Streits von Lanski mit einer Frau gewesen sein? Bei der Gegenüberstellung hatte sie den Mann nicht zu Gesicht bekommen.

Immerhin hatte Anna, als sie sich schließlich von der jungen Frau verabschiedete, eine Reihe von Namen, die sie mit Sascha abgleichen konnte, wenn sie gleich zu ihm fuhr – und davon abgesehen die Bilder kurzerhand mit dem Handy abfotografiert, als Franzi Sander zwischendurch kurz ans Telefon gehen musste.


Auf dem Weg zur nächsten Bushaltestelle rief sie Sascha wieder an, der inzwischen zum Glück in der Galerie angekommen war. „Ich würde gerne deine Fotos von der Vernissage noch einmal durchgehen", erklärte sie ohne Umschweife. „Ich denke, ich suche doch nach jemand anderem als der Frau, über die wir uns neulich unterhalten haben ..."

„Ziemlich viel Aufwand für einen Ohrring", bemerkte Sascha trocken. „Wenn du dich beeilst, schaffst du es noch vor diesem Herrn Brenner von der Polizei, der sich für elf Uhr angekündigt hat – übrigens aus demselben Grund."

„Der will auch die Fotos sehen?", erkundigte sich Anna irritiert. „Weshalb?"

„Irgendwas mit einem Mordfall", erklärte der Galerist. „So ein Zeitungsmensch hat sich wohl ausgerechnet nach unserer schönen Vernissage erschlagen lassen. Und da der Reporter keine Kamera dabei hatte, wollen sie eben alle anderen Bilder sehen, die es von dem Abend gibt."

Anna schüttelte nachdenklich den Kopf, als sie sich verabschiedet und aufgelegt hatte. Lanski hatte keine Kamera dabeigehabt? Wo war der Fotoapparat geblieben? Bei der Vernissage hatte er ihn noch gehabt, dann war er ins Auto gestiegen, zur Ölgangsinsel gefahren und dort getötet worden. Ob die Kamera noch in seinem Wagen lag? Das war eigentlich nicht möglich, dort konnte ihn die Polizei nicht übersehen haben. Wenn sie Lanskis Wagen nicht gefunden hätten, dann hätten sie Anna sicherlich danach gefragt, ob ihr beim Parken nahe der Ölgangsinsel ein anderes Auto aufgefallen sei. Also musste die Kamera entweder noch auf der Ölgangsinsel liegen – die inzwischen sicherlich von der Spurensicherung auf den Kopf gestellt worden war –, oder der Täter hatte sie mitgenommen.

Einen Moment lang musste sie an ein Spiel denken, bei dem alle Teilnehmer einen Hut in einer bestimmten Farbe trugen, nicht miteinander sprechen durften und ohne einen Blick in den

Spiegel sagen mussten, welche Farbe ihr eigener Hut hatte. So ähnlich sahen Annas Ermittlungen in diesem Fall auch aus – aus dem, was die Polizei unternahm, musste sie Rückschlüsse zu ziehen versuchen, ohne dass die Polizisten mit ihr sprachen. In dem Partyspiel mit den farbigen Hüten hatte es sicherlich noch die eine oder andere Nebenbedingung gegeben, die ihr jetzt gerade nicht einfiel – aber auch das war im wirklichen Leben nicht anders. Manche Randbedingungen, die sich auf das normale Verfahren bei Mordermittlungen bezogen, würde ihr auch in der Realität niemand verraten.

Dennoch – dass der Täter die Kamera mitgenommen hatte, daran hatte sie nach Saschas Bemerkung keinen Zweifel. Jetzt musste sie nur noch herausfinden, welche Bilder sonst noch auf dem Speicher-Chip gewesen waren. Oder gab es einen anderen Grund dafür? Hatte der Täter den Fotoapparat angefasst und wollte ihn lieber verschwinden lassen, weil er sich nicht sicher war, dass alle Fingerabdrücke, DNA und sonstige Spuren auch wirklich abgewischt waren? Vielleicht lag die Kamera längst auf dem Grund des Rheines. Oder Lanski hatte eben doch seinen Mörder fotografiert, und die Polizei würde den Apparat irgendwann finden, während der Mörder nur den Chip zerstört hatte?

Als der Bus endlich kam, hatte Anna noch immer keine Vorstellung, was es bedeuten konnte, dass

Lanskis Kamera nicht gefunden worden war. Während der Fahrt überlegte sie, welche Ausrede sie Sascha diesmal präsentieren konnte, und entschied sich beim Aussteigen schließlich dafür, ihm zumindest ansatzweise die Wahrheit zu sagen. Auch wenn sie selbst gar nicht so genau wusste, wie diese Wahrheit aussah.

„Kaffee?", begrüßte er sie, nachdem sie die Galerie betreten hatte, und wirkte dabei weniger abweisend, als Anna befürchtet hatte. Sicherlich hatte er inzwischen durchschaut, dass die Geschichte mit dem Ohrring nur eine Ausrede war. Aber vielleicht würde er ihre Gründe für die kleine Schwindelei verstehen können.

„Gerne." Sie setzte sich vor seinen Schreibtisch und wartete schweigend, bis er mit zwei dampfenden Tassen zurückkehrte, die er zwischen ihnen abstellte.

„Und jetzt mal Butter bei die Fische", sagte er im Plauderton, ohne sie direkt anzusehen. „Hast du den Typen erschlagen, weil er diesen Scheiß über deine Gemälde schreiben wollte?"

Anna sah ihn mit entsetzt aufgerissenen Augen an. „Natürlich nicht", antwortete sie schließlich. „Und meine erste Verdächtige, die daran schuld ist, dass ich kurz nach dem Mord am Tatort auf der Ölgangsinsel war, scheint es auch nicht gewesen zu sein. Aber alles spricht dafür, dass der Mörder – oder die Mörderin – hier auf der Vernissage war und ein Gespräch belauscht hat, das ich mit ebendieser Verdächtigen geführt habe."

„Wann hast du dieses Gespräch geführt?", hakte Sascha nach und pustete vorsichtig auf seinen Kaffee. „War Lanski zu dem Zeitpunkt noch hier, sprich, konnte die gesuchte Person das Gespräch belauschen und ihn anschließend hier in der Galerie zur Ölgangsinsel locken? Oder hat sie ihn danach angerufen, um ihn dorthin zu bestellen?"

Anna biss sich nachdenklich auf die Unterlippe. „Gute Frage", sagte sie langsam. Dass der genaue Ablauf der Ereignisse wichtig sein könnte, war ihr überhaupt noch nicht aufgefallen. „Mal überlegen – mit Lanski habe ich gegen Viertel nach neun, kurz vor halb zehn gesprochen, gleich danach hat er die Vernissage verlassen." Sie notierte die Uhrzeit auf einem Zettel aus Saschas Zettelbox. „Und mit Sabrina habe ich …" Sie stutzte. Wann war das gewesen? Vorher, oder? Doch, es musste vorher gewesen sein. Zu dem Zeitpunkt war sie noch ganz entspannt gewesen. Und das war nach dem Gespräch mit dem Reporter definitiv nicht mehr der Fall. „Mit ihr habe ich mich vorher unterhalten."

„Also konnte der Täter erst dein Gespräch mit dieser angeblichen Ohrring-Verliererin belauschen und dann Lanski unter irgendeinem Vorwand zur Ölgangsinsel locken", fasste Sascha zusammen. „Das bringt uns nicht weiter."

„Es hätte sogar umgekehrt sein können", fiel Anna ein. „Der Täter wusste, dass Lanski zur Ölgangsinsel wollte, hat dann Sabrina erzählt, wie toll es dort ist, und darauf gewartet …" Sie verstummte. Nein, das war kompletter Blödsinn. Wenn Sabrina mit dem Mord nichts zu tun hatte, dann musste der Täter zuerst ihr Gespräch belauscht und sich dann einen Vorwand überlegt haben, Lanski zum Tatort zu locken. Anders konnte es nicht sein. „Vergiss es", sagte sie rasch. „Das war nicht zu Ende gedacht."

„Als Malerin bist du eindeutig besser als in deiner neuen Rolle als Hobby-Detektivin", bemerkte Sascha. Immerhin konnte er sich ein Grinsen nicht verkneifen. „Also sehen wir jetzt die Fotos noch mal durch – auch wenn mir die Idee nicht gefällt, dass womöglich einer von uns den Täter auch noch eingeladen hat und er nicht nur aufgrund der Zeitungswerbung vorbeigekommen ist …"

Bild für Bild kontrollierten sie gemeinsam, wen sie darauf sahen. Zum Glück kannte Sascha tatsächlich die meisten Menschen, und nachdem Anna auch ihre Bekannten identifiziert hatte, blieben nur noch wenige Fotos übrig, auf denen sie eine Person nicht benennen konnten. Anna zog ihr Handy aus der Tasche und ging mit Sascha gemeinsam die abfotografierten Bilder von Lanski durch – auch hier wusste der Galerist die meisten Namen. Anna ergänzte die Personen, deren Namen ihr Franzi Sander bereits genannt hatte, und versuchte sich weiter zu erinnern, ob sie an dem Abend noch jemanden gesehen hatte, der nicht auf den Bildern war – doch vergeblich. Bis auf die Personen, die sie vorher schon gekannt hatte, waren alle anderen Gesichter wie in einem schwarzen Loch versunken. Die ganzen schlimmen Ereignisse an diesem Abend hatten offensichtlich wirklich genügt, ihr Gehirn dazu zu bringen, alles möglichst schnell wieder zu vergessen. Und das, wo sie sich sonst wirklich etwas auf ihr gutes Gedächtnis einbilden konnte …

„Einen Anhaltspunkt haben wir zumindest", bemerkte Sascha. „Als du deine einleitenden Worte gesagt hast, habe ich mal durchgezählt – zu dem Zeitpunkt waren achtunddreißig Gäste dort."

„Außer uns beiden", vergewisserte sich Anna und begann, die Liste durchzuzählen. Sie hatten einunddreißig Namen. Dazu kam der Mann aus dem Grevenbroicher Stadtrat, dessen Namen Sascha auch nicht kannte, ein älteres Ehepaar, das wohl aufgrund der Zeitungsankündigung gekommen war, zwei junge Frauen, die sie ebenfalls nicht zuordnen konnten, und eine ältere Dame, die sich auf dem Bild schwer auf ihren Gehstock stützte und daher wohl als Täterin auszuschließen war. „Fehlt noch eine Person", überlegte Anna laut.

„Vielleicht war sie nur anfangs kurz hier und ist gleich nach den einleitenden Worten gegangen", bemerkte Sascha.

Anna sah ihn an. „Presse?"

Der Galerist nickte nachdenklich. „Das wäre möglich. Andererseits – Lanski war für den Neusser Lokalkurier hier, die freie Mitarbeiterin der NGZ haben wir auch auf dem Foto erkannt, und von der WZ und den Wochenblättern war diesmal niemand bei der Vernissage. Die Leute kenne ich eigentlich alle – außerdem hätten sie sich doch zumindest kurz vorgestellt. Und ich habe definitiv nur zwei Personen mit professionellen Kameras gesehen."

„Lanski hat selbst fotografiert und geschrieben, der war also alleine hier, und die NGZ-Mitarbeiterin hat mir ebenfalls sowohl Fragen gestellt als auch ein Foto aufgenommen", fügte Anna hinzu. „Also scheidet die Presse aus. Vielleicht war die fehlende Person auch einfach kurz auf der Toilette, während du die Aufnahmen gemacht hast. Oder draußen, eine rauchen." Einen Moment lang musste sie an Sabrina denken, doch die war sicherlich nicht die einzige Raucherin auf der Vernissage gewesen.

„Vielleicht finden wir ja doch noch heraus, wer auf den Bildern fehlt", überlegte der Galerist. Er öffnete auf seinem Computer die Liste mit den eingeladenen Personen, die sie gemeinsam durchgingen. Aber unter ihren jeweiligen Bekannten war niemand, den einer von ihnen auf der Vernissage gesehen und nun nicht auf den Fotos wiedergefunden hätte.

Sascha zuckte mit den Schultern und lehnte sich in seinem Stuhl zurück. „Also haben wir ungefähr achtunddreißig Verdächtige, bis auf die, die unbemerkt später kamen. Und mindestens eine Person ist darunter, von der wir überhaupt nichts wissen. Nicht einmal, ob es sich dabei um einen Mann oder eine Frau handelt."

„Auf alle Fälle ist das der Mörder – oder die Mörderin", bemerkte Anna.

Doch der Galerist schüttelte sofort den Kopf. „Das wäre natürlich schön für uns – dann müsste es sich bei dem Täter nämlich um einen zufälligen Gast handeln, oder besser gesagt um einen, den wir nicht eingeladen haben, also auch nicht gut kennen. Aber das ist reines Wunschdenken. Natürlich würden wir beide für unsere Bekannten die Hand ins Feuer legen. Aber könntest du mit absoluter Sicherheit behaupten, dass diese Frau hier", er deutete auf ein zufällig gerade offen auf dem Schreibtisch liegendes Fotos, das eine Nachbarin von Anna zeigte, „Lanski definitiv nicht hätte erschlagen können, wenn er furchtbare Dinge über sie geschrieben hätte?"

Anna zögerte, ehe sie schließlich langsam den Kopf schüttelte. „Natürlich nicht", gab sie zu. „Unter den richtigen Umständen können sicherlich viele Menschen zu Mördern werden."

„Vor allem, wenn die Tat im Affekt geschieht", stimmte Sascha ihr zu.

„Vermutlich ist das sogar der Fall", nickte Anna. Mechanisch schob sie die Fotos auf dem Schreibtisch zusammen, bis sie wieder einen ordentlichen Stapel bildeten. „Also sind wir jetzt doch keinen Schritt weiter."

„Wir haben achtunddreißig Verdächtige", entgegnete Sascha. „Willst du der Polizei die Liste geben, oder soll ich diesem Brenner gleich, wenn er hierherkommt, erklären, warum wir davon ausgehen, dass der Täter die Vernissage besucht haben muss?"

„Mach du das." Mit einem Mal fühlte sich Anna wieder müde. Was taten sie hier eigentlich? Hatte sie nicht genügend andere Probleme? Wenn die Oberkommissarin nicht selbst die Täterin war, dann würde sie den Täter schon finden. Irgendwann. Und bis dahin konnte sie jederzeit wieder bei Anna auf der Matte stehen, sie ins Präsidium zitieren und, wenn ihr der Sinn danach stand, sicherlich auch mal versuchsweise festnehmen. Polizisten waren schließlich auch nur Menschen; wer wusste schon, was diese Frau versuchte, wenn sie nicht weiterkam? Und dann bestand ja immer noch die Möglichkeit, dass sie selbst in den Fall verwickelt war …

Entschlossen schob sie ihren Stuhl zurück. „Gib du Brenner bitte die Namen und erkläre ihm unsere Überlegungen, ich hatte in den letzten Tagen genug mit der Polizei zu tun." Eigentlich hatte sie das Sascha gegenüber nicht unbedingt erwähnen wollen, aber nachdem er sie ohne große Rückfragen so bei der Suche nach den Verdächtigen unterstützt hatte, hatte er es auch verdient, dass sie ehrlich zu ihm war. „Außerdem muss ich mich noch um die Katze kümmern, die ich mir zu allem Überfluss eingefangen habe."

„Katzen sind keine Krankheiten", bemerkte Sascha ernster als erwartet.

„Für Allergiker schon", entgegnete Anna. „Aber wenn du Katzen magst ..."

Der Galerist schüttelte entschieden den Kopf. „Kennst du unseren Hund? Der würde keine Katze im Haus dulden. Vergiss es. Davon abgesehen – wie kommst denn du an eine Katze, wenn du sie gar nicht haben willst?"

Anna seufzte. „Lange Geschichte", winkte sie ab. „Die Polizei hatte die Kleine beschlagnahmt, weil sie sich auf der Ölgangsinsel herumgetrieben hatte, und Oberkommissarin Richards war irgendwann der Meinung, ich könne mich um das Tier kümmern."

„Na, dann geh dich mal kümmern." Sascha stand auf und reichte ihr die Hand. „Übrigens – inzwischen sind drei weitere Bilder verkauft. Ich gehe davon aus, dass du fleißig Nachschub produzierst, wenn du nicht gerade der Polizei ihre Arbeit abnimmst."

„Am Wochenende beginne ich mit dem neuen Zyklus", behauptete Anna optimistisch. Immerhin wäre die Katze morgen nicht mehr in ihrem Haus, sodass sie ungestört arbeiten könnte. Und nach den katastrophalen letzten Tagen seit der Vernissage gab es wahrhaftig genug, was sie malen konnte. Auch wenn sie damit vermutlich wieder jemanden verschrecken oder verstören würde. Aber sie hatte es sich schließlich nicht ausgesucht, in diese Mordermittlung hineingezogen zu werden.

Ehe Anna sich auf den Rückweg machte, ließ sie Sascha noch die Bilder von ihrem Handy kopieren, auf denen Lanskis Fotos von der Vernissage zu sehen waren. Die konnte Brenner nun alle zusammen dem Zeugen vorlegen.

Auf dem Heimweg wusste sie noch immer nicht, ob sie zufrieden mit der Ausbeute dieses Vormittags sein sollte oder nicht. Eine Liste mit achtunddreißig Verdächtigen – das klang erst mal toll, so als brauche sie jetzt nur noch einen nach dem anderen auszuschließen, um schließlich ganz zwangsläufig bei dem Täter – oder der Täterin – zu landen. Andererseits – wer sagte denn, dass nach den Grußworten, als Sascha die Anwesenden gezählt hatte, niemand mehr die Galerie betreten hatte? Vielleicht stand der Täter gar nicht auf der Liste? Und selbst wenn – nach welchen Kriterien sollte sie entscheiden, wer für die Tat in Frage kam und wer nicht? War das nette ältere Ehepaar auf dem einen Bild wirklich ganz unverdächtig, nur weil er einen Gehstock benutzte und sie ein altmodisches Kleid und unpraktische Schuhe trug? Wer sagte denn, dass der Mann nicht vorgetäuscht hatte, gefallen zu sein, nur damit Lanski sich zu ihm hinunterbeugte und die Frau ihn in dieser Position trotz ihrer unpraktischen Schuhe leicht erschlagen konnte?

Als sie die Haustür aufschloss, wirbelten Annas Gedanken noch immer durcheinander. Immerhin wusste sie genau, was sie mit dem Nachmittag anfangen wollte – ab zwei Uhr konnte sie die Katze im Tierheim Bettikum abgeben. Die Zeit bis dahin nutzte sie, um dem Fellbündel, das ihr stolz eine halb aufgetrennte und kräftig durchgekaute Socke brachte, Essen und Wasser hinzustellen und sich selbst etwas zu Mittag zu kochen. Auf dem Balkon blies ihr der Wind zu heftig, sodass sie diesmal wieder im Esszimmer zu essen versuchte, wobei sie nur zwei oder drei Taschentücher verbrauchte, obwohl der kleine Stubentiger sich dabei auf ihre Füße legte und an ihren Hausschlappen herumkaute.

Dann endlich war es so weit. „Jetzt lernst du ganz viele andere Katzen kennen und findest bestimmt viele Freunde, ehe du in eine nette Familie vermittelt wirst, die viel Platz zum Toben hat und viel spannendere Socken und Sofakissen als ich", erklärte sie dem Kätzchen, während sie den Korb wieder packte. Das Katzenklo würde sie dem Tierheim irgendwann in den nächsten Tagen vorbeibringen, wenn sie ihren Wagen zurückhatte; im Bus wollte sie es nicht unbedingt transportieren. Wenn Sabrina Wort hielt, vielleicht schon morgen – dann konnte sie auch gleich überprüfen, wie sich die Katze bis dahin eingelebt hatte.

Im Bus spielte der Stubentiger wieder mit ihren Fingern, während Anna versuchte, möglichst viel Abstand zwischen ihn und sich zu bringen, um ihre Allergie nicht wieder auszulösen. Beim Aussteigen wirkte er immer noch interessiert, sah sich von seinem schützenden Körbchen aus neugierig um und tapste ab und an nach Annas Hand, die den Korb trug.

Diesmal war das Tierheim tatsächlich geöffnet. Eine junge Frau mit kurzem blondem Zopf begrüßte Anna und warf einen wissenden Blick in das Körbchen, aus dem heraus die Katze sie anfauchte. „Ah ja, ungewollter Zuwachs oder ein überfordertes Kind?", bemerkte sie.

„Unerwünschte Allergie", antwortete Anna knapp. Auf eine genauere Erklärung, wie sie zu der Katze gekommen war, verzichtete sie. Das ging ihr Gegenüber nichts an.

„Da kann man nichts machen", entgegnete die junge Frau und zuckte mit den Schultern. „Möchten Sie das Tierheim erst einmal sehen, ehe Sie Ihr Tier hierlassen?"

Anna ließ sich herumführen, von der Mitarbeiterin genau zeigen, wie die Katzen untergebracht waren, und erklären, was unternommen wurde, um sie zu vermitteln. Verrückt, dachte sie währenddessen, wie wichtig es ihr war, dass es dieser kleinen Allergenschleuder gutging. Dabei hatte sie mit Katzen nie etwas am Hut gehabt. Kein Wunder, dass sie so allergisch gegen diese Tiere war. Gerade jetzt, wo das Fellbündel wieder darauf bestand, sich an ihrer Hand festzuklammern, die den Korb hielt. Weshalb konnte das Kätzchen nicht einfach hinausspringen, zu einem der anderen Käfige laufen und mit den Katzen darin zu spielen versuchen? Warum musste das Tier den

Eindruck erwecken, sich vor all den fremden und größtenteils älteren Artgenossen zu fürchten?

„Du bist bescheuert", sagte Anna halblaut zu sich selbst. Was für unsinnige Gedanken sie sich machte ... Dem Fellknäuel würde es hier gutgehen. Die Mitarbeiter des Tierheims wussten viel besser als Anna, was eine kleine Katze brauchte, um zu einer gesunden großen Katze heranzuwachsen.

„Das wird schon noch", bemerkte die junge Frau und hielt dem Kätzchen ihre Hand hin, zog sie dann allerdings schleunigst wieder zurück, als die Katze mit ausgefahrenen Krallen danach schlug. „Wie heißt dieser Frechdachs denn?", erkundigte sie sich, nun mehr höflich als freundlich.

„Tiger", antwortete Anna spontan. „Sie ist zwar noch klein, beißt und kratzt aber schon wie eine große Tigerin." Zumindest blonde Frauen, fügte sie in Gedanken hinzu und runzelte die Stirn, als ihr bewusst wurde, dass das auch auf Frau Richards zutraf. Die Oberkommissarin war zwar eher mittelblond, nicht so hellblond wie die junge Frau, die sie nun nur noch bedingt freundlich ansah, aber immerhin hatten beide eine ähnliche Haarfarbe und jeweils glatte, halblange Haare. Ob das etwas zu bedeuten hatte? Wenn ja, dann konnte sie Sabrina als Täterin endgültig ausschließen. Die trug zwar eine vergleichbare Frisur, hatte aber schwarze Haare. Eigentlich müsste sie ausprobieren, ob die Katze auch bei Franks Neuer fauchte und nach ihr schlug.

„Dann setzen Sie die kleine Tigerin doch bitte selbst in diesen Käfig", entgegnete die Mitarbeiterin des Tierheims und hockte sich auf den Boden, um eine Gittertür zu öffnen. Die Katzen dahinter schienen nur darauf zu warten, dass die kleine Tiger zu ihnen kam. Freundlich wirkten sie nicht gerade, fand Anna. Auf alle Fälle waren sie bestimmt doppelt so groß wie das verängstigte Fellbündel, das sich nun wieder an Annas Hand klammerte. „Na kommen Sie schon, geben Sie sich einen Ruck", sagte die junge Frau und streckte die Hand nach dem Katzenkorb aus.

„Das ist nicht nötig", antwortete Anna und begriff im gleichen Moment, dass das stimmte. Natürlich freute sie sich darauf, wieder ihr Haus für sich zu haben, ohne tränende Augen und laufende Nase aufzuwachen, sich in Ruhe um ihre Gemälde und zurzeit auch um den Mordfall zu kümmern. Eigentlich hatte sie es gar nicht erwarten können, die Katze endlich loszuwerden.

Aber nicht um jeden Preis.

„Ich habe es mir nämlich gerade anders überlegt", sagte sie. „Danke für die Informationen. Aber ich denke, ich werde lieber selbst versuchen, einen neuen Besitzer für die Katze zu finden."

Die Frau seufzte leise und schüttelte den Kopf. „Dann viel Erfolg." Sie stand wieder auf und reichte Anna die Hand. „Aber machen Sie sich keine vorschnellen Hoffnungen – wenn man an jeder Ecke jemanden fände, der nur darauf wartet, eine herrenlose Katze aufzunehmen, dann hätten wir hier nicht so viel zu tun. Und wenn wir nicht kürzlich einige Kätzchen auf einmal losgeworden wären, wäre es hier noch viel voller."

Natürlich hatte sie damit recht, überlegte Anna, als sie zum zweiten Mal mit Tiger im Körbchen im Bus von Bettikum nach Grimlinghausen saß. Und natürlich war es völlig idiotisch gewesen, die Katze nicht im Tierheim zu lassen. Auch die Idee, dass das Fellknäuel vielleicht den Täter identifizieren könnte, war viel zu weit hergeholt, um als Ausrede durchzugehen. Es musste irgendeinen anderen Grund geben, dass Anna es nicht übers Herz gebracht hatte, Tiger abzugeben. Vielleicht sollte sie ein Bild darüber malen.

**Kapitel Dreizehn**

Anna war keine fünf Minuten zurück in ihrer Wohnung, als das Telefon klingelte. „Berg?", meldete sie sich, unfreundlicher als beabsichtigt. Seit sie diese völlig verrückte Entscheidung getroffen hatte, fühlte sie eine merkwürdige Unruhe in sich. Wie lange sollte sie sich denn noch mit dieser Katze herumschlagen? Nur weil die jetzt Tiger hieß, würde sie nicht weniger allergieauslösend wirken.

„Brenner hier", meldete sich der Kommissar. „Wir haben da noch ein paar Fragen – könnten Sie in einer halben Stunde zu uns kommen?"

Einen Moment lang schwieg Anna. Dann explodierte sie. „Zu Ihnen kommen? Hatten Sie mir nicht selbst gesagt, das sei nicht mehr nötig? Glauben Sie eigentlich, ich habe nichts Besseres zu tun, als ständig im Präsidium herumzuhängen?"

„Ich fürchte, es wird sich nicht umgehen lassen", entgegnete Brenner ruhig. „Wir haben neue Erkenntnisse, die Ihre Anwesenheit hier erforderlich machen."

Mit einem Mal kehrte die Angst zurück. Was hatte sich Frau Richards jetzt wieder ausgedacht? Es *konnte* keine neuen Erkenntnisse geben, die auf Anna als Täterin hindeuteten, schließlich hatte sie mit Lanskis Tod nichts zu tun. Also war die Oberkommissarin doch irgendwie in den Fall verwickelt und versucht nun, Spuren so zu legen – oder auszulegen –, dass Anna noch tiefer hineingezogen wurde. Das konnte doch alles nicht wahr sein ...

Anna stöhnte leise und hoffte im selben Moment, dass Brenner das nicht fälschlich als Arroganz auffasste. Sie brauchte zumindest einen Menschen, der auf ihrer Seite stand ... oder wenigstens den ganzen Fall neutral betrachtete. Was bei Frau Richards ja offensichtlich doch nicht der Fall zu sein schien.

„Ich bin in einer halben Stunde bei Ihnen", antwortete sie möglichst ruhig. „Wie lange wird es dauern? Ich möchte nicht, dass meine Katze in der Zwischenzeit verhungert."

„Versorgen Sie Ihre Katze ruhig erst noch", entgegnete der Polizist. „So weit ist es ja nicht von Ihnen zu uns, das schaffen Sie schon." Dann legte er auf.

Anna hatte einen Moment lang das Gefühl, keine Luft mehr zu bekommen. Brenners Bemerkung klang so, als könne Anna sich auf eine längere Befragung einstellen. Oder hatte er nur versucht, freundlich zu sein, und sich dabei ungeschickt angestellt? Eigentlich glaubte sie ja immer noch daran, dass er im Grunde seines Herzens ein netter Kerl war und all das hier nur tat, weil er es musste ...

Sie konnte gar nicht sagen, wie sehr sie sich wünschte, dass all das vorüber wäre. Sie wollte nicht mehr zum Präsidium fahren, sich nicht mehr den Kopf zerbrechen, wer aus welchen Gründen etwas gegen Lanski gehabt hatte, wem sie überhaupt noch trauen konnte. Wenn die ermittelnde Oberkommissarin schon verdächtig war, woher sollte Anna dann wissen, welche Menschen definitiv nichts mit dem Mord zu tun hatten? Sascha natürlich – das war klar. Wobei – sie kannte den Galeristen erst seit ein paar Monaten. Er war auf der Vernissage gewesen, er hätte Annas Gespräch mit Sabrina über die Ölgangsinsel zufällig mit anhören können ...

Sie schüttelte den Kopf, legte das Telefon beiseite und öffnete Tigers Abendessensdose. Wenn sie nicht einmal mehr Sascha vertraute, dann konnte sie gleich auswandern. Nur weil es in ihrem näheren Umfeld offenbar einen Mörder gab, durfte sie nicht in allen Menschen gleich potenzielle Täter sehen. Alle anderen, bis auf den einen, den sie suchten, waren schließlich ebenso unschuldig wie Anna selbst.

Nachdem sie den Wassernapf gefüllt und das Kätzchen zum Abschied kurz gekrault hatte, machte Anna sich auf den Weg zum Polizeipräsidium. Zum Glück fuhren die Busse halbwegs passend, ansonsten hätte sie es kaum rechtzeitig geschafft.

Als sie an Frau Richards' Tür klopfte, wurde die sofort aufgerissen. „Ah, Frau Berg, das ist aber schön, dass Sie es einrichten konnten", begrüßte die Oberkommissarin sie. „Ich hoffe, es macht Ihnen nicht zu viele Umstände."

Anna meinte, eine Alarmglocke läuten zu hören. Wenn die Polizistin so freundlich zu ihr war, war das kein gutes Zeichen. Beim letzten Mal hatte die Malerin danach eine Katze mehr gehabt. Was wollte Frau Richards jetzt von ihr? Sie verhaften oder ihr doch eher weitere Informationen entlocken?

„Natürlich macht es Umstände", antwortete sie steif. „Aber wenn ich Ihnen helfen kann, diesen furchtbaren Fall aufzuklären ..."

„Ich wusste doch, dass Sie bereit sind, für die gute Sache auch etwas Zeit zu opfern", warf Frau Richards ein und strahlte Anna so freundlich an, dass die Malerin am liebsten gleich wieder gegangen wäre. „Kommen Sie, setzen wir uns."

Diesmal wurde Anna nicht in einen der relativ kargen Besprechungsräume geführt, sondern an einen kleinen runden Tisch in der Ecke von Frau Richards' Büro. Brenner kam nur wenige Sekunden später mit drei dampfenden Tassen Kaffee herein. „Milch, Zucker?", fragte er.

Anna schüttelte den Kopf. „Danke, ich trinke ihn schwarz." Es konnte nichts schaden, wenn sie bei dem folgenden Gespräch so wach wie möglich war.

„Wir haben nur noch einige Fragen", begann die Oberkommissarin.

„Das erwähnte Herr Brenner bereits", entgegnete Anna. Sie merkte, wie sie sich innerlich versteifte.

„Sie und Ihr Galerist, Herr Andres, hatten uns ja freundlicherweise eine Liste mit Personen zukommen lassen, die bei der Vernissage anwesend waren", fuhr Frau Richards fort. Aus der obligatorischen Mappe neben ihrer Kaffeetasse zog sie eine Namensliste und eine Reihe von Fotos. „Natürlich konnten wir die fehlenden Namen anhand der Bilder ebenfalls herausfinden." Sie studierte die Liste und tippte mit dem Finger auf einige Namen, ehe sie wieder aufsah. „Auch die anderen Gäste der Vernissage scheinen kein Motiv gehabt zu haben, Herrn Lanski etwas anzutun."

„Bleibt noch der achtunddreißigste Gast", warf Anna ein.

Tatsächlich schien Sascha der Polizei mitgeteilt zu haben, dass nach seiner Zählung eine Person auf den Bildern fehlen musste, denn die Oberkommissarin nickte sofort. „Dieser ominöse weitere Gast wäre natürlich ein möglicher Verdächtiger."

„Haben Sie denn auch dem Zeugen die Fotos gezeigt?", fragte Anna nach.

Diesmal antwortete Brenner. „Natürlich. Leider konnte er uns nicht weiterhelfen."

„Also sind alle Personen auf den Bildern unschuldig", folgerte Anna und sah die Oberkommissarin herausfordernd an.

Frau Richards schüttelte lächelnd den Kopf. „Ganz so einfach ist es nicht. Zum einen können sich Zeugen irren. Sie würden nicht glauben, wie leicht das geschieht – selbst wenn das Ereignis, um das es geht, gerade erst ein paar Stunden her ist und nicht bereits ein paar Tage. Ein paar Frauen auf den Fotos kamen ihm bekannt vor, meinte er – vermutlich sehen sie einer Nachbarin oder einer entfernten Bekannten ähnlich."

„Was ist denn mit dem Zeugen selbst?", hakte Anna nach. „Wer von diesen Personen ist denn eigentlich dieser Zeuge? Vielleicht hat er diesen Streit einfach nur erfunden, um von sich selbst abzulenken?"

„Der Zeuge war nach der Vernissage gemeinsam mit seiner Frau noch auf der Geburtstagsfeier einer Großtante", entgegnete Brenner. „Einer ziemlich langweiligen Feier, wenn man seinen Worten Glauben schenken darf. Dass er dort war, steht dagegen außer Zweifel, das hat seine gesamte Familie bestätigt."

„Wir machen schon unsere Hausaufgaben", bemerkte Frau Richards, die nun wieder deutlich unfreundlicher wirkte als zu Beginn des Gesprächs.

„Aber Lanskis Kamera haben Sie noch nicht gefunden, oder?", warf Anna ein.

„Was hat die verschwundene Kamera denn mit dem Zeugen zu tun?", erkundigte sich Brenner, sichtlich irritiert über den abrupten Themenwechsel.

Anna konnte sich ein leichtes Lächeln nicht verkneifen. Also war die Kamera tatsächlich nicht im Wagen gewesen. „Ich denke, dass Lanski auf der Vernissage oder bei einem der Termine vorher etwas fotografiert hat, was sonst niemand sehen sollte", entgegnete sie. „Und zwar etwas, das er noch nicht in die Redaktion gemailt hatte, sonst wäre es ja sinnlos gewesen, die Kamera zu entsorgen." Diesmal, fand sie, war ihre Schlussfolgerung wirklich sinnvoll. Sinnvoller jedenfalls als die, an der sie sich in der Galerie versucht hatte.

„Weshalb hätte er ein Foto zurückhalten sollen?", fragte Frau Richards nach. Sie hatte sich nach vorne gebeugt und musterte Anna interessiert.

„Entweder hat er die Bedeutung des Fotos nicht erkannt ... oder er wollte jemanden damit erpressen", überlegte die Malerin. „Oder es zeigt etwas, von dem er nicht will, dass es jemand sieht."

„Warum sollte er etwas aufnehmen, das niemand außer ihm sehen soll?" Brenner sah sie noch immer irritiert an.

Anna überlegte einen Moment. „Weil er Journalist war", sagte sie schließlich langsam. Auch wenn es verrückt klang, kam es ihr richtig vor. „Er hat in seinen Storys vielleicht gerne mal übertrieben und sich Dinge so zurechtgebogen, wie sie ihm am besten gefielen – aber irgendwann vor vielen Jahren wird auch er einmal gelernt haben, wie man journalistisch arbeitet. Dass man dokumentiert, dass man alles fotografiert, um Vorgänge später belegen zu können."

„Er hat eine Schweinerei vorgehabt und war so dumm, verräterische Fotos auf seiner Kamera zu lassen?", fragte Brenner nach. Er wirkte noch immer alles andere als überzeugt, während sich Frau Richards in ihrem Stuhl zurückgelehnt hatte und dem Dialog nachdenklich lauschte.

„Vorgehabt oder durchgeführt", ergänzte Anna. „Wenn er die Bilder nicht in die Redaktion geschickt hat, gibt es keinen Grund, den Zeitraum der relevanten Ereignisse zu beschränken."

„Doch, den gibt es", mischte sich Frau Richards ein. „Dass jemand eine Schweinerei, wie Sie es nennen, verhindern will – gut, das ist ein mögliches Motiv, vor allem für eine Person, die selbst von Lanskis Plan direkt betroffen wäre. Ihn aber wegen einer zurückliegenden Sache zu erschlagen – das erscheint mir ziemlich weit hergeholt. Wir suchen hier schließlich nach einem Mörder, nicht nach einem modernen Robin Hood, der die Welt verbessern will, indem er einen Journalisten erschlägt, der mit zweifelhaften Methoden arbeitet."

„Genau genommen suchen wir keinen Mörder, sondern einen Täter, der spontan zugeschlagen hat", korrigierte Anna sie. „Zumindest haben Sie das selbst so gesagt."

„Auch spontan handelnde Täter handeln normalerweise aus niederen Beweggründen", entgegnete die Oberkommissarin. „Und nicht, um die Welt zu verbessern."

„Vielleicht hat sich jemand über einen länger zurückliegenden Artikel noch immer so aufgeregt, dass er – oder sie – im Streit die Kontrolle verloren und zugeschlagen hat", bemerkte Anna. Sie beobachtete Frau Richards genau, die jedoch den Blickkontakt hielt.

„Das klingt ziemlich unwahrscheinlich", antwortete die Oberkommissarin ruhig. „Nichtsdestotrotz können wir natürlich auch diese Möglichkeit nicht außer Acht lassen." Sie griff nach ihrem Kaffee. „Aber das hilft uns alles nicht weiter, solange wir nicht wissen, was auf den Bildern zu sehen ist, die unbedingt verschwinden mussten."

„Was ist denn mit seinem Notizblock?", fragte Anna nach. Langsam merkte sie, wie sich ihre Nervosität legte und die Neugier immer stärker ans Tageslicht kam. Dieses Brainstorming tat ihr gut, auch wenn sie vermutlich nur Fragen stellte, die sich die Polizisten längst auch gestellt hatten, und so nicht wirklich dazu beitragen konnte, den Fall zu lösen. Aber immerhin konnte sie selbst dadurch etwas klarer erkennen, was geschehen sein mochte.

„Welcher Notizblock?" Offensichtlich versuchte Brenner, seine Scharte von vorhin, als er sich in Hinblick auf die verschwundene Kamera verplappert hatte, wieder auszuwetzen.

Frau Richards winkte ab. „Es ist kein großes Geheimnis, dass der auch fehlt", sagte sie. „Wenn die Kamera verschwunden ist, wäre alles andere ja auch unlogisch."

„Er könnte auch alles im Smartphone notiert haben", widersprach Anna. „Schließlich hat er den Artikel offensichtlich auch vom Auto aus per Laptop oder Tablet an die Redaktion geschickt. Apropos ..."

„Nein, es geht Sie nichts an, ob wir auf seinem Handy oder Laptop interessante Fotos oder Notizen gefunden haben", warf Brenner ein.

„Gar keine Notizen?", hakte Anna nach. „Oder woher wissen Sie sonst, dass er noch einen Notizblock dabeigehabt haben muss?"

„Das ist sowieso irrelevant, da der Block verschwunden ist und uns daher keine weiteren Informationen bieten kann", entgegnete der Assistent.

Anna registrierte aus den Augenwinkeln, dass Frau Richards das Wortgefecht amüsiert beobachtete. „Sie haben also ein Blatt von einem Notizblock bei ihm gefunden", versuchte sie einen Schuss ins Blaue und sah die Oberkommissarin dabei direkt an.

Die zog – anerkennend? – die Augenbrauen hoch. „Nicht schlecht geraten", antwortete sie, während Brenner den Kopf schüttelte. „Aber Sie werden sicher verstehen, dass wir Ihnen nichts zu dieser Notiz sagen können."

„Natürlich", nickte Anna friedlich. „Weshalb hatten Sie mich eigentlich so dringend sprechen wollen? Hängt das mit dieser Notiz zusammen? Oder sind wir durch, und ich kann gehen?" Sie wusste selbst nicht genau, woher sie den Mut nahm, ihren Stuhl zurückzuschieben und sich langsam zu erheben.

Mit einer Handbewegung hielt die Oberkommissarin sie zurück. „Natürlich sind wir noch nicht fertig. Und Sie liegen nicht ganz falsch, diese Notiz in Lanskis Tasche, die der Täter offenbar nicht gefunden hat – nicht finden konnte, da nichts darauf schließen lässt, dass er die Kleidung des Toten durchsucht hat – hat mit Ihrer Anwesenheit hier zu tun." Sie zog ein Blatt Papier aus der Mappe vor sich. „Das hier haben wir bei ihm gefunden."

Das Blatt zeigte einen Scan oder ein Foto eines doppelt geknickten A6-Blattes, auf dem nur wenige Worte standen: „Ö-Insel – gute Story".

„Und da nur seine Fingerabdrücke darauf sind, muss das Blatt von seinem Notizblock stammen", überlegte Anna, während ihre Gedanken längst weiterwirbelten.

„Genau." Jetzt, wo seine Chefin die Zurückhaltung ein wenig aufgegeben hatte, schien auch Brenner kein Problem mehr damit zu haben, offen mit Anna zu sprechen – zumindest, solange es um so harmlose Dinge ging.

Denn eigentlich bestätigte diese Notiz nur, was sie längst geahnt hatten. „Also hat wirklich jemand mein Gespräch mit Sabrina belauscht und Lanski den Tipp gegeben, zur Ölgangsinsel zu fahren, um ihn dort zu erschlagen", führte Anna den Gedanken fort. „Das klingt aber nicht nach einer spontanen Tat."

„Sicher nicht spontan in dem Sinne, dass der Täter Lanski dort rein zufällig über den Weg gelaufen ist", antwortete Frau Richards. „Dann hätte es auch nicht die Ölgangsinsel sein müssen – schließlich wäre es dann nicht wichtig gewesen, Lanski zu dem Ort zu bestellen, wo Sie auch sein würden und wo zumindest Ihr Wagen voraussichtlich von irgendwelchen Zeugen wiedererkannt werden würde. Aber wer ernsthaft vorhat, einen Menschen zu ermorden, wird sich nicht darauf verlassen, dass zufällig ein Stein in der richtigen Größe am Tatort herumliegt. Er – oder sie – wird ein Werkzeug mitbringen, und sei es nur der Radmutternschlüssel aus dem eigenen Wagen oder eine Eisenstange, die irgendwo auf einer Baustelle herumliegt."

„Also wollte der Täter Lanski wegen irgendeines geplanten Artikels zur Rede stellen und hat geahnt, dass es sinnvoll wäre, wenn jemand anders in der Nähe gesehen würde", fasste Anna die Worte der Oberkommissarin zusammen.

Die nickte. „Und damit sind wir bei dem Grund Ihres erneuten Besuches bei uns. Sehen Sie sich bitte einmal dieses Bild an." Wieder zog sie ein Blatt aus der Mappe, und wieder, ohne diese vorher aufzuschlagen. Langsam wurde Anna bewusst, dass dieses Gespräch ganz genau so ablief, wie Frau Richards es geplant hatte, wenn sie immer blind das oberste Blatt herausziehen konnte. Die Polizistin hatte niemals vorgehabt, Anna die Notiz aus Lanskis Tasche vorzuenthalten – deren

Inhalt ja auch wirklich harmlos war und nichts Neues aussagte. Sie hatte die Malerin nur ein bisschen zappeln lassen wollen.

Aber diese Gedanken änderten nichts. Sie hatten weiterhin das gleiche Ziel – diesen Fall zu lösen. Zumindest hoffte Anna, dass die Oberkommissarin tatsächlich auf der richtigen Seite stand und nicht selbst in den Fall verwickelt war. Sonst würde die Malerin vielleicht doch noch durch irgendwelche fingierten Beweise tiefer in den Fall verwickelt werden.

„Das ist das Phantombild der Frau, die sich laut dem Zeugen auf der Vernissage mit Lanski gestritten haben soll?", erkundigte sie sich und betrachtete die Zeichnung. Das Bild war wirklich absolut nichtssagend. Ein alltägliches Frauengesicht, relativ jung, aber je nach dem Alter des Zeugen war auch diese Information mit Vorsicht zu genießen. Auch wenn sich der Zeichner sichtlich Mühe gegeben hatte, dem Gesicht eine gewisse Dreidimensionalität zu verleihen – das hätte jeder sein können. Oder zumindest jede zweite Frau zwischen fünfzehn und vierzig. Sabrina? Ja, auch sie sah ähnlich aus, bis auf die Haarfarbe – aber sie war auf einem von Lanskis Bildern schräg von vorne zu sehen gewesen. Der Zeuge hätte sie sicherlich wiedererkannt, wenn sie doch diejenige gewesen wäre, die sich mit dem Reporter gestritten hätte.

Schließlich schüttelte Anna den Kopf. „Das könnte so ziemlich jede sein", sagte sie. „Nein, tut mir leid, an diese Frau erinnere ich mich nicht."

„Gut." Frau Richards nahm ihr den Ausdruck wieder aus der Hand. „Nun kommen wir zu der eigentlichen Frage ..."

„Noch eine?", unterbrach Anna sie überrascht. Was hatte die Oberkommissarin denn noch in petto?

„Natürlich", fuhr Frau Richards fort, und Anna spürte, wie sich ihr Magen wieder verkrampfte. Mit derselben Selbstverständlichkeit hatte ihr die Polizistin auch die kleine Katze in die Hand gedrückt. Was hatte sie diesmal vor?

„Denken Sie bitte an den Abend der Vernissage zurück. Sie haben eine kurze Ansprache gehalten und dabei sicherlich die Gäste im Blick gehabt. Wo stand Ihr Galerist?"

Anna runzelte die Stirn. Was hatte Sascha denn jetzt mit dem Fall zu tun? Die Polizei konnte ihn doch nicht allen Ernstes verdächtigen ... Dennoch versuchte sie sich zu konzentrieren. „Schräg hinter mir", sagte sie schließlich. „Er war nach rechts zurückgetreten, nachdem er mich vorgestellt hatte. Natürlich habe ich mich während meiner kleinen Rede nicht umgedreht, aber ich gehe davon aus, dass er dort auch stehen geblieben ist."

„Und wo stand dieses Ehepaar?", fuhr Frau Richards fort und schob ein Foto zu Anna hin.

Die Malerin überlegte einen Moment, schloss die Augen, um sich besser in die Situation zurückversetzen zu können. „Links hinten, von mir aus gesehen", sagte sie schließlich. „Die Frau konnte nicht lange stehen, sie hatte sich auf einen der

Hocker an der Wand gesetzt, der Mann stand daneben. Auf der anderen Seite des Stehtisches neben ihnen war ein älterer Herr, alleine, und dann kamen meine Nachbarin und ihre Freundin ...“

Frau Richards war gut vorbereitet. Aus der Mappe zog sie nun zerschnittene Fotos von einzelnen Personen oder Paaren, die sie entsprechend Annas Erinnerungen auf dem Tisch anordnete. Langsam merkte die Malerin, wie ihr Gedächtnis sich etwas aufklarte, wie es die ausgeblendeten Details dieses Abends langsam wieder zuließ. Hier war die Gruppe junger Leute gewesen, alle fünf waren auf den Fotos zu sehen. Hier das Ratsmitglied mit Frau, die Nachbarn und Bekannten von Sascha ... und dort, ziemlich genau in der Mitte, fast direkt neben dem Reporter von der NGZ, hatte Lanski gestanden. Links neben ihm die beiden Freundinnen von Sascha, die ununterbrochen Händchen hielten und auch sonst noch sehr frisch verliebt wirkten, rechts von ihm ... Ratlos blickte sie auf. „Da fehlt jemand“, sagte sie.

„Das wissen wir“, bemerkte Brenner.

Anna nickte. Ja, natürlich wussten sie es. Seit Sascha ihr gesagt hatte, dass bei der Eröffnung achtunddreißig Personen anwesend waren. Wer hatte neben Lanski gestanden? Vielleicht die Frau von dem Phantombild? Oder eine ganz anders aussehende Frau? Oder vielleicht gar ein Mann? Würde ein Mann nicht viel eher jemanden erschlagen? War es nicht sogar sehr wahrscheinlich, dass die Frau, die angeblich mit Lanski gestritten hatte, gar nichts mit der Tat zu tun hatte? Weshalb konnte Anna sich nicht erinnern, wer hier gestanden hatte? Und wie sicher war sie überhaupt, dass dort, gleich neben Lanski, tatsächlich eine weitere Person gewesen war? Wenn sie ehrlich war, konnte das auch reine Einbildung sein, weil sie sich genau dies wünschte. Weil sie unbedingt einen Täter finden wollte, der nichts mit ihr selbst oder auch Sascha zu tun hatte. Anna schüttelte den Kopf.

„Ich kann es Ihnen nicht sagen", gab sie zu. „Ich bin mir zwar ziemlich sicher, dass dort eine Person fehlt, aber mehr fällt mir nicht mehr ein. Momentan projiziere ich dort irgendwelche Leute hin, die ich kenne oder in letzter Zeit kennengelernt habe ... aber keiner von denen kann dort gewesen sein."

Frau Richards seufzte leise und lehnte sich in ihrem Stuhl zurück. „Gut, so kommen wir also nicht weiter", sagte sie.

Anna schüttelte den Kopf. „Es kann doch nicht sein, dass der Täter gar keine Spuren hinterlassen hat", sagte sie. „Man liest doch immer, dass die meisten Mordfälle aufgeklärt werden ... irgendeinen Fehler macht doch jeder Täter, oder?"

„Sicherlich." Brenner nickte ernst. „Und wir werden auch diesen Fall aufklären. Außerdem haben wir natürlich noch einige Spuren, denen wir nachgehen können."

„Welche denn?", fragte Anna nach, ehe ihr aufging, wie naiv diese Frage war.

Entsprechend belustigt sah die Oberkommissarin sie an. „Wenn Sie schon meinen, unseren Job
machen zu können, müssen Sie zuerst einmal an
Ihrer Verhörtechnik feilen", entgegnete sie. „Aber
auch dann sehe ich keinen Grund, Ihnen mehr als
nötig über den Stand der Ermittlungen zu berichten."

„Vielleicht hat der Täter ja Katzenhaare an seiner Kleidung", versuchte Anna einen Schuss ins
Blaue. An dem breiter werdenden Grinsen der
Oberkommissarin erkannte sie, dass sie danebenlag.
lag. Doch dann fiel ihr etwas anderes ein, etwas,
worüber sie in den letzten Tagen merkwürdigerweise nie nachgedacht hatte. „Wissen Sie eigentlich inzwischen, wie die kleine Katze überhaupt
auf die Ölgangsinsel gekommen ist? Vielleicht hat
der Täter sie mitgebracht?" An Brenners raschem
Blickwechsel mit seiner Chefin merkte sie, dass
sie diesmal ins Schwarze getroffen hatte. „Also
haben Sie im Wagen eines Verdächtigen Katzenhaare gefunden?", hakte sie nach und beugte sich
angespannt nach vorne.

„Nein, das ist definitiv falsch", entgegnete Brenner so entschieden, dass Anna ihm sofort glaubte.

Aber dann blieb nur noch eine Möglichkeit.
„Demnach hat Lanski die Katze selbst mitgebracht", folgerte Anna. „Aber warum? Weshalb
fährt ein Reporter sein Haustier spazieren?"

„Moment", unterbrach Brenner sie. „Erst mal
hat niemand gesagt, dass die Haare der Katzen in
Lanskis Wagen mit denen des Kätzchens auf der

Ölgangsinsel identisch sind. Und dann können Sie auch nicht wissen, wann er die Katzen transportiert hat. Also ziehen Sie bitte keine unbedachten Schlüsse."

„Er hatte sogar mehrere Katzen dabei?", hakte Anna nach.

Frau Richards schob entschieden den Stuhl zurück und stand auf. „Liebe Frau Berg, ich denke, das war es für heute. Ich danke Ihnen für Ihre Unterstützung. Übrigens haben wir noch eine kleine Überraschung für Sie", sie griff in die Hosentasche und zog Annas Autoschlüssel heraus, „Ihr Wagen ist wieder wie neu. Er steht unten auf dem Parkplatz, gleich links der Ausfahrt."

„Und diesmal gibt es nichts, was ich sonst noch wissen müsste?", vergewisserte sich Anna, obwohl ihr gerade ganz andere Gedanken durch den Kopf gingen. „Er fährt noch, es sind keine Scheiben eingeschlagen …"

Brenner schüttelte den Kopf. „Mit dem Wagen ist alles in Ordnung", sagte er. „Jetzt können Sie diese ganze Geschichte endlich vergessen."

Mit einem Mal schienen die beiden es gar nicht mehr erwarten zu können, Anna loszuwerden. Sie verabschiedete sich, ging diesmal durch das Haupttreppenhaus hinunter zum Parkplatz, fand ihren Wagen tatsächlich auf Anhieb und stieg ein. Dann lehnte sie sich im Fahrersitz zurück und schloss die Augen.

Katzenhaare in Lanskis Wagen – da gab es nicht viele Deutungsmöglichkeiten. Es konnte sich nicht um ein Haustier des Toten handeln, dann hätten die Polizisten daraus kein Geheimnis machen wollen. Und Lanski war nicht der Typ dafür gewesen, mit anderer Leute Haustiere zum Tierarzt zu fahren. Auch wenn man nicht schlecht über Tote reden sollte – Katzen hätten Lanski nur interessiert, wenn sie eine Schlagzeile ergäben.

Endlich fügten sich die Puzzleteile, die die ganze Zeit vor ihr gelegen hatten, Stück für Stück zusammen. Doch sie ergaben ein Bild, mit dem Anna niemals gerechnet hätte.

## Kapitel Vierzehn

Zu Hause angekommen, nahm Anna sich kaum Zeit, ihr Kätzchen zu begrüßen, das ihr daraufhin zum Schreibtisch folgte und sich auf ihre Füße legte, während sie den Computer startete. Auf der Website des Neusser Lokalkuriers wählte sie die Freitagsausgabe. Die Titelgeschichte über die Lokalpolitikerin – ja, daran erinnerte sie sich. Die üblichen Berichte aus verschiedenen Vereinen, über lokale Kultur, die Einbruchsserie, Tischtennis- und Leichtathletik-Ergebnisse ... und dann der Artikel über die jungen Katzen. Mit einem Foto darüber, das sie am liebsten gar nicht angesehen hätte und doch schon nach dem ersten kurzen Blick nicht mehr aus dem Kopf bekam: vier kleine Kätzchen, achtlos auf den Boden geworfen, offensichtlich tot. „Unfassbar – wer tut so etwas?", lautete die Überschrift. Diesmal las Anna weiter.

*Gestern Morgen wurden diese jungen Kätzchen von einem aufmerksamen Anwohner (Name der Redaktion bekannt) tot am Ufer des Rheins gefunden. Offensichtlich hatte ein Katzenbesitzer es versäumt, seine Katzendame sterilisieren zu lassen, und war nun überfordert von dem unerwünschten Familienzuwachs. Doch anstatt die Jungen im Tier-*

*heim abzugeben, wo sie die Chance gehabt hätten, in treusorgende Hände abgegeben zu werden, hat es sich der Besitzer dieser jungen Katzen beson- ders leicht gemacht und die armen Geschöpfe hier ertränkt. Dies wurde uns von einem Tierarzt bestä- tigt, der die getöteten Tiere abgeholt und untersucht hat.*

*Wir bitten daher alle Katzenbesitzer, ihre Tiere sterilisieren bzw. kastrieren zu lassen und uner- wünschten Nachwuchs in gute Hände abzugeben. Alle anderen Neusser Bürger rufen wir dazu auf einzuschreiten, wenn Sie erkennen, dass jemand die Absicht hat, Haustiernachwuchs auf diese drastische Weise zu „entsorgen".*

Anna runzelte die Stirn. Hinter der reißerischen Schlagzeile steckte unerwartet wenig Substanz, abgesehen von dem Aufruf zur Bespitzelung der Nachbarn am Ende. Sie betrachtete das Bild noch einmal, rutschte ein Stück zurück und musterte Tiger, die gerade mit einer Schnalle ihrer Haus- schuhe spielte. Die Ähnlichkeit war unverkennbar. Das kurze, hellbraune Fell mit den dunklen Li- nien, die den Katzen tatsächlich etwas Tigerhaftes gaben, der schlanke Körperbau, die Gesichtsform ... Sie musste niesen, als sie sich nach unten beugte, um Tiger genauer anzusehen. „Kleine Al- lergenschleuder", murmelte sie, richtete sich wie- der auf und betrachtete das Zeitungsfoto noch einmal. Jetzt, wo sie wusste, worauf sie achten musste, hatte sie keinen Zweifel daran, dass die vier toten Kätzchen Tigers Geschwister waren.

Anna dachte an die Bemerkung der Tierheim-Mitarbeiterin – „Wenn wir nicht kürzlich einige Kätzchen auf einmal losgeworden wären, wäre es hier noch viel voller", hatte die Frau gesagt.

Sie warf einen Blick auf die Uhr. Eigentlich hatte das Tierheim schon seit einer Viertelstunde geschlossen, aber vielleicht hatte sie ja Glück … Tatsächlich nahm jemand den Hörer ab, als sie die Nummer des Tierheims wählte. „Tierheim Bettikum, was kann ich für Sie tun?", meldete sich eine ältere Frauenstimme.

„Guten Abend, Berg mein Name", antwortete Anna. „Vom Neusser Lokalkurier. Sagen Sie, mein Kollege hatte Anfang der Woche einige junge Katzen bei Ihnen abgeholt – dazu hätte ich noch eine Frage …"

„Kolle*gin*", korrigierte die Mitarbeiterin des Tierheims. „Was ist denn mit den Kleinen? Geht es ihnen gut?"

„Ja, natürlich, alles bestens", antwortete Anna rasch, obwohl sie spürte, wie sich ihr Magen bei dieser Lüge wieder verkrampfte. Lanski war nicht selbst im Tierheim gewesen. Natürlich nicht. Wer hätte ihm auch fünf Katzen anvertraut? Natürlich hatte er seine Kollegin vorgeschickt, die bekannt für ihre einfühlsamen Natur- und Tiergeschichten war.

Anna warf einen flüchtigen Blick auf Tiger, die gerade ein Loch in ihre rechte Socke zu knabbern begann. „Frau Fischer konnte sich nicht mehr genau erinnern, wann die Kätzchen ihre Tetanus-

Impfung brauchen, und bat mich, Sie kurz danach zu fragen, ehe sie etwas falsch macht."

Einen Moment lang blieb das Telefon stumm. „Ihre Kollegin – Fischer oder wie sie hieß – wirkte eigentlich sehr erfahren im Umgang mit Katzen", antwortete die ältere Frau schließlich. „Sie sagte, sie hätte von klein auf immer Katzen um sich gehabt. Und das Geburtsdatum der Tiere haben wir ihr doch genannt ..."

„Vielleicht konnte sie es nicht mehr genau lesen, Frau Fischers Schrift ist manchmal etwas schwierig zu entziffern", bemerkte Anna rasch.

Sie hörte ein Seufzen am anderen Ende der Leitung, dann das Rascheln von Papier. „Morgen sind die Tiere genau zehn Wochen alt", antwortete die Tierheim-Mitarbeiterin schließlich. „Für Tetanus ist es also noch zu früh. Hat Ihre Kollegin sich schon um die anderen Impfungen gekümmert?"

„Natürlich, die erste Runde ist erledigt, die Nachimpfungen kommen dann in vier Wochen", sagte Anna routiniert. Nur gut, dass sie tatsächlich mit ihrem Kätzchen beim Arzt gewesen war.

Nachdem sie sich für die Information bedankt und aufgelegt hatte, lehnte Anna sich wieder in ihrem Schreibtischstuhl zurück und biss sich nachdenklich auf die Unterlippe. Jetzt gab es kaum noch einen Zweifel daran, was geschehen war. Lanski hatte Frau Fischer, die Redakteurin des Neusser Lokalkuriers, die unter anderem für die Tierreportagen zuständig war, unter irgendeinem Vorwand gebeten, ihm fünf junge Katzen aus dem Tierheim zu holen. Vielleicht als angebliche Therapietiere für ein Altenheim oder für einen Bekannten, der einen großen Bauernhof besaß, auf dem die Kätzchen ein wundervolles Leben haben würden ... Und dann hatte sie seinen Artikel gelesen und begriffen, dass er die jungen Katzen ertränkt hatte, nur um eine Geschichte schreiben zu können. Ob Tiger ihm dort am Rhein entwischt war? Oder hatte er eine Katze behalten, um sie tatsächlich als Alibi irgendwo abzugeben? Oder – noch banaler – war er gestört worden und hatte Tiger deshalb wieder in sein Auto gesteckt, aus dem die Katze schließlich nahe der Ölgangsinsel geflohen war?

Wie auch immer – Frau Fischer musste begriffen haben, dass Lanski sie nur benutzt hatte. Sie musste – durch einen dummen Zufall, ein Telefonat mit ihm, eine Bemerkung in seiner letzten Mail an die Redaktion, die Anna nie gesehen hatte – mitbekommen haben, dass er zur Ölgangsinsel fahren wollte, und sie war ihm dorthin gefolgt, um ihn zur Rede zu stellen. Es passte nicht ganz, und dennoch fühlte sich dieser Gedankengang zu richtig an, um nicht zumindest ansatzweise der Wahrheit zu entsprechen. Oder war Frau Fischer selbst auf der Vernissage gewesen? War sie Lanski dorthin gefolgt, um ihn mit ihrem Wissen zu konfrontieren, und hatte zufällig mitbekommen, wie Anna von Sabrina zur Ölgangsinsel gelotst wurde?

War sie die fehlende achtunddreißigste Person? Es würde passen, dass sie bei der Begrüßung der

Gäste neben Lanski gestanden hatte, wie es in Annas Erinnerung der Fall war. Aber weshalb hätte sie mit ihrem Kollegen zusammen zu der Vernissage gehen sollen? Und hätte Anna die Redakteurin nicht sofort wiedererkennen müssen?

Sie schüttelte den Kopf. Nein, sie hätte auch den Grevenbroicher Stadtrat und seine Frau oder das ältere Ehepaar nicht wiedererkannt. Zu viel von diesem furchtbaren Abend hatte ihr Gehirn einfach ausgeblendet. Ob Sascha sich besser erinnern konnte? Er hatte Sabrina so gut beschreiben können, dass Anna gerne daran geglaubt hätte. Aber sie konnte die beiden schlecht unter irgendeinem Vorwand zusammenbringen. Frau Fischer würde sich nicht noch einmal mit einer Lüge abspeisen lassen, diesen Vertrauensvorschuss hatte Anna bei dem ersten Schwindel verbraucht.

Eigentlich blieb nur eine Möglichkeit – sie musste hoffen, dass die Volontärin Franzi Sander ein Foto ihrer Kollegin besaß und Anna dieses mitgeben würde. Und am besten, überlegte sie, wäre es, wenn außer Sascha auch Tiger einen Blick darauf werfen würde. Auch wenn die kleine Katze bereits die Oberkommissarin und die Mitarbeiterin des Tierheims angefaucht hatte – vielleicht zeigte sie bei Frau Fischer ja eine noch stärkere Reaktion. Wobei die Journalistin nicht blond war ... Anna konnte nur hoffen, mit einem Foto der Reporterin irgendwie weiterzukommen. Eine andere Möglichkeit sah sie momentan nicht, die letzten Rätsel in diesem Fall zu lösen. Und mit dem, was sie sich bis jetzt zusammengereimt hatte, brauchte sie nicht zur Polizei zu gehen. Sie konnte sich lebhaft vorstellen, wie Oberkommissarin Richards und ihr Assistent Brenner darauf reagieren würden.

Sie warf einen erneuten Blick auf die Uhr. Ob Frau Sander noch im Büro wäre? Kurzerhand wählte sie die Handynummer der Volontärin. „Franzi hier, hallo", meldete sich die junge Frau.

Anna nahm sich vor, ihr bei Gelegenheit mal zu erklären, dass niemand sie ernst nahm, wenn sie sich nur mit Vornamen meldete oder vorstellte. Die Volontärin brauchte dringend etwas mehr Selbstbewusstsein. Aber vielleicht konnte Anna ihr zumindest einen großen Artikel verschaffen – falls Franzi Sander ihr jetzt half, ihre Kollegin Frau Fischer als Mörderin zu überführen.

„Guten Abend, Frau Sander", antwortete Anna. „Es gibt eine neue Spur im Fall Ihres Kollegen Lanski. Hätten Sie Lust, bei einer Pizza oder etwas anderem Leckerem darüber zu sprechen?"

Einen Augenblick schwieg die Volontärin. „Ja, natürlich freue ich mich über die Einladung, Marco", sagte sie dann. „Einen kleinen Moment, ich gehe kurz raus ..." Anna hörte, wie eine Tür geöffnet und geschlossen wurde, dann Frau Sander wieder am Apparat. „Tut mir leid, ich wollte nicht, dass Marsch mitbekommt, mit wem ich telefoniere", sagte sie leise.

„Das war sehr gut", lobte Anna sie. „Sind Sie denn mit Ihrem Chef alleine im Büro, oder ist Ihre Kollegin Frau Fischer auch noch dort?"

„Frau Fischer? Nein, die ... ist schon gegangen", antwortete die Volontärin nach kurzem Zögern. Vermutlich war sie gerade zu sehr in einen Text vertieft gewesen, um etwas von der Welt um sie herum mitzubekommen.

„Hätten Sie denn Lust, auf eine Pizza vorbeizukommen?", wiederholte Anna ihre Einladung. „Wir könnten ein bisschen über den Fall reden ...", sie musste wieder niesen und sah Tiger böse an, die das Loch in Annas Socke inzwischen systematisch vergrößerte. „Außerdem könnten Sie mir einen Gefallen tun und ein Foto Ihrer Kollegin mitbringen. Ich würde es gerne jemandem zeigen."

„Aha ..." Franzi Sander klang ratlos. Gerade als Anna schon fürchtete, zu schnell vorgeprescht zu sein, redete die Volontärin weiter: „Natürlich, das ist kein Problem. Brauchen wir sonst noch etwas?"

Anna nieste wieder und zog verärgert ihre Hausschuhe aus, um auf Socken in die Küche zu tappen. Sie musste dringend etwas Abstand von diesem kleinen Fellbündel haben. „Nein, alles andere kann ich Ihnen am Computer zeigen", antwortete sie. „Wann wollen Sie vorbeikommen? Soll ich schon vorher etwas bestellen, oder wollen Sie erst einen Blick in die Prospekte werfen? Ich lade Sie natürlich ein", fügte sie hinzu. Momentan konnte sie sich das leisten – eher jedenfalls als die Volontärin.

„In einer halben Stunde?", schlug Franzi Sander vor. „Das heißt – wo wohnen Sie eigentlich? Komme ich mit dem Bus gut zu Ihnen?"

Nachdem Anna der Volontärin ihre Adresse gegeben hatte, beschloss sie kurzerhand, die Katze erst mal wieder auf den Balkon zu sperren. Draußen war es warm genug, und für ein Stündchen würde es Tiger dort sicher aushalten. Besonders, wenn sie Essen, Wasser und zum Spielen ein Paar Socken bekam.

Nachdem das Fellknäuel sicher auf dem Balkon verstaut war, wischte Anna rasch durch die Wohnung, um die Katzenhaare loszuwerden. Jetzt musste sie sich darauf konzentrieren, Frau Sander alle notwendigen Informationen über ihre Kollegin Frau Fischer zu entlocken; da konnte sie ihre nervige Allergie wirklich nicht brauchen.

Kaum hatte sie drei Prospekte von verschiedenen Lieferservices aus der näheren Umgebung herausgesucht, klingelte es schon.

Anna begrüßte Franzi Sander und bat sie ins Wohnzimmer, wobei ihr auffiel, dass sie die Fensterbank dringend mal wieder abwischen müsste. Sie einigten sich schnell darauf, sich eine Pizza und einen Salat zu teilen. Dann zog die Volontärin vorsichtig ein Foto aus ihrer Jackentasche.

„Hier, das ist Frau Fischer", sagte sie und deutete auf ein kleines Foto der Frau mit lockigem braunem Haar, die Anna schon kennengelernt hatte. Auf dem Bild stand sie zwischen Lanski und Frau Sander. Der Vierte auf dem Foto war vermutlich Marsch, der Chef des Neusser Lokalkuriers – zumindest wirkte der stämmige Mann mit der beginnenden Glatze so, als könne er gut Anrufer abwiegeln, und passte auch von der strengen Miene her zu Annas Erfahrung mit ihm.

Aber konnte Frau Fischer wirklich auf der Vernissage gewesen sein? Anna hielt die anderen Gesichter zu, versuchte sich die Situation wieder ins Gedächtnis zu rufen, als sie die Gäste begrüßt hatte. Nein, das passte einfach nicht. Aber wie konnte das sein? Alles andere hatte sich so richtig angefühlt ... hatte Lanski gar nicht wegen der Katzengeschichte sterben müssen? Gab es noch mehr Gründe, die Anna nur noch nicht herausgefunden hatte? Sie wusste ja nicht, wie viel Dreck er wirklich am Stecken gehabt hatte. Wenn er noch weitere seiner Storys gefälscht hatte, konnte er sich unbegrenzt viele Feinde gemacht haben.

Sie seufzte leise. „Nein, ich fürchte, ich habe mich geirrt", gab sie zu. Auch wenn sie Tiger das Foto nach dem Essen noch mal zeigen wollte, glaubte sie nicht mehr, dass Frau Fischer etwas mit der Tat zu tun hatte. „Ich hatte gehofft, das Foto würde mich an etwas erinnern ..."

„Und das tut es nicht?", erkundigte sich Franzi Sander.

Anna schüttelte den Kopf. „Leider nicht. Aber lassen Sie es doch bitte noch einen Moment hier liegen, ich würde es mir gerne nachher noch mal ansehen." Dass sie das Bild eigentlich ihrer Katze zeigen wollte, verriet sie der Volontärin lieber nicht. Auch wenn Künstler ja bei den meisten Menschen eine gewisse Narrenfreiheit hatten, musste man es mit den verrückten Ideen nicht übertreiben. Und auch dass sie es heimlich abfotografieren wollte, um es am nächsten Tag Sascha vor die Nase zu halten, musste die junge Frau nicht wissen.

Bis das Essen kam, plauderten sie ein bisschen über das Wetter, verschiedene Bücher und die neuesten Kinofilme, von denen Anna allerdings überhaupt nichts wusste. Auch das, nahm sie sich vor, musste sie dringend ändern. Alleine ins Kino zu gehen war vielleicht langweilig, aber gerade sie als Künstlerin musste auch in diesem Bereich auf dem Laufenden bleiben. Schließlich gehörten Filme ebenfalls zur Kunst. Und sie konnte es sich nicht leisten, als ignorant oder hochnäsig zu gelten; dann wäre ihr aktueller kleiner Erfolg bald wieder vergessen. Eigentlich könnte sie auch mal wieder in ein Konzert gehen, überlegte sie, sobald diese ganze Geschichte vorüber war. Jazz war ihr bisher meist zu schwierig gewesen, aber sie wurde schließlich auch älter, und vielleicht gefiel ihr ja, was Brenner und seine Musikerkollegen so spielten …

Während sie ihre halbe Pizza aß und auch die Volontärin sich schweigend über ihr Essen hermachte, dachte Anna noch einmal darüber nach, was sie übersehen haben konnte. Natürlich war es am wahrscheinlichsten, dass die naturverbundene Frau Fischer hinter Lanskis Geheimnis gekommen war, ihn wegen der Tötung der Kätzchen – von der Anna noch immer überzeugt war – zur Rede gestellt und dabei schließlich erschlagen hatte. Aber was war mit Marsch? Der hatte sie von Anfang an von der Redaktion fernzuhalten versucht. Andererseits – hätte der Chefredakteur sich wegen der Tiere so aufgeregt, dass er sich zu dieser Tat hätte hinreißen lassen? Anna konnte sich das nicht vorstellen.

Andererseits hatte sie natürlich überhaupt keine Vorstellung, wer in Lanskis Umfeld sonst noch die Wahrheit über die Katzengeschichte herausfinden konnte. Vielleicht hatte er ja doch eine Freundin, von der Anna nichts wusste? Vielleicht hatte er diese auch zur Vernissage mitgenommen? Vielleicht gab es eine aufmerksame Nachbarin? Vielleicht war er auch beobachtet und erpresst worden, und als er dem Erpresser gedroht hatte, ihn anzuzeigen, hatte der ihn in Panik erschlagen? Das würde immerhin dazu passen, dass Tiger noch am Leben war. Vielleicht tat sie Lanski unrecht, aber Anna konnte sich schwerlich vorstellen, dass der Reporter aus Mitleid eine Katze verschont hatte. Dass er sich beobachtet gefühlt hatte, war in ihren Augen der wahrscheinlichste Grund dafür, dass Tiger nun auf ihrem Balkon ihre Socken zerbiss, anstatt tot am Ufer des Rheins zu liegen.

Apropos Tiger … Als beide aufgegessen hatten, brachte Anna Geschirr und Besteck in die Küche und holte eine kleine Schachtel Pralinen als Nachtisch. „Haben Sie etwas dagegen, dass ich mein Haustier wieder hereinlasse?", erkundigte sie sich. „Oder haben Sie irgendwelche Allergien?"

„Kein Problem, holen Sie Ihren Hund ruhig zu uns", stimmte Franzi Sander sofort zu. „Ich liebe Tiere." Sehnsüchtig musterte sie die Pralinen. Offenbar konnte sie sich nicht entscheiden, mit welcher sie beginnen sollte.

Anna öffnete die Balkontür, nahm die kleine Tiger auf den Arm und überlegte auf dem Rückweg, wie sie ihr am geschicktesten unauffällig das Foto von Frau Fischer zeigen sollte. Gab es überhaupt eine Möglichkeit, so etwas unauffällig zu machen?

Schließlich setzte sie sich kurzerhand mit der Katze auf dem Schoß an den Tisch, obwohl sie schon wieder zu spüren glaubte, wie ihre Nase zu kribbeln begann. „So, Tiger, jetzt haben wir auch gegessen", begann sie zu plaudern. „Schau mal, das ist mein Gast, Franzi Sander, die arbeitet bei der Zeitung ... und das hier", sie verdeckte mit den Fingern die Gesichter der anderen Personen auf dem Foto, „ist Frau Fischer, die arbeitet auch bei der Zeitung ..."

Keine Reaktion. Tiger betrachtete das Foto gelangweilt und umschlang schließlich Annas Hand mit beiden Vorderpfoten.

„Tiger kennt Frau Fischer auch nicht", bemerkte die Malerin in dem schwachen Versuch, daraus einen Scherz zu machen. „Nehmen Sie mir bitte mal das Foto ab? Die Kleine lässt gerade nicht los ..."

„Kein Problem", lächelte Franzi Sander und griff nach dem Bild, „das – au!"

302

Verdutzt sah Anna auf. Tiger hatte so schnell zugeschlagen, dass weder Anna noch die Volontärin reagieren konnte, und der jungen Frau einige Schrammen auf der Hand verpasst, auf denen sich nun langsam feine Blutströpfchen bildeten. Die Katze fauchte und wand sich in Annas Händen, doch die hielt Tiger fest, die jetzt wirklich wie eine Wildkatze aussah. Was hatte das Kätzchen denn gegen Franzi Sander?

Und dann, langsam, begann Anna zu begreifen.

Franzi Sander, die so unscheinbar war, dass niemand sich wirklich an sie erinnerte. Nicht einmal Anna, die zwar gespürt hatte, dass sie diese junge Frau kannte, aber völlig verdrängt hatte woher. Franzi Sander mit den halblangen, mittelblonden Haaren, genau der Typ Frau, den Tiger nicht leiden konnte. Franzi Sander, die Tiere liebte. Die sich sicherlich auch gut genug mit Katzen auskannte, um im Tierheim problemlos gleich fünf Tiere abholen zu können. Und die nicht so dumm war, dass sie die toten Tiere auf Lanskis Foto nicht wiedererkannt hätte.

„*Sie* haben die Katzen für Lanski aus dem Tierheim geholt", sagte Anna langsam und hielt Tiger weiterhin fest, obwohl sich die Katze inzwischen wieder beruhigt hatte. Aber die Malerin brauchte jetzt einen Halt.

„Sie haben gesehen, dass er sie für einen seiner gefälschten Artikel missbraucht hat – dass er die Kätzchen getötet hat, nur um eine reißerische Schlagzeile zu haben." Anna atmete tief durch und begriff, dass sie einen Moment ganz vergessen hatte zu atmen. „Sie waren mit ihm zusammen auf der Vernissage, um zu lernen, wie man solche Artikel schreibt, und haben gehört, dass ich dort später noch spazieren gehen wollte. Sie haben Lanski dorthin gelockt – wie eigentlich?"

„Ich habe ihm gesagt, Sie würden sich dort später mit Ihrer Nebenbuhlerin treffen – vermutlich, um sich mit ihr um den gemeinsamen Geliebten zu schlagen. Oder um Ihre Nebenbuhlerin umzubringen." Franzi Sander starrte durch den Esstisch hindurch, und merkwürdigerweise umspielte jetzt ein leises Lächeln ihre Lippen. „Natürlich ist Lanski sofort darauf angesprungen. Damit wäre ihm die nächste große Story sicher gewesen – und das sogar, ohne dass er selbst etwas inszenieren musste."

„Woher wussten Sie ...", überlegte Anna.

„Ich habe geraten", antwortete die Volontärin. „Lag ich damit richtig, konkurrieren Sie wirklich um einen Mann? Nun – wie auch immer, Lanski hat es mir sofort geglaubt. Das war das Einzige, was zählte."

„Er war deutlich vor mir dort", hakte Anna nach.

Franzi Sander nickte langsam. „Ja, natürlich. Er wollte sich irgendwo verstecken und Ihnen beiden auflauern. Wenn er sich später angeschlichen hätte, dann wäre die Gefahr doch viel zu groß gewesen, dass Sie ihn gehört hätten."

„Und während er auf mich und meine *Neben-buhlerin*", sie gab dem Wort einen verächtlichen Unterton, „wartete, standen plötzlich Sie vor Lanski."

Die Volontärin lächelte wieder unvermittelt. „Ja, er war ziemlich irritiert. Wollte, dass ich wieder gehe und ihm seine neue Story nicht vermassele. Zuerst hat er gar nicht verstanden, worum es mir ging. Ich habe ihm gesagt, dass man so nicht arbeiten kann – dass er nicht jeden Menschen mit seinen an den Haaren herbeigezogenen Behauptungen schlechtmachen kann. Und dass er nicht einfach Lebewesen töten darf, nur um eine seiner bescheuerten Schlagzeilen zu haben. Aber er – er hat nur gelacht. Meinte, ich sollte mich nicht so anstellen. Wenn er so ein blödes Viech töten wollte, dann würde er das tun ... genauso wie er jetzt auch noch die fünfte Katze ersäufen würde, die sei ihm inzwischen sowieso zu nervig, weil sie ihm die ganze Zeit nachlaufe und in seinen Wagen haare."

„Und dann ..."

„Dann lag er da und war tot", sagte Frau Sander leise. „Eigentlich hatte ich das gar nicht vorgehabt ... aber nun kam es mir vor wie eine Fügung des Schicksals. Besonders, nachdem ich später gesehen hatte, wie Sie Ihren Wagen dort abstellten und auf die Ölgangsinsel gingen. Da hatte ich schon längst den Stein mit dem Blut daran und Lanskis Kamera mit diesen furchtbaren Bildern weit in den Rhein geworfen, eine Scheibe von seinem Wagen eingeschlagen und die Katze befreit. Dieses dumme kleine Tier musste natürlich zurück auf die Ölgangsinsel laufen, ausgerechnet zu Lanski, der die Katze ohne mit der Wimper zu zucken ertränkt hätte ... und mich faucht sie an, obwohl ich sie doch gerettet habe ..."

„Wer weiß schon, was Katzen ahnen – oder riechen können", bemerkte Anna leise. Sie schüttelte den Kopf. Nein, das hatte nichts mit Notwehr – oder Nothilfe – zu tun. Auch wenn sie der jungen Frau dankbar war, dass sie Tiger das Leben gerettet hatte – dieser Preis war zu hoch gewesen. Es gab immer einen anderen Weg.

Vorsichtig ließ sie Tiger zu Boden und wartete, bis die kleine Katze sich in den Fernsehsessel geflüchtet hatte und an Annas Lieblingskissen zu nagen begann. Dann stand sie auf. „Ich gehe jetzt telefonieren. Kann ich davon ausgehen, dass Sie so lange hier warten?"

Franzi Sander nickte schweigend. Dann, endlich, nahm sie sich eine der Pralinen, die sie schon die ganze Zeit angestarrt hatte.

## Kapitel Fünfzehn

Es dauerte nicht lange, bis die Polizei klingelte. Als Oberkommissarin Richards und ihr Assistent Annas Wohnung betraten, war die Pralinenschachtel leer, und Tiger hatte es endlich geschafft, das Kissen an einer Naht aufzubeißen, und holte nun voller Tatendrang die Füllung heraus.

Frau Richards warf Anna einen scharfen Blick zu und schüttelte den Kopf. „Darüber unterhalten wir uns noch", sagte sie. „Sie haben uns Beweismaterial vorenthalten – das ist nicht zu entschuldigen."

„Ich habe die Wahrheit auch eben erst begriffen", widersprach Anna. Das konnte doch nicht wahr sein, dass die Oberkommissarin sich schon wieder so aufspielte, nachdem Anna ihr gerade erst die Täterin auf dem Silbertablett serviert hatte! „Und gleich danach habe ich Sie angerufen."

„Na das ist ja auch das Mindeste", knurrte Frau Richards und setzte sich auf Annas Platz gegenüber Franzi Sander. „Sie haben Herrn Lanski erschlagen?"

Die Volontärin nickte. „Ich wollte die Katze retten."

Frau Richards warf einen irritierten Blick auf Tiger, auf deren Fell sich inzwischen die Polyesterflöckchen sammelten. „Das muss ich jetzt nicht verstehen", sagte sie. „Hauptsache, Sie waren es. Frau Sander, ich nehme Sie fest wegen des Verdachts, Herrn Hartmut Lanski getötet zu haben. Der Kollege wird Sie über Ihre Rechte aufklären."

Sie stand auf und drehte sich wieder zu Anna um. „Das wird jedenfalls ein Nachspiel haben", knurrte sie. „Melden Sie sich morgen um zehn bei mir!" Im Hinausgehen sagte sie leise etwas zu Brenner, der daraufhin sichtlich lustlos zur Seite trat, um den beiden uniformierten Polizisten Platz zu machen, die Franzi Sander hinausbegleiteten. In der Tür drehte sich die Volontärin noch einmal um und nickte Anna zu, und sie nickte spontan zurück. Nein, sie konnte diese junge Frau nicht verurteilen. Wenn sie ehrlich war, konnte Anna nachvollziehen, wie es zu der Tat gekommen war – auch wenn sie immer noch davon überzeugt war, dass es andere Wege gegeben hätte, die Katze zu retten und Lanski in Zukunft von weiteren solchen Schweinereien abzuhalten. Aber vielleicht hätte jeder andere Weg mehr Mut erfordert, als ihn die junge Frau aufbringen konnte.

Als sie Brenners Blick auf sich spürte, lächelte sie ihm aufmunternd zu. „Mich hat es schlimmer erwischt", sagte sie, ohne darüber nachzudenken. „Ich muss morgen um zehn zum Appell antreten."

Er grinste breit. „Ich schon um neun – und ich könnte wetten, wenn ich den Bericht bis dahin nicht fertig habe, gibt es gleich den nächsten Rüffel."

„Ach, wenn der Bericht dann erst fertig sein muss, haben Sie ja heute Abend frei", flachste Anna und wunderte sich im gleichen Moment über sich selbst. Was tat sie denn hier? Flirtete sie etwa mit diesem Polizisten, der ihr das Leben teilweise so schwer gemacht hatte? Nun, er hatte eben seinen Job gemacht. Und Anna fühlte sich seltsam leicht, seit endlich alle Geheimnisse aufgedeckt, alle Rätsel gelöst waren.

„Dann sollten wir das schöne Wetter für einen Spaziergang nutzen", schlug er in demselben spöttischen Ton vor, der ihr schon bei den Befragungen und in der Wohnung von Lanskis Nachbarin aufgefallen war.

„Tiger braucht noch ein Leckerli", antwortete sie rasch und verzog sich in die Küche. Was Tiger wohl gerne mochte? Sie wusste nicht einmal, ob sie dem Kätzchen einfach eine Scheibe Schinken oder ein Stück Apfel geben durfte. Damit musste sie sich unbedingt beschäftigen. Aber nicht mehr heute. Heute musste eine Extraportion Trockenfutter genügen. Morgen ging das Leben dann wieder seinen normalen Gang – zumindest für die meisten Menschen.

Sie kraulte die Katze noch einmal zum Abschied, ehe sie sich gründlich die Hände wusch und Brenner, der ihr die Haustür weit offenhielt, nach draußen folgte. „Aber über Kriminalfälle reden wir heute nicht mehr", sagte sie und schloss die Fahrertür ihres frisch lackierten Wagens auf.

## Über die Autorin

Andrea Tillmanns, geboren in Grevenbroich, lebt in Ostwestfalen-Lippe und arbeitet hauptberuflich als Hochschullehrerin. Sie schreibt seit vielen Jahren Gedichte, Kurzgeschichten und Romane in den verschiedensten Genres.

Weitere Informationen sind auf ihrer Website *www.andreatillmanns.de* zu finden.